自由地读书

莫泊桑短篇小说选

〔法〕莫泊桑◎著
李玉民　郑克鲁◎译

《语文》
配套名著阅读
高中

南方出版社
·海口·

图书在版编目（CIP）数据

莫泊桑短篇小说选 / (法) 莫泊桑著 ; 李玉民 , 郑克鲁译 . -- 海口 : 南方出版社 , 2025.3
(名著阅读课程化丛书 / 闻钟主编)
ISBN 978-7-5501-8341-4

Ⅰ . ①莫… Ⅱ . ①莫… ②李… ③郑… Ⅲ . ①短篇小说－小说集－法国－近代 Ⅳ . ① I565.44

中国国家版本馆 CIP 数据核字 (2023) 第 103047 号

莫泊桑短篇小说选
MOBOSANG DUANPIAN XIAOSHUO XUAN
〔法〕莫泊桑 著 李玉民 郑克鲁 译

责任编辑：洪慧嫦
出版发行：南方出版社
社　　址：海南省海口市和平大道 70 号
邮政编码：570208
电　　话：（0898）66160822
传　　真：（0898）66160830
印　　刷：三河市春园印刷有限公司
开　　本：710mm × 1000mm 1/16
印　　张：21
字　　数：292 千字
版　　次：2025 年 3 月第 1 版
印　　次：2025 年 3 月第 1 次印刷
定　　价：39.80 元

编委会

成员（以姓氏笔画为序）

王　雄　王彤彦　刘凤华　刘颖异　安　奇　许文婕

张　妍　张伟忠　张豪林　易海华　郎　镝　贾　玲

贾天仓　蒋红森

编写人员（以姓氏笔画为序）

何玉明　颜　涵

封面插图

〔法〕詹姆斯·迪索

走近名著

1850年的夏天，一个婴儿在法国诺曼底地区呱呱坠地。当时谁也没料到这个生在没落贵族家庭的婴儿，将会成为鼎鼎有名的大作家，影响世界文坛。这个婴儿，就是莫泊桑。

相信大多数人都读过莫泊桑的《我的叔叔于勒》等名篇，对他有一些了解。殊不知，这些脍炙人口的佳作只是他众多作品的冰山一角。要深入了解这位文学巨匠的思想，认识其笔下光怪陆离的法国社会，品味个中小说人物的遭际，还需进一步阅读他的其他作品。

翻阅莫泊桑的作品，我们会发现，普法战争和小资产阶级生活这两个题材在他的创作中有着举足轻重的地位。这与莫泊桑的个人经历及生活环境息息相关。1870年普法战争爆发，莫泊桑应征入伍，亲历了这场战争，这场战争也成为莫泊桑不少作品的故事背景，如《羊脂球》《两个朋友》《疯女人》等。莫泊桑见证了战争的残酷和法军的溃败，所以，他在作品中嘲讽无能且混乱到“有时开枪打死自己的哨兵”的法国军队，赞美具有民族气节及牺牲精神的普通民众。战争结束后，莫泊桑投入基层公务员的工作中，在耳闻目睹小资产阶级形形色色的生活后，他对小职员、小市民等小资产阶级人物的刻画入木三分，如《舆论》中趁科长不在争论不休的职员们，《晚会》中自诩高雅的乡下人萨瓦尔先生等。私生子、妓女、乞丐等社会边缘人物形象，在小说中也屡见不鲜。可以说，莫泊桑的小说堪称19世纪下半叶法国现实社会的映照。

批判现实主义是莫泊桑写作的一面重要旗帜。莫泊桑曾在福楼拜的指导下进行写作，福楼拜以“观察马车”来教导莫泊桑追求“描写的真实”这一逸事可谓妇孺皆知。莫泊桑的众多作品，也展露了他对现实生活细致入微的观察、对事物逼真的摹画。他往往能抓住人物的精髓进行描画，如在《魔鬼》里对拉佩太太的刻画中，他重点描写了她的外貌，使人物个性鲜明，深入人心。同时，莫泊桑又擅长通过环境描写来营造与主题相契合的氛围，如《归来》中静谧祥和的渔村，与两位丈夫最后在酒馆不争不吵、平静面对尴尬局面的结局相和谐。因此，在阅读的过程中，可以留意小说中有关人物形象、环境等方面的描写，体会莫泊桑是如何表现人物内心的真实与本性的自然的，感受其高超的写作技法。

作为一个卓越的作家，莫泊桑并没有局限于现实主义创作，他还写作了不少奇幻作品，其中知名度最高的当属《奥尔拉》。这一类小说风格独特，充满神秘主义色彩，其主题多是因疯癫、恐惧等导致的精神和心理层面的变异，主人公是不同寻常的狂人，情节离奇，结局出人意料。这一类作品也是了解莫泊桑的一扇重要窗口，同样值得细细品读。

让我们一起品味莫泊桑创作的饕餮盛宴吧！

阅读建议

一、阅读规划

《莫泊桑短篇小说选》是法国批判现实主义作家莫泊桑的短篇小说选集，共收录了二十六篇小说，建议花费四周时间完成整本书的阅读以及相关任务。按照以下的阅读规划，相信你能更好地完成全书的阅读。当然，你也可以根据自己的实际情况，拟订适合自己的阅读规划。

第一周到第二周　通读全书，整体感知

时间	阅读内容
第一天到第三天	《羊脂球》《疯女人》《两个朋友》《俘虏》《一场决斗》
第四天到第九天	《晚会》《项链》《我的叔叔于勒》《嫁妆》《春天》《舆论》《一家子》《骑马》《伞》《深坑》
第十天到第十二天	《一个诺曼底人》《皮埃罗》《魔鬼》《归来》《西蒙的爸爸》《一名农场女佣的故事》《图瓦纳》《绳子》《穷鬼》
第十三天到第十四天	《火星人》《奥尔拉》

通读全书时，建议同时做以下事情，以便更好地把握作品。

1.每读完一篇小说，请及时梳理故事脉络，写下小说的情节概要，并写下自己的阅读感受，此时的感受是最真切、最深刻的。

2.对小说中有疑问的地方或是引发思考的地方进行批注，对你认为展现了作者思想情感和写作意图的句子进行标记。

3.完成一阶段阅读后，借助书中的“阅读规划进度及自我测评”来检测自己的阅读效果。

第三周　精读细节，品味思考

回忆前两周阅读的内容，挑选部分小说进行精读。对通读时批注的疑问之处，可通过与同学交流、查阅相关文献、向老师请教等途径，进一步了解、分析小说内容，解答疑惑。莫泊桑的小说往往简单明了，情节并不复杂。精读时，可将重点放在感受莫泊桑的写作技巧之上，感悟其小说在刻画人物、推动情节发展、描绘环境等方面的高妙之处。此外，还可以对课本中摘选的篇目（如《我的叔叔于勒》等）进行旧文重读，在阅读了莫泊桑的其他作品后，这一次的重读，你或许会有新的阅读感悟。

第四周　交流探讨

你可以邀请同学组成阅读小组，自行设计任务，或是从下面的任务中选择一项，围绕这项任务再次进行阅读，并交流各自的想法，进行探讨。以下任务供你参考。

任务一：品鉴刻画人物的技法

本书收录了莫泊桑二十六篇经典的短篇小说，题材丰富，出场人物众多，有些人物在某一方面（职业、阶层、核心性格等）具有相似性，但莫泊桑以多样的艺术手法将他们区别开来。可以分析同一维度下不同人物的形象特点，思考莫泊桑是如何刻画人物的。如《一家子》《魔鬼》两篇小说中的主要人物都具备“吝啬”“斤斤计较”的性格特点，但面对母亲的逝世这一事件时，对卡拉望先生，莫泊桑除了通过动作、语言、神态等正面描写刻画人物外，还借助环境描写来衬托人物的心理变化；对奥诺雷，则更多是通过心理描写以及与拉佩太太的较量来彰显人物性格，可以深入思考莫泊桑是否因为两者阶层不同而特意采用不同的描写方式。又如在都是以小职员为主要人物的《项链》《我的叔叔于勒》两篇小说中，同样面对金钱问题，主要人物做出了不一样的决定，看看莫泊桑是以什么手法来刻画他们的形象的。

任务二：感悟小说多彩的叙述视角

莫泊桑的小说叙述技艺炉火纯青。小说的主题不同，他所采用的叙述视角也有所不同，可谓不拘成法。因此可以对小说进行叙述层面的剖析，从不同的叙述视角切入，感受小说在塑造人物形象、推动情节发展、引发读者共鸣等方面呈现的不同效果。如在《皮埃罗》中，莫泊桑以第三人称视角写作，这对勒费弗尔太太和用人萝丝二人形象的刻画具有什么作用？让读者有何感受？除了固定的叙述视角外，自由切换全知视角和有限视角，也是莫泊桑在叙述上的一大特色。全知视角指叙述者对所有线索、发展和结局都了如指掌，对每个人物的心理、过去和未来都清清楚楚，甚至还会随时对人物评头论足，进行道德评价和情感判断。而有限视角指完全依赖于人物的眼睛来看小说中的世界，完全靠叙

述者带领读者走进情节的每个链条。这一特色在《羊脂球》《西蒙的爸爸》两篇小说中尤为显著。你可以仔细寻找，看看哪些情节运用了全知视角，哪些情节又切换为有限视角；思考频繁切换叙述视角的背后，有着作者怎样的意图。从叙述视角层面切入解读莫泊桑的作品，相信你会收获颇丰。

任务三：联系历史背景，横向对比，体会作品主题

19世纪的法国混乱、动荡，革命、复辟、战争是不能忽视的重要背景。联系19世纪法国社会状况，阅读同一时代法国现实主义作家及自然主义作家的小说，分析书中展现的社会现象，把握人物形象，关注作品中对底层人民、小资产阶级、贵族等的描写以及人物对宗教、革命的态度，能深化你对历史、社会、人类本性的认识，更好地了解莫泊桑作品的内涵。

阅读完莫泊桑的作品后，可以将其与其他同类型作品进行比较阅读，如批判资产阶级腐败堕落的《包法利夫人》、同样以普法战争为背景的《磨坊之战》、写乡村姑娘一生的《热曼妮·拉瑟顿》等，感悟作者们于书中寄寓的深刻意蕴。

二、阅读策略

1.欣赏小说的艺术手法

莫泊桑的小说叙事流畅，结构精巧，环环相扣。要想更好地感受其作品迷人的艺术魅力，你可以从以下几个角度切入。

（1）关注小说的叙述方式。根据时间安排方式，叙述可分为顺叙、倒叙和插叙。不同的叙述方式，会使小说的侧重点不同，呈现出不一样的效果。阅读时，可以思索莫泊桑是如何根据表达的需要选取叙述方式的。如《深坑》写的是案件的审判，它采用了倒叙的叙述方式，开头就交代地毯商莱奥波尔·列那尔在法庭受审，先将发生在后的情节提到小说的开头，吸引读者，增加悬念，接着才讲述案件发生的过程。

（2）重视情节之间的衔接和过渡，注意场景切换的细节。莫泊桑的小说紧凑精悍，往往借助简短的词句实现情节的发展过渡。如《两个朋友》就在简短的篇幅中写了两个朋友相遇、回忆过往、去喝酒、前去钓鱼、被抓住、被审问、遇难等多个情节。阅读时标记出小说中实现时间、场景转换的语句，如“过了一小时”“不大工夫”这一类表示时间跳转的词语，充分感受莫泊桑是如何将情节紧密串联，以至不松散的。

2.感受描写的冷静与凝练

受福楼拜“冷静而客观的旁观”的写作原则影响，莫泊桑的现实主义小说，不仅在情感表达上体现出克制、冷静，语带讽刺和批判的特征，还在语言表达上体现出简洁、精练的特征，富含言外之意、话外之音。因而，你在阅读的过程中不仅要关注小说中对人物的描写，还要通过文字领悟其背后的思想内涵。以《嫁妆》为代表，小说对勒布吕芒先生和科尔迪埃小姐两人的外貌都一笔带过，其后简单描述了两人新婚第一周甜蜜相处、携钱旅行、妻子被抛弃的过程，行文节奏快，描写客观、简洁。但莫泊桑详写了科尔迪埃小姐被抛弃后与车夫和表哥的对话。科尔迪埃小姐下马车得知被抛弃时，表面上是车夫以哈哈大笑和粗鲁的话语回应她，实质上车夫成了莫泊桑的代言人，借以表达他对当时社会畸形的金钱观、爱情观的抨击。最后科尔迪埃小姐投奔和丈夫拥有同款大公文包的表兄的细节也值得玩味。科尔迪埃小姐看似回到安全的环境中，但她的厄运真的结束了吗？小说中人物之间不起眼儿的互动，也需要你代入其中，细细揣摩。

译本序

我们处于一个文学畸形的时代，处于最需要短篇小说而又盛产长篇小说的时代。

仔细想想，这种状态也由来已久。单拿外国文学为例，我国出版的长篇小说名著，当数以百计，而以短篇小说称得上大师级的作家，数来数去，还是那么几个，无非是莫泊桑、契诃夫、欧·亨利、茨威格等，再尽量往上加，也达不到两位数。

一个明显的事实是：写长篇小说的大家，在文学发达的国家，总是人才辈出，而创作短篇小说的圣手，无论在哪里都难得一见。

以19世纪法国文学为例，大师级长篇小说家，至少能列举出雨果、巴尔扎克、司汤达、大仲马、福楼拜、左拉。然而，短篇小说家中大师级人物，只有“短篇小说之王”莫泊桑一人而已。

多不容易，一个世纪才出一个，还是在文学达到鼎盛的19世纪的法国。

到了小说成为文学创作主流的20世纪，这种状况并没有改观。

在法国，小说越写越长，称长河小说，卓有成就者有普鲁斯特、罗曼·罗兰、杜·伽尔、杜阿梅尔、莫洛亚等。但是，真正意义的短篇小说圣手，也只有被称为“短篇怪圣”的马塞尔·埃梅了。

究其原因，不是创作长篇容易而短篇难，而在于长篇凭其篇幅能无限延长，图新求变就有巨大的空间；反之，短篇小说囿于篇幅短小，求变也没有用武之地，而且三变两变，往往变成中篇甚至长篇，丢了芝麻得了西瓜，何乐而不为呢？

这就是为什么小说越写越长，长篇小说家越来越多，时而聚拢渐成声势，终成流派。况且，随着时代的发展和阅读品位的变化，长篇小说也逐渐取代诗歌，引领文学的潮流了。相比之下，优秀的短篇小说，往往是长篇小说大家的余墨。

这也就是为什么短篇小说形成不了独自的流派，短篇小说家只有个人风格，而短篇小说圣手或者大师，只能天马行空，独来独往了。

说来也很有趣，“王”者，孤家寡人也。冠以“王”者，唯莫泊桑一人而已。他虽然也有《一生》《漂亮朋友》等六部长篇，但只能冠其“短篇小说之王”，假使去掉“短篇”冠以“小说之王”，肯定早就被推翻了。世界文学史上那些长篇小说大师，个个都有王者风范，但谁也不敢称王，恐怕就是这个道理。有什么办法，怪只怪短篇小说苑中无老虎。

短篇小说，西文conte，本义就是短小的故事。莫泊桑写了三百多篇故事，无可争议地成为“故事大王”。

讲故事，讲俗人俗事，表现人生百态，这是人类有史以来最喜闻乐见的文学形式，也是世俗文学最鲜明的一个特点。莫泊桑的短篇小说就是体现这种文学传统的典范。

文如其人，其人如文，在莫泊桑身上表现得尤为明显。其文何文？正是市民百姓喜读乐看之文。其人何人？也正是市民意识最强的一个人。

在著名作家中，莫泊桑不仅是市民意识最强的，还是市民生活方式过得最滋润的。要知道，莫泊桑的父亲曾是银行职员，他本人也在海军当职员多年。他作品中的许多场景，正是自己的生活场景。

莫泊桑小说的故事背景，都是法国西北部的诺曼底地区，或者巴黎及其郊区。诺曼底是他童年和少年时期的故乡，而巴黎则是他供职和从事文学创作的地方，写这两个地区的风土人情和各色人物，他自然得心应手。

莫泊桑讲述的故事中的主人公，大多是小人物，有诺曼底狡猾的农民、慷慨的工匠、受欺凌的妓女和女佣、小职员、小店主、小市民，也有比市民还世俗的破落贵绅、富商、工厂主，以及野心勃勃的政客。例如《项链》中因爱慕虚荣而毁了一生的小市民；《羊脂球》中，有爱国骨气的妓女和软骨头的富商、乡绅，在敌人的淫威面前不同的表现；

《一家子》中为争取遗产而破口大骂的一家人;《两个朋友》中宁死也不肯将通行口令告诉敌人的一对友人;《一个诺曼底人》《皮埃罗》《魔鬼》,以极滑稽的场面,勾画出诺曼底人悭吝的性格。

这些人物构成了法国社会的主体,他们身边发生的故事,便构成世俗社会的万象。这种万象的光怪陆离、色彩纷呈,在任何作家的作品中,都不如在莫泊桑的小说中展现得如此充分。到了19世纪下半叶,法国进入了空前的世俗社会,而这个时期的法国社会,在莫泊桑的笔下得到空前的描绘。

总之,市民生活的方方面面,在这三百多篇故事中,几乎没有莫泊桑的笔触及不到的地方。他不但擅长讲日常生活中发生的故事,还臆构一些怪异的故事,以满足市民阶层的猎奇心理。例如《奥尔拉》就是以日记体记述了许多怪异现象,让人感到命运受物体的某种超自然力量的控制。

莫泊桑一开始写作,似乎就给自己定了基调,并且一直遵循:每篇作品都要写成生动有趣的故事,写成纯而又纯的故事。他不同于雨果、巴尔扎克、司汤达,也不同于福楼拜、左拉等名家,讲故事就是讲故事,既不是为了表现某个主题,也不借题发挥,长篇大论。他总是带着市民意识和平常心,每次写作都保持这种状态,尤其值得一提的是,在他仅仅十年(1880—1890)的创作生涯中,无论是创作思想还是创作风格,他都应该是变化最小的作家。他就好比一位技艺纯熟的工匠,制造出"众生相"的一个个精品。

以三百多篇故事而称王,可见这些故事的分量,许多篇目如《羊脂球》《西蒙的爸爸》《项链》《两个朋友》等,都已成为世界名篇。莫泊桑的短篇小说,是自自然然地讲故事的典范,也是以世俗故事登上经典殿堂的典范。

这里不得不重复评论家们盛赞莫泊桑的话——

盛赞他是讲故事的高手,每部作品完全围绕着所讲的故事而剪裁,精心追求故事本身的喜剧性或悲剧性效果。《我的叔叔于勒》读来令人心酸,行文起伏跌宕,忽喜忽悲,家人对于勒的态度也忽爱忽憎;其喜尤显其悲,其爱更增其恨。亲情已如此,人生冷暖便不言而喻。《归来》

更是纯粹的人生命运的故事，作者手法高妙，将喜剧性和悲剧性完全融为一体，直到故事戛然而止，读者也难断言其喜其悲。《火星人》可以说是超现实主义故事，在以现实主义为主旋律的莫泊桑短篇小说中，这该算是另类。然而超现实也可能像周期性的彗星，成为封闭的弧线，总要周期性地回到现实这个点上。喜也是人生，悲也是人生，莫泊桑的故事，就是在讲人生。有些故事似乎没有主题，其实脱离不开人生这个大主题。

盛赞他具有双重视觉，观察人情世态细致而深刻，能从日常小事和人的寻常行为中，看出人生哲理和事物的法则。莫泊桑叙事语气生动风趣，善于烘托气氛，制造戏剧效果，放得那么开，正因为有人生哲理和事物法则的底蕴，而这种底蕴，总是到故事的最后才揭示或暗示出来，令人拍案叫绝，这便是作者的高超艺术。例如精品杰作《项链》，女主人公为赔偿一串丢失的钻石项链，赔进去了整个青春年华，十年后再见到女友，正为保住自己的人格而扬扬得意时，女友却坦言那是一串假项链。轻声一语，不啻一声霹雳。人生命运的轻重得失，就蕴含在这个简单的故事中。

还盛赞他是法兰西语言大师。他的小说语言清新自然，生动流畅，堪称法语的典范。借著名作家法朗士的话说："他（莫泊桑）的语言雄劲、明晰、流畅，充满乡土气息，让我们爱不释手，他具有法国作家的三大优点：明晰、明晰、明晰。"就连最看重创新的安德烈·纪德，也难得给莫泊桑以这样的定位："不失为一个卓越超群、完美无缺的文学巨匠。"

居伊·德·莫泊桑（1850—1893）一生短暂，却留下大量至今还拥有广大读者的作品。三百多篇故事，在世界短篇小说名苑中，更是争奇斗艳，雅俗共赏。在生活节奏加快、最需要短篇的今天，我们越发感到，莫泊桑是无可替代的。

李玉民于北京花园村

2006年8月8日

（有删改）

目录

CONTENTS

战争是面镜子，在它的面前，人性的善与恶展露无遗。亲历过普法战争的莫泊桑，对战争中的人与事，会有怎样的书写？在接下来的阅读中，我们将看到莫泊桑对陷于战争中的各色群体的冷峻审视。

羊脂球

一连数日，溃军的一股股队伍，纷纷穿过这座城市。那根本不算队伍，完全是散兵游勇。那些人胡子拉碴，又长又脏，军装也破烂不堪，既没有军旗，又不成为团队，只是拖着脚步朝前走。他们都显得神情沮丧，筋疲力尽，再也不能想什么，再也不能拿什么主意了，仅仅凭习惯机械地移动脚步，一站住就会累趴下。他们大多是应征入伍的性情平和的人、安分度日的年金领取者，一个个都被枪支压弯了腰；还有年轻而敏捷的国民别动队员，他们容易惊慌失措，又能立刻斗志昂扬，他们随时准备冲锋陷阵，也随时准备溃退逃跑。此外，他们中间还零星夹杂着穿红色军裤的士兵，那是一次大型战役中被击垮的师团的残部。身穿深色军装的炮兵，同各种步兵排列在一起。有时也能看见一名龙骑兵的闪亮的头盔，他拖着沉重的步子，跟随着脚步比较轻快的步兵，显得十分吃力。

随后，游击队也一批批穿城而过，每队都起了英勇的称号，诸如“败军复仇队”“坟墓公民团”“敢死队”等等，不过，他们的样子倒像土匪。

他们的官长[①]，也都是从前的布商或粮商、油脂商或肥皂商，临时充当军人，因为钱多或者胡子长，就被任命为军官，全身披挂着武器、法兰绒绶带和军衔。他们讲话声如洪钟，经常讨论作战方案，大言不惭，自以为肩负着危难的法国的命运。不过，他们有时也惧怕手下的士兵，那原本是些亡命之徒，勇敢起来往往不要命，但是奸淫抢掠，无法无天。

据说，普鲁士军队就要开进鲁昂[②]城了。

当地的国民卫队，两个月来一直在附近树林中，小心翼翼地侦察敌情，有时开枪打死自己的哨兵。哪怕荆丛里有一只小兔子动一动，他们就立刻准备投入战斗。现在，他们都各自逃回家中，那些武器、军装，在方圆三法里[③]之内用来吓唬路碑的一整套凶器，都突然不翼而飞了。

最后一批法国兵总算过了塞纳河[④]，要从圣赛威尔和阿夏镇的方向退往奥德梅桥。走在最后的是将军，左右由两名副官陪伴，徒步行走。率领这样的乌合之众，他实在一筹莫展，回天乏术。而且这个以勇武著称、战无不胜的民族，竟然遭此惨败，全线崩溃，他裹在其中，也不免感到茫然失措。

战无不胜的辉煌已不再，作者借将军的感受表达了这段惨败的经历给法兰西民族带来的耻辱。

此后，城中便是一片寂静，一片静悄悄而又惶惶不安地等待的气氛。许多大腹便便的市民，在生意场上丧失了男子气概，现在惴惴不安地等待胜利者，他们心惊胆战，唯恐敌军看见他们烤肉的铁扦或者大菜

① 官长：即长官。——编者注

② 鲁昂：法国西北部港市，位于塞纳河下游。——编者注

③ 法里：1法里约合4千米。——编者注

④ 塞纳河：流经巴黎盆地的法国第二大河，全长776千米，包括支流在内的流域总面积为7.8万平方千米。——编者注

刀，就说是窝藏武器。

生活似乎停止了，铺子都关门闭店，街上阒无人声。偶尔有个居民上街，也被这种沉寂吓坏，便溜着墙根匆匆离去。

就在法军撤完的第二天下午，不知从哪儿冒出几名轻骑兵，穿城疾驰而过。不久，从圣卡特琳山坡上就下来黑压压一大片人，与此同时，另外两股侵略大军，也像潮水一般，出现在达纳塔尔和布瓦纪尧姆的两条大道上。这三支大军的先头部队，恰好同时在市政府广场会合。随后，普鲁士大部队开到，一营一营，从周围的大街小巷列队出来，沉重而整齐的步伐，踏得路石咯咯作响。

一种陌生而喉音很重的声音所喊的口令，沿着房舍升起。那些房屋看似空空荡荡，一片死寂，可是在紧闭的窗板里面，一双双眼睛却在窥视胜利者：那些胜利者成了这座城市的主人，根据“战时权法”主宰全城人的财产和性命。居民守在昏暗的房间里，都惊恐万状，如同遭受大灾大难——遇到强烈地震，什么智慧和力量都无能为力了。是的，每逢事物的秩序被打乱，安全便不复存在，原来受人类法律或自然法则保护的一切，现在就要遭受一种无意识的残暴力量的蹂躏，人们就会产生这样惶恐的感觉。大地震将一个地方的所有人压死在倒塌的房屋之下。泛滥的江河同时冲走淹死的农夫和耕牛的尸体，以及房屋的梁柱。同样，打了胜仗的军队就要屠杀自卫的人，押走俘虏，以战刀的名义抢掠，用大炮的轰鸣感谢上帝。所有这些可怕的灾难，让我们无法再相信永恒的正义，也无法按照我们所接受的教导那样，再相信上天的保

先通过细节描写再现普鲁士军队闯进鲁昂城的场景，接着以第一人称视角直接发表感受，讲述战争给人带来的影响，让人有代入感。

佑和人类的理性。

普鲁士小分队挨家敲门，然后进了屋。这就是入侵之后的占领。战败者从此开始尽义务，必须热情招待胜利者。

过了一段时间，最初的恐怖一旦消失，气氛又重新平静下来。在许多家庭里，普鲁士军官都和一家人同桌吃饭。有的军官也很有教养，并且出于礼貌，替法国惋惜，说自己本不愿意参加这场战争。房主自然要感激普鲁士军官的这种感情，何况说不上哪一天，还要仰仗他的保护呢。把他侍候好了，也许能少摊派几名士兵来吃饭。既然什么都要听命于这个人，又何必伤害他呢？那样干不是勇敢，而是鲁莽。现在的鲁昂市民，已没有大胆鲁莽的毛病了，不像当年那样，因英勇守城而使这座城池闻名遐迩。最后他们还这样考虑，只要不在公开场合同外国人亲近，在自己家里客气一点儿并不为过。这是他们从法兰西的文明礼貌中得出的至高无上的理由。在外面，彼此成为路人，可是回到家里，大家都愿意交谈。每天晚上，大家守着炉火取暖，普鲁士军官待的时间也越来越长了。

就是整个城市，也渐渐恢复了常态。法国人固然还不大出门，可是大街小巷挤满了普鲁士兵。况且，那些蓝色轻骑兵军官，身上佩带的杀人的大家伙拖在马路上，虽然显得盛气凌人，但是比起去年也是在这些咖啡馆里吃喝的法国轻骑兵军官来，对普通公民的蔑视态度并不算特别厉害。

作者为什么要将普鲁士兵与法国兵进行比较？

然而，空气中多了点儿什么，多了点儿难以捕捉的陌生东西，那是一种不能容忍的外国气氛，如同扩散的一种气味，异族入侵的气味。这种气味充斥家家户户和所有广场，改变食品的味道，使人产生远行到野蛮而危险的部落的感觉。

胜利者要钱，要很多钱。居民总是如数缴纳，他们也的确富有。不过，诺曼底商人财越多越抠门儿，出一点儿血，拔一根毛，看着自己的财富有一点儿转到别人手中，他就特别心疼。

可是出了城，沿河流往下游走两三法里，到克鲁瓦塞、埃普塔尔或比萨尔一带，船夫和渔人经常能从水底打捞上来普鲁士人的尸体。那些尸体在军服里泡得胀起来，有用刀捅死的、用脚踢死的，也有脑袋被石头砸烂的，或者从桥上被人推下水的。河底的淤泥里，埋葬了不少野蛮而合法的暗中复仇，那是不为人知的英勇行为、不声不响的袭击，比白天打仗还危险，但又不能扬名。

须知对外敌的仇恨，总能武装起几个义无反顾的人——他们为了一种信念，随时准备献出生命。

总而言之，入侵者在全城实施严格的纪律，并没有干出一件传闻他们在挺进中所犯的暴行。于是，城里人胆子壮起来，那些商人又蠢蠢欲动，心中渴望做生意了。有几个商人在还是由法军据守的勒阿弗尔[①]有大笔投资，他们打算从陆路先到迪埃普，再乘船转到那个港口。

他们利用认识的几名普鲁士军官的影响，从总司令那里获得离城特许证。

有十名旅客订了座位，车行派一辆四驾旅行大马车送一趟，他们决定星期二天亮之前动身，以免招来

在这里，故事才正式开始。作者为什么要在前文进行如此漫长的铺垫呢？

① 勒阿弗尔：法国第二大港，位于西北部塞纳河口。建于1517年，19世纪发展为大贸易港。——编者注

人围观。

这一阵地面冻硬了。到了星期一下午三点钟的光景，北风劲吹，刮来一片片乌云，大雪纷纷扬扬，从傍晚开始，下了一整夜。

凌晨四点半，旅客们在诺曼底旅馆院内集合，准备上车。

他们睡眼惺忪，虽然披着毛毯，还是冻得浑身直打哆嗦。昏暗中彼此看不清楚，他们身上里三层外三层，穿了厚厚的冬衣，看上去就像身穿长袍的肥胖神甫。有两个男人倒是相互认出来了，第三个人又上前搭话，他们便开始交谈。一个说："我带老婆一道走。"另一个说："跟我一样。"第三个说："彼此彼此。"第一个又说："我们再也不回鲁昂了。如果普鲁士军逼近勒阿弗尔，那我们就去英国。"他们气味相投，也都有同样的打算。

然而，始终没有人来套车。一名马夫提着一盏小灯，不时从一扇黑洞洞的小门里出来，又立刻钻进另一扇门里。马厩地上垫了草，马蹄刨地的声就不大了。一个汉子骂骂咧咧地同牲口说话的声音，在旅馆楼内都听得见。一阵轻微的铃声表明有人在弄马具，不久又变成持续不断的清脆颤音，节奏随着牲口的动作而变化，时而停止，接着又突然摇响，并且伴随着马掌踏着地面的闷声。

门猛然关上，声响戛然而止。这些市民身子冻僵了，都沉默下来，直挺挺地伫立在那里。

恶劣的天气，让这段于凌晨仓促上路的旅途从一开始，就暗含惊险和坎坷。

绵绵不断的白色雪幕闪闪发亮，不停地朝大地降落，抹掉了万物的形状，给万物蒙上一层冰雪的刨花。城市一片沉寂，埋葬在冬天下面，什么也听不见了，唯闻这种难以捕捉的、模糊而飘忽的下雪的窸窣之声，与其说是声响，不如说是感觉，微屑淆杂混合，似乎充塞天地，覆盖了世界。

提灯笼那人又出现了，他牵着一匹不愿走且垂头丧气的马，将它拉到车辕里，搭上套，转悠了好半天才系好，因为他一只手提灯照亮，只能用一只手干活儿。他正要去牵第二头牲口，看到所有旅客都站着不动，满身都是白雪，就对他们说："你们干吗不上车呢？到车里起码避避雪。"

自不待言，他们没有想到这一点，一听这话就蜂拥过去。那三个男人先把妻子扶上车，随后自己也上去了。另外几个身形模糊的人彼此没有讲话，上车就坐到余下的位置上。

车厢的底板铺了厚厚的干草，脚可以插进去。坐在里头的那几位太太带了烧炭的小铜暖炉，这时点燃了，然后低声列举暖炉的好处，讲了好半天，无非彼此重复早已知道的事情。

旅行车终于套好了，本应套四匹马，考虑到路不好走，就套上了六匹马。这时，外面有人问道："全都上来了吗？"车里有人应了一声："全上来了。"于是启程了。

马车行驶得很慢很慢，一小步一小步往前移动，轮子陷在雪中，整个车厢哀鸣，发出低沉的吱吱咯咯的声响。几匹马打着滑，呼呼喘息，浑身冒热气，而车夫的大鞭四面飞舞，不停地打响，时而卷曲，时而伸展，活像一条细长的蛇，又突然抽在一个滚圆的马屁股上，那匹马的后臀就往上一拱，猛地用力拉车了。

对马的动作、状态等细节的描写，让人感受到雪天行车的不易。

不知不觉天亮了。刚才被车里一位地道的鲁昂旅客比作棉花雨的鹅毛大雪，现在已然停了。乌云里透出一道污浊的光线，而厚重的乌云反衬得雪野格外明亮耀眼。地面上忽而出现一行披上霜衣的大树，忽而出现一座顶着雪帽的茅舍。

车厢里，大家借着黎明的这种凄清的光亮相互好奇地打量。

作者将故事场景转移到马车车厢里，这个密闭的空间为情节的发展、人物关系的变化提供了极强的张力。

在车厢最里面的最好的位置上，鸟先生夫妇面对面地坐着打瞌睡，他们是大桥街的葡萄酒批发商人。

鸟先生从前给人当伙计，趁老板破产，就把店铺盘过来，从而发了财。他以极便宜的价格，将极劣的葡萄酒批发给乡村的小贩，因而在熟人和朋友的眼里，他是个非常狡诈的奸商，是个诡计多端、快活俏皮的真正诺曼底人。

他这奸商的名望已十分稳固，以致有人当作笑谈。例如有一天，在省政府的晚会上，一位在当地颇有名气、文思敏捷而犀利、专编寓言和歌谣的作者图奈尔先生，看到女士们有点儿困倦，就提议玩“飞鸟”[①]游戏。这一说法立即飞遍省督的每间客厅，然后又飞到全城的每家客厅，让全省人开心大笑了一个月。

此外，鸟先生爱搞恶作剧、爱开文雅和下流的玩笑，也是出了名的，因此哪个人提起他，无不立刻补充一句：“这个鸟家伙，真是无价的活宝。”

此公身材矮小，挺个球状的大肚子，肩头顶着鬓髯灰白的一张红赤赤的脸。

他的老婆则人高马大，麻利果断，说话嗓门儿

① 此处一语双关，法语中“飞”一词也有“盗窃”的含义。

又高，遇事又能当机立断，在店铺里代表着秩序和算术。而他本人则凭着插科打诨，给店铺增添活跃的气氛。

挨着这对夫妇坐的一位更有派头，出身阶层要高一等，他就是卡雷-拉马东先生，一个了不起的人物，在棉纺行业名望很高，开了三座纺织厂，被授予荣誉团骑士称号，又是省议会的议员。在整个帝国时期[①]，他一直是善意的反对派首领，唯一的宗旨就是先攻后和，拿他本人的话来说，也就是拿武器虚晃几招，然后要价高些，再附和多数派的主张。卡雷-拉马东太太比丈夫年轻得多，成为鲁昂驻军中那些贵族军官的安慰。

身为法国上层精英的拉马东先生却在逃亡，作者借此人物暗示了法国战败的一个重要原因是上层的腐化堕落。

她坐在丈夫的对面，身子蜷缩在毛皮大衣里，显得那么娇小，那么可爱，那么秀美。她瞧着这破破烂烂的车厢，眼里充满了沮丧的神情。

坐在她身旁的是于贝尔·德·布雷维尔伯爵和夫人，这是诺曼底最古老、最高贵的姓氏。伯爵是个派头十足的老绅士，并且着意修饰，竭力突出自己的相貌与亨利四世国王的相似之处。根据他的家族引以为荣的一种传说，亨利四世曾使布雷维尔家族的一名女子怀了身孕，那女子的丈夫才得以晋升伯爵，并擢升为省督。

在省议会里，于贝尔伯爵跟卡雷-拉马东先生是同僚，不过他在省里代表奥尔良保王党。他同南特城一个小船主女儿是如何结为良缘的，始终是个谜。伯爵夫人也的确雍容华贵，比谁都善于应酬，据传她曾

① 指拿破仑三世的第二帝国。

得到路易-菲利浦[①]的一名公子的垂爱，因而整个贵族阶层都对她趋之若鹜，她的沙龙在当地也首屈一指，是唯一保留昔日风流情调的场所，一般人是难得进去的。

布雷维尔家庭拥有的全是不动产，据说每年收入高达五十万法郎。

上述六人是这辆车旅客的核心，是社会上收入稳定、生活平静、有权有势的阶层，同时也是信奉宗教、讲究道德、有威望的正人君子。

也是巧得出奇，所有女客都坐在同一条长椅上。伯爵夫人旁边还坐着两名修女，她们掐着长串念珠，口中咕哝着《圣父经》和《圣母经》。一位是老修女，满脸麻坑，就好像迎面中了一排霰弹似的。另一位修女身体极其羸弱，一张带着病容的俏脸长在痨病胸脯的上面。这样的胸脯受贪婪信念的啮噬，能使人情愿殉教并产生宗教幻象。

在逃亡的马车中居然有两个修女。此处的人物描写形象生动，表现了作者对当时虚伪的宗教人士的嘲讽。

这两位修女的对面坐着一男一女，他们把大家的目光吸引过去。

那男的谁都认识，人称民主家高奴代，是上流社会人士最怕的人。二十年来，他泡在具有民主风味的所有咖啡馆里，在啤酒杯中浸染他那棕红色的胡子。他和弟兄朋友们，吃光了他那当糖果商的父亲给他留下的可观的财产，便急不可待地盼着共和国的诞生，以期获得他为革命干了那么多啤酒之后应有的地位。九月四日[②]那天，也许有人故意捉弄他，他真以为自

① 路易-菲利浦：法国国王，1830年至1848年在位。

② 九月四日：1870年普法战争开始后，法皇拿破仑三世于9月2日在色当战败投降，4日巴黎爆发革命，推翻第二帝国，宣布成立共和国。

已被任命为省督，不料走马上任时，成为办公室唯一主人的那些侍役，却不肯承认他的资格，逼得他退避三舍了。其实，他是个挺厚道的家伙，乐于助人，而并无害人之心，于是他又以无比的热忱，全力组织守土的防务，动员百姓在平野上挖了许多坑，砍倒附近林子中的所有小树，在每条路上都布下了陷阱。他对自己营建的这些防御工事非常满意，等敌军快要开到时，他就急忙撤回城里了。现在他又想，勒阿弗尔更需要他，那里亟待建造新的防御工事。

那女的是个人们所说的粉头，因过早发胖的体形而出了名，诨号叫“羊脂球”。她个头儿很矮，浑身圆滚滚的，肥得流油；十根手指也都肉鼓鼓的，只有每个骨节细了一圈，皮肤紧绷而发亮，好像几串短香肠；胸脯特别丰满，顶着衣裙突出一大团。但是她细皮嫩肉，招人爱看，依然秀色可餐，有不少嫖客光顾。她的脸蛋儿如同一个红苹果，又像一朵含苞待放的牡丹花；下面那张小嘴里，两排细牙亮晶晶的，嘴唇曼妙而湿润，吻起来一定甜美。

在所有人物中，作者为什么要把羊脂球放到最后进行介绍？

据说，她还有许多难以估价的妙处。

大家一旦认出她来，几个正经女人便交头接耳，说什么“婊子”啦，“社会耻辱”啦，等等。虽然窃窃私语，但是声音很高，引得她抬起头来。她扫视同车的旅客，目光毫无惧色，充满了挑战的神情，逼使大家立刻噤声，纷纷低下头，唯独鸟先生还色迷迷地偷偷看她。

不大工夫，三位女士又交谈起来，有这个妓女在场，她们就突然亲近了，几乎成为知心朋友。面对这个无耻的卖淫女人，她们觉得必须拧成一股绳，以

美的类型 〔法〕詹姆斯·迪索绘

显示为人妻室的尊严，因为合法爱情向来傲视淫乱野合。

那三位男士，也因为有高奴代在场，出自保守派的本能而靠拢了，以蔑视穷人的口气谈论金钱。于贝尔伯爵说起普鲁士军入侵使他蒙受的损失，再加上牲畜被掠、庄稼不收等可能造成的损失。但是他神态自若，不失亿万富翁那种自信，仿佛这些损害只会妨碍他一年半载。卡雷-拉马东先生的棉纺业损失惨重，不过他早就留了一手，将六十万法郎汇往英国，以备不时之需。至于鸟先生，他也早有安排，将窖藏的普通葡萄酒全数推销给法军后勤部，这回他前往勒阿弗尔，就是打算领取国家欠他的一笔巨款。

这三位相互迅速交换友好的眼色。尽管他们社会地位不同，但是凭着金钱彼此引为兄弟，同属大富豪的共济会[①]，手插进裤兜里都能弄得金币哗哗直响。

三位女士因鄙视妓女羊脂球而结成同盟，三位男士因金钱而引为兄弟，这六人都是上层人士；两位修女专注念经，为宗教代表。一个车厢，十个人，有四个不同的团体，矛盾和冲突一触即发。

驿车行驶的速度慢极了，到了上午十点钟，还没有走出四法里。有三段爬坡的路，男士们都下车步行。大家开始担心了，原定到托特吃午饭，现在看来天黑之前难以赶到了。每人都眼巴巴地眺望，但愿途中发现一家小酒店，讵料[②]驿车又陷入积雪中，费了两小时才弄出来。

大家越来越饿，饿得心里发慌，可是连一家小饭馆、一家小酒店都没见到。这不奇怪，一来普鲁士军队逼近，二来饥饿的法国部队经过这里，吓得所有的小买卖都关了门。

车上几位先生到路旁农舍去找吃的东西，结果连

① 共济会：资本家的一个共同体联盟。——编者注
② 讵料：岂料。——编者注

面包也没有弄到，因为农民素来多疑，早把存储的食品藏起来，生怕大兵饿急了，见到什么就抢什么。

将近下午一点钟，鸟先生公开表示，他饥肠辘辘，实在饿得不行了。大家也都跟他一样，早就饿了，想吃东西的欲望越来越强烈，谁也没有心思说话了。

不时有人打个呵欠，紧接着就有人效法，于是大家轮番打起来，有的张着嘴巴声音很响，有的则文雅地捂住往外冒热气的大口，这完全取决于各人的性情、教养和社会地位。

羊脂球好几次弯下腰去，仿佛要在裙子下面找什么东西，但每次都踌躇一下，看看旁边的人，然后又不动声色地直起身来。每个人的脸都苍白而抽搐。鸟先生说他肯付一千法郎买只小火腿。他老婆抬手似乎要劝阻，随即又平静下来。她一听说浪费钱财就心如刀割，甚至听不出这是玩笑话。伯爵说道："老实讲，我真觉得不舒服。我怎么没有想到带些食品呢？"于是，每人都同样责备自己。

高奴代倒是随身带了满满一壶朗姆酒，他请大家喝一点儿，却被冷淡地拒绝了。唯独鸟先生接受好意，喝了两小口，递回去时他还道谢说："还真不错，暖和一下身子，还能止止饿。"两口酒下肚，他的情绪转佳，就提议像歌谣里唱的那样在乘坐小船时，把最胖的旅客吃掉。这种影射羊脂球的说法，几位有教养的人听了刺耳，谁也不应声凑趣，唯独高奴代笑了笑。两位修女不再念经，双手插进大袖子里，始终垂着眼睛，坐在那里一动不动，无疑是在向上天奉献天赐给她们的苦痛。

敌视高奴代的鸟先生却毫不在意地接受了高奴代的好意，他无疑是因利益而善变、没有原则、自私的奸商的代表。"把最胖的旅客吃掉"这一带着调侃意味的提议似乎暗示了什么。

熬到三点钟，只见周围无边无际的平原，没有一点儿村落的影子，羊脂球这才急忙俯下身，从座位底下拉出蒙着白色餐巾的大篮子。

她从篮子里先取出一只陶瓷小碟、一只小银杯，再取出一个大瓦罐，里面装着两只切好的并结了一层冻儿的整鸡。大家瞧见篮子里还有一包包好吃的东西，诸如肉酱、水果、甜食，准备的食品足够旅途中吃三天，而不必沾一点儿旅馆厨房做的东西。几包食物之间还露出四瓶酒的长颈。她拿起一个鸡翅膀，小口吃起来，同时就着诺曼底地区叫作“摄政”的小面包。

所有目光都注视她了。接着，香味扩散，大家的鼻孔都张开，嘴里涌出大量的津液，耳朵下面的腮帮子也绷得发痛。几位女士对这窑姐儿的蔑视更凶了，简直要把她杀死，或者把她扔下车去，把她连同酒杯、篮子和食品，统统扔到雪地里。

然而，鸟先生的眼睛贪婪地盯着装鸡的瓦罐，他说道：“不错，这位太太比我们想得周到。有的人总是样样都能想得周全。”羊脂球听了，抬头看着他：“先生，您想吃点儿吗？不吃东西，从一早熬到现在，可真够呛！”鸟先生点头致意，又说道：“说心里话，我不会拒绝，饿得实在挺不住了。战时就说战时的话，对不对呀，太太？”接着他环视一下周围，又补充说：“碰到现在这种情况，有好心肠的人肯帮忙，何乐而不为呀！”他有一张报纸，便摊在面前，以免弄脏裤子，然后从兜里掏出他总带在身上的小刀，用刀尖挑起一个裹着冻儿的鸡腿，用牙齿撕开，细细嚼起来，吃得津津有味，引起车里一大声痛苦的叹息。

虽然羊脂球什么也没做，但太太们先是因身份而鄙视她，又因她有食物而气愤；可见但凡有伤太太们优越感的东西，她们都感到愤怒和不齿。

这时，羊脂球又和声细语，请两位修女分享这顿便餐。两位修女立即接受，她们咕哝两句道谢的话，眼皮也不抬就迅速吃起来。高奴代也欣然接受羊脂球的邀请，连同修女一起，把报纸摊在膝上，就拼成了一张临时的饭桌。

几个人的嘴不停地一张一合，大吃大嚼，大口吞下去。鸟先生单独在一边，也吃得非常卖力气，他还低声劝老婆如法炮制。鸟太太抵制了许久，后来肠胃一阵痉挛，她也就屈从了。于是，鸟先生十分委婉地问他们“可爱的旅伴”，能否允许他给自己太太拿一小块。羊脂球蔼然一笑，说了一声“当然可以，先生”，就殷勤地把罐子递过去。

打开第一瓶红葡萄酒之后，却出现一个难题——只有一只酒杯。大家只好轮流传递，将杯沿儿擦一擦再喝。只有高奴代例外，他无疑是有意献殷勤，单在羊脂球唇迹未干的杯边喝酒。

试着分析作者写高奴代这一行为的意图。

周围的人都在吃东西，而食物散发出香味，德·布雷维尔伯爵夫妇和卡雷-拉马东夫妇被逼得透不过气来，忍受着以坦塔罗斯[①]命名的酷刑。那位棉纺厂厂主的年轻太太，忽然叹息一声。大家都转过头去，只见她的脸色像车外的雪一样白，那双眼睛一合，额头一耷拉，便不省人事了。她丈夫吓坏了，恳求大家救护。慌乱中，谁也没有主意。这时，年纪大的那位修女扶起病人的头，将羊脂球的酒杯贴到她的唇上，喂了她几小口葡萄酒。美丽的太太这才动了

① 坦塔罗斯：希腊神话中的一位国王。他因触犯宙斯，被罚立在齐颈深的水中，头上有果树。他口渴欲饮，水却流往他处；腹饥欲食，果子则被风吹走，因此永远又饥又渴。——编者注

动，睁开眼睛，粲然一笑，声音微弱地说她现在感觉好多了。那位修女怕她再晕倒，就逼她喝下满满一杯酒，并且说道："这是饿的，没有别的原因。"

这样一来，羊脂球脸色涨得通红，样子十分为难，她看着四位饿着肚子的旅客，结结巴巴地说道："上帝啊，我想冒昧请这几位先生和夫人……"她没有说下去，怕招来一场侮辱。这时，鸟先生说话了："唉！在这种时候，大家都是兄弟，应当互相帮助。来吧，两位女士，不要客气，见鬼，让吃就吃吧！能不能找到一所房子过夜还不知道呢！按照这样走法，明天中午之前，恐怕也到不了托特。"他们还犹豫不决，谁也不敢为此负责，说一声"好吧"。最后，还是伯爵做出决断，他转向胆怯的胖姑娘，摆出大老爷的派头，说道："好吧，夫人，我们就领情接受了。"

万事起步难。难关一过，大家就肆无忌惮了。转眼工夫，一篮子东西全吃光了。篮子里本来还有鹅肝酱、肥云雀酱、一块熏牛舌、克拉桑产的梨、主教桥镇的蜜糖方面包、精制的小点心以及满满一杯醋腌黄瓜和洋葱，这是羊脂球和所有女人都最爱生吃的蔬菜。

吃了这个姑娘的东西，就不能不同她讲话了。于是大家闲谈，起初还端着架子，后来看到她很有分寸，大家也就放松多了。德·布雷维尔夫人和卡雷-拉马东太太极善交际，显得雅人深致[1]，蔼然可亲。尤其是伯爵夫人，具有高贵夫人的风范，降尊纡贵，高洁而不可染，显得格外善气迎人。反之，又高又壮的鸟太太，却有一颗宪兵的心灵，她说得少，吃得多，始

四个团体之间的矛盾，暂时因为食物而瓦解，羊脂球似乎获得了大家的青睐，此处的和谐与上文的剑拔弩张形成对比，增强了小说情节的戏剧性。

① 雅人深致：形容人的言谈举止不俗。——编者注

终是一副气恼含愤的神态。

大家自然而然谈起战争，讲述普鲁士军的暴行、法国军民的英勇行为。所有这些逃跑的人，却大肆赞扬别人的勇敢。不久，又谈起个人的经历，羊脂球讲她为何离开鲁昂，她那种激愤真实可信，言辞十分激烈，大凡妓女要发泄内心的愤慨往往会这样。她说道：

“起初我以为可以留下来。我家里储存了很多食品，我宁肯供养几个大兵，也不愿背井离乡，到处流浪。哪知我一见到他们，见到那些普鲁士兵，就控制不住自己，简直肺都要气炸了。我感到耻辱，哭了一整天。哼！我若是个男子汉！我从窗口望着他们，只见那些肥猪戴着尖顶头盔，若不是女仆拉住我的手，我就会扔下家具砸他们。后来，有些要住进我家里，我扑向头一个进来的家伙，掐住他的脖子。要掐死他们并不难！如果不是有人揪我的头发把我拉开，我就会把那家伙结果掉。出了这事，我就不得不躲起来。终于有机会离开，这才跟大家同车结伴。”

羊脂球因为攻击普鲁士兵而不得不逃亡，她用行动表示了自己对国家的热爱。

旅伴大大地夸奖她一番，他们可没有这样舍生忘死的表现，因而越发敬重她了。高奴代听她讲述，脸上带着信徒那种赞许和善意的微笑，如同一位教士听到信徒颂扬上帝那样。因为，留大胡子的民主党人总是独家经营爱国主义，正如穿教袍的神甫总是独家经营宗教一样。他也讲起来，拿出一副教诲人的口吻，而那种大言空论，是从每天张贴在墙上的宣言声明中学来的，最后又有一段慷慨陈词，将那个“巴丹盖[1]无赖”臭骂了一通。

不料，羊脂球听了，当即勃然大怒，因为她拥护

① 巴丹盖：拿破仑三世于1846年越狱时使用的化名。

拿破仑皇帝。她的脸涨得比樱桃还红，气得结结巴巴地说不出话来：

“我倒要看看，你们这些人，到他的位置上去试一试，肯定更狼狈！他那人，正是你们把他出卖啦！如果是您这样的泼皮无赖来统治，那么大家只好离开法国啦！”

高奴代却毫不动容，脸上始终保持那种唯我独尊的轻蔑的微笑。不过大家都感到，那些粗话快要脱口而出了，于是伯爵挺身干预，以权威的口气宣称，凡是坦率的见解都应当受到尊重，好不容易才劝住这个怒不可遏的姑娘。伯爵夫人和棉纺厂厂主太太，跟一切有身份的人一样，从心里就莫名其妙地憎恨共和国，又跟所有妇女一样，本能地喜欢讲究排场的专制政权，这时她们不由自主地受到这个大义凛然的妓女的吸引，觉得她和她们的感情十分相近。

羊脂球对拿破仑三世的拥护和这些太太对拿破仑三世的拥护是一样的吗？你觉得她们的感情真的十分相近吗？

一篮子东西吃光了。十张嘴吃这一篮子东西，毫不费劲儿就一扫而光，颇为遗憾篮子还不够大。东西吃完之后，谈话还持续了一段时间，但是渐渐冷下来。

夜幕降临，周围越来越黑了。一个人在消化食物的时候尤其怕冷，羊脂球尽管身体肥胖，也不禁打起寒战。德·布雷维尔太太的脚炉从早上点着，炭已经换过多次，现在她愿意借给羊脂球烤一烤，羊脂球立刻接过来，因为她感到双脚冻僵了。卡雷-拉马东太太和鸟太太也分别把脚炉借给那两位修女。

车夫已经点上风灯。明亮的灯光照见辕马臀部的腾腾汗气，同时也照见大路两旁的积雪，仿佛在摇曳的光亮下向后移去。

车厢里什么也看不清楚了。不过，羊脂球和高奴代之间，突然有点儿动静。鸟先生目光在黑暗中搜索，似乎瞧见那个大胡子男人急忙向旁边一闪，就好像他重重地挨了不声不响打来的一拳。

大路前方出现星星点点的小火光。那便是托特镇。马车行驶了十一个多小时，再加上四次停车歇息、给马喂料耽误两个多小时，总共十四小时。驿车驶入镇里，在商会旅馆门前停下。

车门打开了。一种耳熟的声响，令所有旅客不寒而栗，那是刀鞘触到地面的声音。随即一个普鲁士人喊叫着什么。

尽管驿车已经停稳了，可是谁也不下车，就好像大家都料到，一出去就会遭屠杀似的。这时，车夫走过来，手里拎着一盏车灯，灯光突然照亮整个车厢，只见两排面孔都惊恐万状，都张着嘴巴，睁大了眼睛。

灯光的突然出现、人物表情的变化预示着情节的突转；新人物——普鲁士军官的露面也打破了暂时和谐、平静的局面。

在车夫身边，有一名普鲁士军官站在灯光里，他是个细高挑儿的青年，身材瘦长得出奇，一头金发，而军服紧紧裹住身子，就像女人的紧身胸衣一样，头上歪戴着平顶鸭舌漆布军帽，看上去倒像英国旅馆的侍役。他的两撇胡子也长得出奇，直挺挺的长胡须向两边伸展，越来越细，到两端仅余下一根极细的黄毛，其余不知所终。那两撇胡子压住他的嘴角，将两边的面颊拉下来，给嘴唇印上一道垂下的深纹。

他用阿尔萨斯人讲的法语，让旅客下车，口气很生硬：“里（你）们还铺（不）下来吗，先生们和代代（太太）们？”

两位修女首先服从命令，她们是圣洁的女子，一向百依百顺。伯爵和他夫人也下了车，后面跟着棉纺厂厂主和他太太，接着就是鸟先生，他推着大块头的老婆，脚一着地，就对军官说："您好，先生！"但主要不是表示礼貌，而是出于谨慎。对方跟有权有势的人一样傲慢无礼，只是看了看他，并不搭理。

羊脂球和高奴代座位虽然挨近车门，却是最后下来的，在敌人面前，他们要表现出凛然难犯的气概。胖姑娘竭力控制自己并保持冷静。那位民主党人则不停地摆弄棕红色大胡子，手有点儿颤抖，就好像要英勇就义似的。他们二人就是要保持尊严，知道在这种场合，每人都多少代表一点儿祖国，而目睹旅伴们的那种恭顺样子，他们心中都同样产生反感。因此，羊脂球这边，要竭力显得比同行的正经妇人的态度还高傲；高奴代则感到自己应当做出表率，他的整个态度表明，他在继续从设置路障开始的抗敌任务。

人物下车的顺序在一定程度上象征着民族气节。在威逼下，最后下车的羊脂球和高奴代，内心涌动着更多的爱国之情。此处民主党人高奴代的表现让他拥有了更多可供解读的空间，人物因而变得更加立体。

他们走进旅馆宽敞的厨房。普鲁士军官吩咐他们出示总司令签发的离城特许证，核对了每个旅客的姓名、相貌、职业，又对照证件久久地审视所有人。

接着，他突然说了一句："号（好）啦！"随即走掉了。

大家这才长出一口气。他们还感到饿，早就叫旅馆备晚饭。起码要等半小时才能做好，趁两名厨娘忙碌的时候，他们就去看看客房。客房排列在一条走廊里，另一端有一扇玻璃门，门上写着"厕所"。

大家正要入座吃饭的时候，旅馆老板亲自跑来了。他从前是马贩子，人很胖，患有哮喘病，嗓子眼儿里有痰，总发出嘶嘶声和呼噜呼噜声。他父亲传给他佛郎维这个姓氏。

老板问道：

“哪位是伊丽莎白·鲁塞小姐？”

羊脂球打了个寒战，回过头去：

“是我。”

“小姐，普鲁士军官要立刻同您谈话。”

“同我谈话？”

“不错，如果您就是伊丽莎白·鲁塞小姐的话。”

羊脂球一阵心慌，想了一下，就断然回答：

“有可能是找我，但是我不去。”

她周围一阵骚动，大家议论纷纷，猜想这人命令的缘由。伯爵走过来，说道：

“您这样做不妥，夫人，要知道，您一口回绝，不仅会给您本人，也会给您的所有旅伴招来很大麻烦。永远也不要抵制最强大的人。叫您去一趟，肯定不会有丝毫危险，无疑是要补办什么手续。”

众人合力劝说羊脂球，他们都希望以别人的妥协换得自己的安全，自私是他们的共性。

大家都随声附和，恳求她，催她快点儿去，都竭力开导她，终于把她说服了，谁都怕她一意孤行，把事情弄复杂了。最后，羊脂球说道：

“毫无疑问，这可是为了诸位我才去的！”

伯爵夫人抓住她的手：

“我们都感激您呀！”

羊脂球出去了。大家等她回来一起吃饭。每人心中都有点儿遗憾，如果叫到自己，而不是让这个性情暴烈、动辄发火的姑娘去，那该多好。于是每人都默默准备，等轮到自己时讲哪些烂套子。

可是刚过十分钟，羊脂球就回来了，她呼呼喘气，脸涨得通红，气得火冒三丈，几乎语不成句：“噢，这个流氓！这个流氓！”

大家想了解发生了什么事，都纷纷问她，她却什么也不讲。在伯爵一再追问下，她才大义凛然地回答：

“不，这同你们毫不相干，我不能讲。”

于是，大家围着一个高高的汤盆坐下来，盆里散发白菜汤的香味。虽然受了一场惊，这顿晚饭吃得还是很高兴。苹果酒不错，鸟先生夫妇和两位修女为了节省，全喝苹果酒。其他人都要了葡萄酒。高奴代则叫了啤酒，他喝啤酒自有一套独特的方式：如何开瓶子，如何让酒起泡沫，如何斜着杯子仔细端详，再举起杯子，对着灯光鉴赏一番酒的颜色。喝的时候，他那把和他爱喝的啤酒一个颜色的大胡子，似乎也激动得颤抖起来。他那双眼睛乜斜着，紧紧盯住酒杯，那神态就像在完成他生于世上的唯一职责。也可以说，他奉献终生的两种伟大的爱——淡色啤酒和革命，在他的思想里相互接近，仿佛有了亲缘关系，因此，他品尝这一个就不能不想到另一个。

佛郎维先生和他老婆在餐桌另一端吃饭。那男的呼哧呼哧喘息，像一个破火车头，胸膛里通气实在不畅，根本无法边吃边说话。然而，那女的却没有住嘴的时候。她讲述普鲁士军刚到时给她留下的各种印象，讲述他们的所作所为、他们讲的话。她憎恨他们，首先因为他们费了她不少钱，其次因为她两个儿子当了兵。她特别爱跟伯爵夫人说话，觉得跟一位贵妇交谈非常荣幸。

前文曾提及佛郎维先生患有哮喘病，此处又再次描写他的病情，作者这样安排有何用意？

后来，她把嗓门儿压低，要讲一些难以启齿的事。她丈夫不时打断她：“佛郎维太太，你最好还是闭嘴。”然而，她根本不予理睬，继续说道：

“没错儿，夫人，那些家伙，除了吃土豆和猪肉，还是吃猪肉和土豆。别以为他们干净——才不干净呢！——恕我冒昧，他们到处拉屎撒尿。他们操练起来，一连几个钟头，一连几天，您是没有见到啊！他们全到田地上，向前走，向后转走，向这边拐，向那边拐。——干什么不好，在自己国家里种种地、修修路也好啊！——可是不干，夫人，那些军人，对谁也没有好处！难道可怜的老百姓养活他们，就光叫他们学会杀人吗！——不错，我不过是个老太婆，没有受过教育，可是看着他们从早到晚在那里踏步，累得精疲力竭，我心里就总琢磨：有的人发明许多东西，对人有好处，但另外一些人却让人吃苦受累，只是为了损害别人！老实说，杀人，不管杀普鲁士人、英国人、波兰人，还是法国人，难道不是作恶吗？——您要是向损害您的人进行报复，那就不好，要被判刑。可是，用枪屠杀我们的小伙子，就跟打猎似的，难道就好吗？就该把勋章奖给杀人最多的人吗？喏，真的，我怎么也弄不明白！”

借佛郎维太太之口表达了乡下平民对战争的看法，有鲜明的反战色彩。

高奴代提高嗓门儿说：

“如果是进攻一个和平的邻国，那么战争就是野蛮行为；如果是保卫自己的祖国，那就是一种神圣的职责。”

老太婆低下头，说道：

“是的，如果自卫，那是另一码事，不过，是不是应该杀光拿战争取乐的所有帝王呢？”

高奴代眼神一亮，说道：

“讲得真棒，女公民！”

卡雷-拉马东先生沉思起来。尽管他狂热地崇拜那些名将，但是这个乡下女人的常识却令他想到，这么多人手闲置不用，空耗财富，豢养这么多力量而不生产，如果都调动起来，用到要费时数百年才能完成的大工业上去，会给国家带来多大富足啊！

这时，鸟先生离开座位，过去同旅店老板低声谈话。那个胖子边笑边咳嗽，还不时吐痰，他听了对方逗乐的话，大肚子快活得起伏跳动，当即向鸟先生订赊了六大桶红葡萄酒，等开春普鲁士人走了就交货。

谈到战争，旅馆老板娘、高奴代、拉马东先生都有不同的感悟；唯独鸟先生，无时无刻不忘卖酒，其唯利是图的本性暴露无遗。

旅途劳顿，刚吃完饭，大家就回房歇息了。

然而，鸟先生处处留心观察，他扶妻子上床躺下之后，就来到门口，对着锁孔忽而贴着耳朵倾听，忽而用眼睛窥视，要发现他所说的“走廊里的秘密”。

过了一个钟头的光景，他听见一阵窸窸窣窣的声音，就赶紧观望，只见羊脂球换上镶白边蓝色开司米睡袍，显得更加肥胖了，她端着一支烛台，走向走廊里端的厕所。但是，旁边的一扇门开了一条缝，过了几分钟，等羊脂球回来，高奴代穿着背带裤跟在后面。他们说话声音很低，接着停下不走了。羊脂球好像守住门口，坚决不让他进去。鸟先生干着急，听不见他们讲什么，后来他们提高了嗓门儿，他才听见几句。高奴代百般央求，说道：

“瞧您，干吗这么傻，这有什么关系呢？”

羊脂球气愤地答道：

“不行，亲爱的，有的时候，就不能干那种事，何况在这会儿，简直就可耻。”

高奴代大概一点儿也没听懂，还问为什么。于是羊脂球发火了，声调也更高了：

“为什么？您还不明白为什么？普鲁士人就在这座楼房里，也许就在隔壁房间，还问为什么！”

高奴代没话讲了。有敌人在附近，这个妓女便不肯同人寻欢，这种爱国主义节操，不能不在他心中唤起颓唐的自尊。因此，他只是搂着她亲了一下，便蹑手蹑脚回客房了。

鸟先生欲火升腾，他离开锁孔，在房间里猛然往上一纵，又去戴上睡帽，钻进躺着他妻子硬邦邦身体的被窝里，一个亲吻将她弄醒，悄悄说道："心肝儿，你爱我吗？"

这时，整个楼房鸦雀无声了。然而过了不久，不知从哪儿传来鼾声，也许是从地下室，也许是从阁楼里传来的。那鼾声很有力，单调而有节奏，低沉而悠长，犹如锅炉里气压升高而抖动。佛郎维先生睡着了。

原定次日八点钟动身，到了时候大家都在餐厅会齐了。然而，那辆驿车却孤零零地停在院子当中，篷布顶盖了一层雪，既没有套马，也不见车夫。马厩、草料房、车库全找遍了，踪影皆无。于是，所有男士决定上街去搜寻，说罢一道出去了。他们来到教堂前广场，只见两侧低矮的房舍里都有普鲁士兵。他们看到的头一个士兵正在削土豆皮。再远一点儿，第二个士兵在给理发店洗刷屋子。还有一个满脸胡须的士兵正在亲一个哭闹的小孩，把孩子放在膝上摇着，哄孩子停止哭闹。那些肥胖的乡下妇女的男人都去当兵打仗了，她们则打着手势，告诉那些听话的胜利者该干什么活儿，例如劈柴火，往面包片上浇热汤，磨咖啡，等等。有一个士兵居然给女房东洗衣服，因为女房东是个手脚不灵便的老太婆。

身为战胜者的普鲁士兵居然在帮战败国的平民干活儿，这一细节描写蕴涵着什么深意？

伯爵十分诧异，便向一个刚从教堂神甫住宅出来的执事打听。那位老信徒回答说：

“嗯！他们可不是坏人。听说他们也不是普鲁士人，是从更遥远的地方来的，究竟什么地方我说不好。他们抛下老婆孩子，全都离开家乡。哼，打仗，他们并不觉得有趣！那边的女人也挂念男人，肯定经常哭泣。他们那里跟我们这里一样，也要闹饥荒了。这里还好，眼下不算太苦，因为他们并不作恶，还像在家里一样帮着干活儿。您瞧见了吧，先生，穷帮穷，就该这样……要打仗的是那些大人物。”

借老信徒之口，再次表达民众对这场战争的态度，揭示了普法战争对民众的伤害。

战胜者和战败者这样和睦共处，高奴代见了非常气愤，马上就走开了，他宁愿回旅馆躲进客房里。鸟先生开了一句玩笑：“他们来补充人丁。”卡雷-拉马东先生则讲了一句正经话：“他们是在补偿。”他们还是没有找见车夫。最后，发现他在镇上的咖啡馆里，正同那位军官的勤务兵亲热地坐在一起。伯爵招呼他，问道：

“不是命令你八点钟套车吗？”

“不错，可是，后来我又接到另一个命令。”

“什么命令？”

“根本不让我套车。”

“是谁给你下这样的命令？”

“这还用问，当然是普鲁士指挥官。”

“为什么下这样的命令？”

“这我就不清楚了，还是去问问他吧。不准我套车，我就不套车。——就是这码事。”

“是他亲口对你讲的吗？”

“不是，先生，他的命令，是旅馆老板向我传达的。”

"什么时候？"

"昨天晚上，我要去睡觉的时候。"

三位先生极为不安，回到旅馆。

他们要见佛郎维先生，可是女仆回答说，佛郎维先生有气喘病，十点钟以前向来不起床。他甚至明确规定，除非失火，否则绝不准提前叫醒他。

随着故事场景从马车车厢切换到旅馆，旅馆老板佛郎维先生就成了推动情节发展的关键人物，如现在见不到他就没有办法和普鲁士军官交涉。

他们想见军官，也是绝对不行的。那军官虽然住在旅馆里，但只准许佛郎维先生一人跟他谈民事[1]。大家只好等待。女士们各自回客房，干些琐屑的事情。

厨房高大的壁炉炉火很旺。高奴代让人搬来一张小方桌，送来一瓶啤酒，便在壁炉脚下坐定，掏出他那烟斗。在民主党人之间，那烟斗和他享有同样的威望，就好像它为高奴代效劳就是为祖国效劳。那是一只海泡石烟斗，非常精美，积了厚厚的烟垢，跟主人的牙齿一样黑，但有浓郁的香味。整个烟斗弯弯的，油光锃亮，由主人的手把玩熟了，也给主人的仪容增添了十足的神气。高奴代端然坐在那里，一双眼睛时而盯住炉火，时而凝视杯中的一层泡沫。他每喝一口，就得意地用又瘦又长的手指掠掠油腻的头发，同时吮吮挂在髭须上的啤酒沫。

鸟先生说是要活动活动腿脚，跑去向当地零售商兜售他的葡萄酒。伯爵和棉纺厂厂主则谈起政治。他们预测法兰西的前途，这一个相信奥尔良王室会重新掌权，那一个认为会出现个无名的大救星，在国破家亡之际会有英雄出世，也许会出个德·盖克兰[2]，出个贞德[3]吧？或许再出个拿破仑一世吧？哼！如果皇太

① 民事：指有关民众的事情。——编者注
② 德·盖克兰：法兰西民族英雄。
③ 贞德：法兰西民族女英雄。——编者注

子不是太年幼的话……高奴代微笑着听他们讲话，俨然一副已知命运谜底的神态。他那烟斗香烟缭绕，充斥整个厨房。

十点钟敲响的时候，佛郎维先生露面了。大家急忙问他，可是他只回答两句话，一字不改地重复两三遍：

“军官就是这样对我说的：‘佛郎维先生，您去告诉车夫，明天不准套车。没有我的命令，那些旅客不能走。您明白吗？好了。’”

于是，他们要面见军官。伯爵给他送上名片，卡雷-拉马东在上面加了自己的姓名和所有头衔。普鲁士军官派人传话，说他同意午饭之后接见这两个人，也就是说要等到下午一点钟。

几位女士又来了，大家虽然心神不安，还是吃了点儿东西。羊脂球身体好像不适，神情也极度不安。

喝完咖啡的时候，勤务兵来叫这两位先生。

鸟先生也要跟去，他们还想拉着高奴代，好使他们这次举动显得更加郑重其事。不料高奴代却自豪地宣称，他绝不同普鲁士人打交道。说罢，他重新坐到壁炉脚下，又叫了一杯啤酒。

民主党人高奴代的拒绝体现了他的爱国信念。

三个人上楼去，被带进这家旅馆最漂亮的房间，受到军官的接见。那军官躺在安乐椅里，双脚搭在壁炉上，抽着一根长长的烟斗，身上穿的那件色彩鲜艳的睡衣，大概是从某个趣味庸俗的市民遗弃的住宅里窃取来的。他既不起身，也不同人打招呼，连瞧都不瞧他们一眼，从而提供了得胜军人那种骄横态度的绝妙样板。

过了半晌，他才终于开了口：

“里（你）们要看（干）什么？”

伯爵答道：“我们想要启程，先生。”

“铺（不）行。”

“请问，为什么不放行？”

“因为火（我）铺（不）愿意。”

“我十分恭敬地提醒您注意，先生，贵军总司令发给我们去迪埃普的通行证，我想我们并没有出什么差错，要受到您这样严厉的对待。”

“火（我）铺（不）愿意……就系（是）这码系（事）……里（你）们可以下去了。”

三个人躬了躬身，一齐退下。

整个下午大家都垂头丧气，谁也不明白那个普鲁士人犯了什么毛病，每人都绞尽脑汁，往最离奇的方面去想。他们都守在厨房里，想象出各种荒唐的情况，争论不休。莫不是要扣留他们当作人质？——可是要达到什么目的呢？——或许要把他们当作俘虏押走吧？抑或要敲他们一大笔赎金？转念至此，他们都惊慌失措，越有钱的越害怕，眼前已经出现这种情景：自己为了赎命，把整袋整袋的金币倒在这个骄横的大兵手里。于是，他们挖空心思，想出一些说得过去的谎言，极力隐瞒自己的财富，装成穷人，装成一贫如洗的穷鬼。鸟先生还把怀表链摘下来，藏到衣兜里。天色渐渐黑下来，他们的恐惧也一分分增加。屋里点上灯了，离晚饭还有两小时，鸟太太就提议打牌，玩三十一点。这总归是一种消遣的办法。大家同意了，就连高奴代也出于礼貌，将烟斗熄灭，上了牌桌。

到了被扣押的阶段，这个临时团体中的贵族、资产阶级，考虑最多的还是金钱。在19世纪资本主义迅速发展的欧洲，金钱对人性、社会的腐蚀是许多作品的主题。

伯爵洗牌，分牌。刚开局，羊脂球就得了三十一点。不久，大家的心思都转移到打牌上，担忧的情绪便平静下来了。不过，高奴代倒发觉，鸟先生夫妇串通一气作弊。

大家正要入座吃饭的时候，佛郎维先生又来了，他操着嘶哑的声音说道："普鲁士军官派我来问问伊丽莎白·鲁塞小姐，她是不是还没有改变主意？"

羊脂球站在那里，脸色刷白，继而又突然涨红，她怒气攻心，一时说不出话来，过了半晌才终于发作："您去对那个无赖，对那个臭流氓，对那个普鲁士的狗东西说，我绝不同意，您听清楚了，我绝不，绝不，绝不同意。"

旅店胖老板出去了。这时，大家围上来，盘问羊脂球，要她讲出她见军官时所谈的秘事。她先是不肯说，不过实在气极了，不久便高声嚷道："他要干什么？……他要干什么？……他要跟我睡觉！"

大家都义愤填膺，听了这句粗话，谁也没有感到刺耳。高奴代猛地把酒杯往桌上一甩，把酒杯震碎了。大家异口同声谴责那个无耻的兵痞，只听一片怨怒，同仇敌忾，仿佛逼迫羊脂球委身，就是要求他们每人都做出一份牺牲。伯爵十分憎恶地说，那些人的行径如同古代的蛮族。几位太太对羊脂球尤为怜惜和体恤。两位修女只是在吃饭时才露面，她们低着头一声不吭。

大家的反应，说明普鲁士军官的要求在当时确实极具侮辱性。

大家发泄完一阵愤怒之后，还是照样吃晚饭，不过话不多，都在闷头思量。

几位太太早早回房歇息了。男人还待在那里，边抽烟边组成牌局，并邀来佛郎维先生，他们想要巧妙地套他的话，了解用什么办法才能消除那个军官的刁难。然而，佛朗维先生一个心思打牌，什么也不听，什么也不回答，总是重复这句话："打牌，先生们，打牌。"他打牌十分专心，连痰都忘记吐了，结果胸膛里不时发出悠长的声音，肺叶咝咝鸣响，发出哮喘病能发出的整个音阶，从低沉的音符一直到小公鸡学打鸣时那种嘶哑的尖叫。

他的女人困倦了，来叫他去睡觉，他也不肯上楼去。那女人只好一个人走了，她一向"早起"，日出总要起床，而那男的是"夜猫子"，随时准备陪朋友熬过半夜。他冲女人嚷道："把我那蛋黄牛奶放到炉边热着。"说罢又打起牌来。大家看出从他嘴里什么话也套不出来，就说时间晚了，各自回客房休息。

次日，他们还是早早起床，都隐约抱着一种希望，抱着更强烈的启程的欲念，生怕在这家破烂不堪的小旅馆里再泡一天。

唉！驿马还拴在马厩里，车夫依然不见踪影。大家闲得无聊，就围着马车转来转去。

午饭的气氛极为沉闷。夜晚深思往往会改变人们的看法，大家对羊脂球的态度似乎冷淡一点儿了，现在他们都几乎怨恨这个女人，怪她没有偷偷地找那个普鲁士人，以便一觉醒来给旅伴们一个惊喜。这不是再简单不过的事情吗？谁又能够知道呢？她也可以保住面子，对那军官说她只是可怜旅伴们的困境。这种事对她也根本不算什么！

仅仅一晚上的时间，几人就从义愤填膺变成了埋怨责备，变脸速度之快令人称奇。

不过，他们心里这样想，谁也没有讲出来。

下午，大家都闷得要命，伯爵提议到镇上走走。每人都把身子裹得严严的，这一小伙人就出去了，唯独高奴代和两名修女不去。高奴代宁愿守着炉火。两名修女则到教堂或神甫住宅去打发时日。

严寒日甚一日，冻得鼻子和耳朵像针扎一般，冻得双脚疼痛难忍，每走一步就受一下罪。等到望见田野，望见覆盖大地的那无边无际的一片白色，大家感到十分凄凉悲惨，只觉得灵魂被冻透，一阵揪心，立刻掉头往回走了。

以冬日的凄凉衬托出众人内心的忧郁。

四个女人走在前面，三个男人相距不远跟在后面。

鸟先生清楚所面临的形势，他突然发问，这个“婊子”是不是要连累他们在这种地方长久待下去？伯爵始终温文尔雅，他说这种事只能心甘情愿，不能硬逼一个女人做出如此痛苦的牺牲。卡雷-拉马东则指出，如果真像传闻那样，法军要从迪埃普反攻，那么两军就要在托特这里相遇。另外两个人一听这话，更加忧心忡忡了。鸟先生又说道：“干脆徒步逃离吧。”伯爵耸了耸肩膀：“您怎么能这样想？要走在雪地里，我们又带着夫人！那些大兵会立刻追赶，十分钟就能追上，把我们当成俘虏抓回来，任意摆布。”这话不错，大家都沉默了。

几位太太在谈论打扮，她们之间有几分拘谨，仿佛离心离德了。

街口那边突然出现那个普鲁士军官。无边无际的雪野，衬托出他那穿着军装的细腰蜂般长长的身影。只见他走路时双膝向外撇开，那种军人特有的步行姿看似和谐的团体已经分崩离析，大家心生嫌隙，矛盾一触即发。

势，是怕弄脏了刚刚擦亮的皮靴。

他在几位女士面前经过时，微微躬身致意，接着十分鄙夷地瞧了瞧几个男人。而这几个男人倒也不失尊严，没有脱帽，唯独鸟先生做了个要摘帽的动作。

羊脂球的脸一下子红到耳根，而三位有夫之妇则感到莫大的耻辱。她们同这名妓女走在一起，却偏偏撞见对待她十分放肆的那个军人。

于是，她们谈起那个军官，品评他的身材和容貌。卡雷-拉马东夫人结交过许多军官，极有鉴赏眼光，她觉得这个军官还不错，甚至惋惜他不是法国人，否则准能成为所有女子都会迷恋的一名很帅的轻骑兵。

回到旅馆，大家又不知道干什么好了。甚至为了区区小事，说话也尖酸刻薄起来。大家沉默无语，匆匆吃过晚饭，各自回房睡觉，期望在睡梦中消磨时间。

次日下楼来，大家脸上都是一副倦容，心情也十分恶劣。几位太太几乎不跟羊脂球说话了。

教堂的钟声响了，是为一个孩子洗礼。这个胖姑娘也有一个孩子，寄养在伊弗托的农户人家里，一年也见不上一次面，从来不挂在心上，现在想到要受洗礼的孩子，便猛然萌生对自己孩子的强烈爱心，于是她非要去参加那个仪式不可。

羊脂球一走，其他人就彼此瞧瞧，将椅子凑近，因为他们感到终究要做出个决定。鸟先生灵机一动，有了个点子：向那军官建议放别人走，把羊脂球一人扣住。

还是佛郎维先生担当传话的使命，可是，他刚上楼就下来了。那个普鲁士人熟识人的本性，将佛郎维先生赶出了门，声称只要他的欲望得不到满足，就扣留全体旅客不放。

鸟太太市井无赖的脾气发作了："我们总不能老死在这里吧。这个小娼妇，跟所有男人干那种事，就是她的本行，我看她没有权利挑肥拣瘦。我倒要问问，这玩意儿在鲁昂碰见谁要谁，连马车夫都行！没错儿，夫人，就是省督府的那个马车夫，这事我清楚，他总到我们店里买酒。而今天，让她帮我们摆脱困境，这个小婊子，倒忸怩作态起来啦！……照我看啊，那个军官行为倒很正派。也许他好长时间没有接近女人了，当然我们这三个人更对他的口味。可是不然，他愿意将就，只要大家都玩的这个女人。他尊重有夫之妇。想一想吧，他是这里的主人啊。他只要说一句：'我要。'在他手下士兵的协助下，就能把我们强奸了。"

鸟先生夫妇是团体的发声器，鸟太太低俗的话语揭露了其他人内心的丑恶。

那两位女士微微打了个寒战。漂亮的卡雷-拉马东夫人眼神发亮，脸色有点儿苍白，仿佛已经感到自身被那军官非礼了。

几个男人本来单独商量，这时都凑过来。鸟先生怒不可遏，要把"这个贱货"手脚捆起来献给敌人。不过，伯爵出身外交官世家，三代出任大使，而他本人又天生一副外交家的派头，主张使用巧计："还是劝她自行决定。"

于是，他们密谋一番。

几位女士也凑得更紧，放低讲话的声音。大家共同讨论，各抒己见。而且，话也都讲得极有分寸。尤其几位女士，谈论这种极其淫秽的事情，措辞也都文雅委婉起来。大家讲话都字斟句酌，特别审慎，一个外人撞见绝对听不懂。不过，上流社会的所有女子，身上披着的那一层薄薄的遮羞布，只能掩饰其外表。她们一遇到这种风流事，立刻心花怒放，由衷地感到快意销魂，如鱼得水，怀着乐此不疲的春心，为别人撮弄野合偷情，好比一个馋嘴的厨子在给另一个人做晚饭。

谈到后来，他们觉得这件事太有趣了，不觉恢复了快活的情绪。伯爵逗乐的话也颇为轻率，但是讲得很巧妙，只引起大家会心的一笑。鸟先生一开口，话可就放肆粗鲁多了，但是，他们丝毫也不觉得不堪入耳。鸟太太直统统表达出来的看法，令所有人都折服了，她说："这个妞儿既然就是干这行的，干吗偏偏要拒绝这一个呢？"多情的卡雷-拉马东夫人似乎还这样想，她若是羊脂球，倒宁肯接受这一个。

此处呼应前文"把最胖的旅客吃掉"，可见由始至终，羊脂球就是几人心里要被牺牲的对象。

他们久久商议如何围歼，就好像要攻陷一座被围困的堡垒。每人都确定要扮演的角色、要依据的理由、要施展的手腕。他们也确定了攻打的方案、要采用的计谋和突袭，以便迫使这座活堡垒开门纳敌。

然而，高奴代却躲到一旁，根本不相与谋。

他们几人都全神贯注，谁也没有听见羊脂球回来。幸而伯爵轻轻嘘了一声，他们这才抬眼一看，羊脂球已经走到跟前。大家戛然住口，一时颇为尴尬，不知对她说什么好。到底伯爵夫人比别人灵活，深谙交际场上虚伪那一套，她就问羊脂球："这次洗礼，有意思吗？”

胖姑娘激动的心情还没有平静下来，就从头至尾讲述一遍，她见到什么人，每人什么姿态，甚至教堂的外观也都讲到了。最后还说了一句：“有时祈祷祈祷太好了。”

一直到吃午饭这段时间，几位太太并没有多讲什么，只是对她特别和蔼，以便增加她的信任感，更能听进她们的劝告。

一上饭桌，就开始行动了。他们首先泛泛谈起献身精神，列举古代的事例，先谈到犹滴和霍洛菲纳①，继而又无缘无故提起卢克雷蒂娅和塞克斯图斯②，还说克娄巴特拉③先后引诱敌军所有将领上床，使他们一个个像奴隶一样俯首听命。于是，一个荒诞不经的故事在这里展开了，这是那些不学无术的百万富翁想象出来的，说的是罗马的女公民纷纷跑到加布④那里，搂抱汉尼拔，搂抱他的所有副将和雇佣军的全体官兵，麻痹其斗志。他们列举出挺身阻挡住征服者的所有女人，她们把自己的肉体当作战场，当作克敌的手段，当作武器，使用英勇的爱抚战胜丑恶而可恨的家伙，为了复仇与报效国家而牺牲贞操。

他们甚至还婉转地讲到一位英国贵族女郎，说她

为了满足普鲁士军官的无耻欲望，这群所谓的法国上层精英不惜以荒诞的故事来哄骗羊脂球，希望她能牺牲贞操，让他们得到放行。由此可见，人性之黑暗确实非常可怕。

① 犹滴是传说中的犹太烈女，她的城市受围困，她出城迷惑敌将霍洛菲纳，将其灌醉并取下首级，致使敌军溃退。

② 卢克雷蒂娅是传说中的古罗马烈女，她美丽而贤淑，但被罗马暴君之子塞克斯图斯奸污。她要父亲和丈夫为她报仇，随即自杀。此事激起众怒。布鲁图率众推翻暴君的统治，建立共和国。

③ 克娄巴特拉：古埃及女王，传说她凭姿色先后征服了恺撒和安东尼等罗马统帅。

④ 加布：罗马附近城市。——编者注

蓄意染上一种可怕的传染病，要传给拿破仑，只是在那致命的幽会时刻，拿破仑突然感到一阵虚弱乏力，才奇迹般地死里逃生。

这种种故事讲得很得体，很有分寸，有时还爆发一阵狂热的赞扬声，存心激发人去效法。

此处，作者跳出了小说叙述的场景，对荒谬的言论加以点评。你认为此处的评论是否有必要呢？

听到最后你会相信，女人活在世上，唯一的角色就是永无止境地奉献自己的肉体，听任那些大兵无休止地蹂躏。

两位修女似乎陷入沉思，什么也没有听见。羊脂球则一言不发。

整个下午，大家就让她考虑去。不过，他们本来一直称她“夫人”，现在却只叫她“小姐”了。谁也说不清为什么改变称呼，就好像在她爬到的受人尊敬的地位上，要把她拉下一级似的，以便让她感到自己不体面的处境。

晚饭时，刚端上汤来，佛郎维先生就又露面了，他还是重复昨天晚上的问话：“普鲁士军官派我来问问伊丽莎白·鲁塞小姐，她是不是还没有改变主意？”

羊脂球冷淡地答道：“没有，先生。”

在这晚餐桌上，同盟军的攻势削弱了。鸟先生讲了三句话，效果适得其反。每人都搜索枯肠，要找出新事例，结果一无所获。还是伯爵夫人隐约感到应当敬祈宗教的指引，也许她事先并没有考虑，只是随意问起年纪大的那位修女，圣徒都有哪些丰功伟绩。不料许多圣徒的所作所为，在我们看来可谓犯罪，但是教会毫不犯难地就宽恕了那些罪行，因为那是为光耀上帝或者帮助别人而犯下的。这是一个有力的论据，伯爵夫人立刻加以利用。不管是彼此默契配合，还是穿教袍的人都擅长暗中讨好；也不管是笨脑袋歪打正着，还是干蠢事反为解忧，总之这位老修女给他们的阴谋帮了大忙。大家原以为她胆小怕事，其实她很有胆量，说起话来喋喋不休，有时言辞还很激烈。她丝毫不受怀疑论的摸索探讨的影响，她信仰的学说好似一根铁棒，她的信念也从来没有动摇过，她的良心更是无所忌惮。她认为亚伯拉罕杀子祭神的行为极其自然，只要上天有令，她会立刻杀死自己的父母。依她之见，只要意图光明磊落，干什么事都不会惹怒天主。这真是天赐的同谋者，具有神圣的权威，伯爵夫人正好利用此来开导羊脂球，要修女大肆阐述这句道德名言："但问目的，不问手段。"

伯爵夫人问她：

"这么说，嬷嬷，您认为只要动机纯洁，上帝就能允许使用各种方式，而宽恕行为本身吗？"

"这有什么可怀疑的呢，夫人？一种本身应当受谴责的行为，往往因为当初的念头好而变得值得称颂了。"

一直安静的修女却发表了最可笑的见解，她假借上帝的意愿劝说羊脂球为帮众人脱困而牺牲自己。这种冠冕堂皇的话语是作者对虚伪宗教人士的批判。

她们就这样一问一答谈下去，判断上帝的意愿，估计上帝的决定，让上帝替实不相干的事情操心。

这番对话讲得相当隐晦，既巧妙又审慎。不过，这位头戴修女帽的圣女每讲一句话，都在这妓女愤怒的防线上攻破一个缺口。后来，谈话稍微走了点儿题。戴着念珠的这个女人讲起她那修会的修道院，讲起她的院长，还谈到她本人和她的小伙伴，那个亲爱的圣尼赛佛尔修女。她们应命前往勒阿弗尔，是到医院里看护数百名染了天花的士兵。她们描绘那些患者的可怜样子，详细介绍了那种病状。现在，她们被那个任性妄为的普鲁士军官截在半路，而那边可能有许多法国人因为没有她们的救护而丧生。看护军人原本就是她的专长，她到过克里米亚、意大利、奥地利。她叙述经历过的那些战役，突然显露出她就是打鼓吹号的修女队的一员，天生就是为了跟随兵营、在战场的旋涡中抢救伤员，比官长还有权威，一句话就能镇住不守纪律的大兵，可谓名副其实的随军好修女。那张脸蛋儿被天花毁容，布满数不清的坑坑洼洼，正是百孔千疮的战争写照。

她的话效果极佳，别人再也没有什么可补充的了。

大家一吃完饭，就很快上楼，各自回客房，次日上午很晚才下楼来。

午饭的气氛很平静。大家容些时间，让头天晚上播下的种子抽芽结果。

午后，伯爵夫人提议出去走走。于是，伯爵按照商定的方案，挽起羊脂球的胳膊，走在最后面。

自诩高贵的伯爵，却以嫖客的口吻说话，并利用羊脂球的善良逼迫她献身。身份与行为之间的巨大反差，展露了贵族自私自利的本质。

伯爵对羊脂球讲话的口气既亲热随便，又慈祥大度，还掺杂着几分轻蔑，如同庄重的男人对妓女说话那样，称她“我亲爱的孩子”，他以自己的社会地位和无可争议的声望，居高临下地对待她，直截了当地触及问题的要害：

“看来，您执意不肯随和一点儿，做您一生经常做的事情，宁愿让我们滞留此地，和您一样等普鲁士军吃了败仗之后，可能遭受他们肆意残暴地侮辱吗？”

羊脂球默不回答。

伯爵还是婉言相劝，晓之以理，动之以情。必要时，他能既不失“伯爵先生”的身份，又会大献殷勤，曲意逢迎，显得风流可爱。他极力渲染这次救急多么重要，他们会多么感激她。继而，他突然嬉皮笑脸，直接以“你”相称，说道：“要知道，亲爱的，他一定会炫耀，说他尝到了国内不多见的漂亮妞儿的滋味。”

羊脂球一言不答，快步追上大家。

一回到旅馆，羊脂球立刻上楼回客房，再也没有露面。大家都极度不安。她到底要怎么样呢？如果她还抗拒，那可就进退维谷啦！

到了吃晚饭的时间，大家干等她也不来。佛郎维先生却走进饭厅，对大家说，鲁塞小姐身体不适，他们可以先吃了。所有人都竖起耳朵。伯爵走到旅馆老板身边，低声问道：“行了吗？”对方回答：“行了。”为了顾全体面，伯爵对旅伴们没讲什么，只是朝他们点了点头。每个人当即如释重负，长长地出了一口气，而且喜形于色了。鸟先生嚷道：“他娘的！我请诸位喝香槟，只要这旅馆里有的话！”鸟太太一阵心跳，她看见老板拿着四瓶酒回来了。突然间，一个个都活跃起来，又说又笑，又吵又闹，心里充满了一种轻佻的欢乐。伯爵似乎这才发现卡雷-拉马东夫人非常迷人，而那位棉纺厂厂主则恭维伯爵夫人。谈话既欢快又诙谐，往往妙语连珠。

忽然，鸟先生面露惊慌之色，举起双臂，吼了一嗓子：“别作声！”他们都住了口，无不深感意外，

刚到旅馆时，惊魂甫定的鸟先生为了节省点的是便宜的苹果酒；而如今这“狡诈的奸商”竟愿意请大家喝价格更高的香槟，他的快乐可见一斑。

几乎有点儿震悚。这时，鸟先生侧耳细听，两只手捂在嘴上嘘了一声，又抬起眼睛望着天花板，重又侧耳细听，然后才以正常的声音说道："诸位放心，一切顺利。"

起初大家莫名其妙，但是很快又都微微一笑。

过了一刻钟，鸟先生这一闹剧又重演一遍，这一晚上还反复数次。他时常装作同楼上一个人打招呼，从他那推销商的脑瓜里挖出语意双关的话，给对方出主意。有时，他装出一副愁眉苦脸的样子，叹道："可怜的姑娘啊！"再不就咬牙切齿地咕哝："这个普鲁士的无赖，好啦！"还有时候，谁都不想这件事了，他又连喊几声："够啦！够啦！"接着仿佛自言自语："但愿我们还能见到她的面，可别让那畜生给糟蹋死啊！"

这些庸俗的玩笑话虽然不堪入耳，却令大家开心，没有引起任何人反感。须知气愤也同其他情绪一样，取决于环境氛围，而这些人周围渐渐形成的气氛，则充斥着轻薄猥亵的念头。

到了上最后一道点心的时候，几位女士也含沙射影，讲了些俏皮话。每人的眼神都闪闪发亮，大家喝了不少酒。伯爵即使在吃喝玩乐的时候，外表也十分庄重，他打了个深受赞赏的比方，说北极严冬时节过去了，被困在冰雪中的人看着往南行驶的航道开通，无不欢欣雀跃。

"为庆贺我们的解放干杯！"这是多么讽刺的一句话啊！

鸟先生乐不可支，他站起身来，手里举着一杯香槟，嚷道："为庆贺我们的解放干杯！"所有人都起立，为他喝彩。两位修女拗不过几位太太的盛情相劝，小口抿了抿她们从未尝过的这种泛泡沫的酒，然后说这像柠檬汽水，不过味道好多了。

鸟先生概括当时的情景：

“只可惜没有钢琴，要不然就能跳一场四组舞。”

高奴代始终一言不发，坐在那里一动不动，仿佛沉浸在极为严肃的思虑中，有时狠狠扯了一把自己的大胡子，好像还要将它拉长似的。时近午夜，大家终于要散了。鸟先生摇摇晃晃，过去突然拍了拍高奴代的肚子，结结巴巴地对他说：“您哪，今天晚上，怎么不快活，一句话不讲呢，公民？”不料高奴代猛地抬起头，两眼射出凶光，扫视在座的所有人，说道：“告诉你们这些人，你们刚才的行为无耻透顶！”说罢站起身，走到门口，又重复一遍：“无耻透顶！”这才出去不见了。

这无疑是兜头一盆冷水。鸟先生十分尴尬，一时呆若木鸡。不过，他很快又定下神儿来，接着突然弯下腰，大笑不止，反复说道：“葡萄太酸了，老兄，葡萄太酸了。”他见大家不明白这话的意思，就把“走廊里的秘密”讲了一遍。于是，大家精神重振，又是一阵狂喜。几位夫人简直乐疯了。伯爵和卡雷-拉马东先生笑得直流泪。他们难以相信有这种事。

“怎么！您敢肯定？他真要……”

“跟你们说，这是我亲眼见到的。”

“而她不肯……”

“就因为那个普鲁士人住在隔壁房间。”

“怎么可能呢？”

“我向你们发誓。”

高奴代目睹了众人合计将羊脂球推向火坑的全过程，虽然他没有助纣为虐，但也没有对弱势者施以援手，在众人的计谋成功后，他又大骂众人“无耻透顶”。你觉得他是一个怎样的人？

伯爵笑得岔了气。那位工业家双手紧紧掐住肚子。鸟先生还不罢休：

“所以，你们都明白了，今天晚上，他觉得她没有意思，一点儿意思也没有。”

三个男人又放声大笑，直笑得肚子痛，喘不上气来，连连咳嗽。

大家就在这种欢乐中分手了。鸟太太天生就赤口毒舌，临上床睡觉时，她向丈夫指出，卡雷-拉马东夫人那个“小浪货”，整个晚上都强颜欢笑：“要知道，女人啊，一旦迷上穿军装的，也不管是法国人还是普鲁士人，真的，她们觉得无所谓。天主啊，你说丢人不丢人！”

三位太太虽然结成联盟，但她们的关系并不稳固，作者借鸟太太之口揭露了普法战争中，上层人士的谄媚与软弱。

黑暗的走廊里，通宵都好像有轻微的动静，那细微的响声，几乎难以捕捉，犹如气息，那是赤脚擦过地面，是不易觉察的吱吱咯咯声。自不待言，大家很晚才睡觉，因为过了许久门下缝隙还透出灯光。喝香槟酒就有这种效果，据说是睡不着觉的。

次日，冬天的太阳明晃晃的，照得雪光亮耀眼。驿车终于套好了，停在门外等候。一大群白鸽子，黑眸子粉红色眼睛，羽毛丰厚，挺着胸一本正经地在六匹马腿下绕来绕去，啄开冒热气的马粪蛋觅食。

车夫套着羊皮袄，坐在车座上抽着烟斗。全体旅客兴高采烈，催人快点儿包好食物，以备下一旅程食用。

只等羊脂球一人了。她露面了。

她的神情有些慌乱和羞愧，怯生生地朝旅伴们走过来，而他们都一齐扭过脸去，好像没有看见她。

伯爵庄严地挽起夫人的胳膊，拉她躲开这种不洁的接触。

胖姑娘不禁愕然，停下脚步，这时，她鼓足勇气，向棉纺厂厂主太太极谦和地轻轻说了一声：“早安，太太。”对方极其傲慢，只是点了点头，而同时那眼睛一瞥，就像贞洁的女人受到了侮辱。每人都显得十分忙碌，而且离她远远的，好像她衣裙里带来了传染病。继而，大家又蜂拥朝驿车奔去，羊脂球落在最后，独自上了车，一声不响坐到前一程坐的老位置上。

大家好像没有看见她，也不认识她。而且，鸟太太还远远地怒视她，低声对丈夫说：“幸好我没有挨着她坐。”

笨重的马车摇晃起来，他们又启程了。

起初，大家沉默不语。羊脂球连眼皮也不敢抬一抬。一方面她感到气愤，恨这些虚伪的人把她推进那个普鲁士人的怀抱；另一方面她也感到羞愧，恨自己让了步，受到那家伙的玷污。

不久，伯爵夫人转向卡雷-拉马东夫人，打破这种难堪的沉默：

“我想，您认识德·埃特雷勒夫人吧？”

“认识，是个朋友。”

“她那人多可爱啊！”

“非常迷人！她的确出类拔萃，极有学识，也有艺术细胞，唱得一口好歌，画得一手好画。”

棉纺厂厂主在同伯爵闲聊，在车窗玻璃震荡的啪啪声中，时而听见息票、期限、溢价、到期等字

将羊脂球可利用的价值榨干后，这些有地位的人就如同扔垃圾一样将她弃之不顾，她的牺牲甚至成了他们嘲讽的借口。众人劝导时的殷勤和被放行后的冷漠，共同构成了卑劣小人的画像。

眼儿。

鸟先生夫妇在斗纸牌，这副牌是他从旅馆里顺手牵羊偷来的，满是油腻，已经在擦得不干净的餐桌上摩擦了五年。

两位修女从腰带上取下长串念珠，一齐画了十字，嘴唇忽然嚅动起来，动作越来越快，迅速地咕咕哝哝，仿佛比赛念祈祷文，还不时吻吻一块圣像牌，吻完又画十字，接着嘴唇重又快速持续地嚅动。

高奴代坐在那里，一动不动地沉思。

车行驶了三小时，鸟先生收起牌，说了一声："肚子饿了。"

于是，他老婆伸手够到一个用细绳捆的食品包，取出一块冷牛肉，麻利地切成整齐的薄片，两个人就吃起来。

"我们也吃点儿东西好吧？"伯爵夫人说道。她征得同意，便打开为两家准备的食物。一个椭圆形罐子的盖上有一只彩釉兔子的造型，表明里面装着野兔肉糜，那是味道鲜美的熟肉，还拌了其他的肉末，而猪油形成的一道道白色溪流，在这野味的褐色肉上流淌。还有一大块瑞士产的干酪，是用报纸包着的，油乎乎的面上还印出报上"社会新闻"的字样。

两位修女打开纸卷，取出一截散发蒜味的香肠。高奴代则双手同时插进肥大外套的大兜里，从一个兜里掏出四个煮鸡蛋，从另一个兜里掏出一块面包。他剥了蛋壳扔在脚下的干草里，咬着吃起鸡蛋，而蛋黄渣儿掉在大胡子上，好像一颗颗星辰。

食物这一线索贯穿始终，人物行为的前后对比带来强烈的讽刺效果。

羊脂球起床时匆忙慌乱，什么也没有想到，她见这些人坦然地吃东西，不禁义愤填膺，几乎喘不上气来，一时心头火起，责骂的话也涌到嘴边，真想张口痛斥他们的行径，可是气愤已极，讲不出话来了。

没人看她，也没人想到她。她感到这帮体面的恶棍先把她当作牺牲品，再把她视为肮脏无用的东西扔掉，现在又将她淹没在一片鄙夷中了。于是，她想起那只大篮子，它装满了好吃的东西，有两只亮晶晶的熟冻鸡、肉酱、梨，还有四瓶波尔多红葡萄酒，全让他们贪婪地一扫而光。然而，就像绳子拉得太紧而绷断似的，她的怒火却陡然平息下来，只感到要流泪。她极力忍住，浑身僵直，像孩子一样要把哽咽吞下去，但泪水还是往上涌，在眼眶里闪亮，不久，两大颗泪珠就脱离眼睛，顺着面颊缓缓流下来，随后泪珠接连往下流，淌得更快，犹如岩石缝里渗出的水珠，一滴滴依次落到她那滚圆的胸脯上。她的上身挺得直直的，眼睛凝视前方，苍白的脸绷得铁紧，只希望没人看她。

然而，伯爵夫人偏偏发现了，便对她丈夫使了个眼色。伯爵耸了耸肩，分明表示："有什么办法？这不能怪我。"鸟太太则得意地窃笑，咕哝道："做了丢人事，现在哭了。"

两位修女把吃剩的香肠卷在纸里，重又祈祷。

高奴代正在消化吃下去的鸡蛋，两条长腿伸到对面座位底下，身子往后一仰，手臂交叉在胸前，面露微笑，那神情就像要搞恶作剧，接着打口哨吹起《马赛曲》。

大家的脸色阴沉下来。毫无疑问，他身边的人毫

善良的羊脂球以为毫无保留地分享食物，自己为大家做出牺牲能换来同行者的平等相待。但实际上她始终处于社会底层，在这些"上等人"眼里，她不配让自己"施舍"食物。

小说情节从马车车厢开始，在结尾处又回到马车车厢中，构思巧妙，收束完整。开始时，羊脂球"目光毫无惧色，充满了挑战的神情"，结尾处却愤而落泪。这一人物的转变昭示着作者对其时众生相的愤慨。

《马赛曲》表现的是对自由的追求和对祖国的热爱。高奴代高唱《马赛曲》，是讽刺车上众人怂恿有着爱国热情的羊脂球献身，却在事后喝酒庆祝重获“自由”的卑劣行径。高奴代嘲讽众人，但作者也在嘲讽高奴代这个只说不做的伪君子。

不喜欢这一民众之歌。他们烦躁起来，恼羞成怒，一个个的样子活像狗听见手摇风琴的乐声，就要大声号叫。

高奴代见此情景，越发吹个没完，有时他还哼出歌词来：

> 对祖国的爱多么神圣，
> 快来把我们复仇的手引导支撑，
> 自由啊，无比珍贵的自由，
> 快来同保卫你的人并肩战斗！

雪地硬实了一些，驿车行驶速度快多了，不过，还要经受旅途的颠簸，熬过漫长而凄苦的时间，才能到达迪埃普。因而不论在白天，在黄昏时分，还是在黑洞洞的夜晚，高奴代在车中就是这样残忍而执拗地一直吹口哨，让他这单调复仇的哨声，逼使这些疲惫而气恼的人的头脑从头至尾跟随这支歌，并随着每一节拍都想起相应的歌词。

羊脂球一直在饮泣，在黑暗中，有时在歌曲的节拍之间，传出她未能忍住的一声悲啼。

（李玉民　译）

疯女人

——赠给罗贝尔·德·博尼埃尔

对了，马蒂厄·当多兰先生说道，提起山鹬[1]，我倒想起一个故事，战争年代很悲惨的一件事。

您知道，在高迈伊城郊大街，我有一处房产，普鲁士军队攻入时，我就住在那里。

那时有个女邻居，好像疯了，屡遭不幸的打击而精神失常了。她二十五岁那年，在短短一个月之内，就接连失去了父亲、丈夫和刚出生的儿子。

死神一旦光顾一户人家，就好像认了门似的，几乎总要随后再来。

可怜的少妇让悲痛击垮了，她卧床不起，一连六周神志不清，总说胡话。在病情急性发作之后，又进入平静的疲顿状态，她一动不动躺在那里，几乎不进食，只是眼珠还转动着。每次要让她起床，她就大喊大叫，就好像有人要杀她似的。没办法，只好让她一直躺着，除非在给她梳洗和换洗床单时，才会把她拉起来。

一名老女仆留在身边侍候她，不时给她水喝，或者让她嚼点儿冷肉。在这颗绝望的心灵里，究竟发生了什么呢？别人永远也不会了解，因为，她再也不开口说话了。她在想念那些死去的亲人吗？还是仅仅忧伤地胡思乱想，并没有真切地回忆呢？再不然，她的思维已遭毁坏，她待着不动，犹如一潭死水吧？

---

① 山鹬：又名丘鹬，鸟纲鸻形目丘鹬科。体羽以淡黄褐色为主。常栖息阴湿森林、草原或其他低湿地区。多在夜间单独活动。——编者注

她这样完全自闭、半死不活的状态，一过就是十五年。

战争爆发了，十二月初，普鲁士军队开进高迈伊。

这情景还恍若昨日。天寒地冻，连石头都能冻裂。我犯痛风不能走动，躺在扶手椅上，听见普鲁士军队有节奏的沉重的步伐，从窗户能望见他们开过去。

他们的队列没头没尾，全都一模一样，那种木偶般的动作，也是他们所特有的。然后，军官就将士兵摊派到各家各户去住。我家摊了十七名，那个邻居疯女人家则摊派去十二人，其中一个长官是个十足的兵痞，性情火暴，动辄大发雷霆。

头几天倒也相安无事。早有人告诉那个军官女主人有病，他也就没太在意。然而时过不久，这个女人始终不露面，他不禁恼火，便询问得了什么病。有人回答说，由于悲痛过度，她一病不起，已经卧床十五年了。军官根本不信，以为那可怜的疯女人不起床，是因为傲慢，根本不愿意看到普鲁士人，不愿意同他们说话，也不愿意同他们接触。

于是，他要求女主人接见他，女仆便让他进了疯女人的房间。他口气粗鲁地说道：

“代代（太太），清（请）您起壮（床），下来让人交交（瞧瞧）。”

疯女人恍惚的眼睛转向他，没有回答，两眼空洞无神。

军官又说道：

“火（我）扑（不）能容忍车（这）样无礼。如阔（果）扑（不）主痛（动）起来，火（我）有盼（办）法让您图（独）自去牛（遛）弯。”

她仍然一动不动，连手也没有抬一抬，就好像没有看见他。

军官怒不可遏，认定这种平静的沉默表示极大的蔑视。于是他又说道：

“如阔（果）明天您还扑（不）下壮（床）的话……”

说罢，他掉头出去了。

次日，老女仆惊慌失措，要给疯女人穿衣服，可是她拼命挣扎号叫。军官很快就上楼来，女仆跪倒在地，高声说道：

“她就是不肯，先生，她就是不肯。您饶了她吧，她太不幸了。”

军官站在原地，相当尴尬，却不敢下令将疯女人拉下床。忽然，他笑起来，用德语下了命令。

不大工夫，只见走出一队士兵，就像运送伤员似的抬着一张床垫。床垫上丝毫也没有弄乱，躺在上面的疯女人仍然沉默不语，只要让她躺着，她就会安安静静，不管身边发生了什么事。后面跟着一名士兵，拎着一包女人衣服。

那军官得意地搓着双手，说道：

“火（我）们有盼（办）法，交（瞧）您能扑（不）能自己钻（穿）衣服，闪（散）一闪（散）部（步）。”

只见他们一行人，朝着伊莫维尔森林的方向越走越远。

两个小时之后，只有那些士兵回来了。

大家再也没有见到那疯女人。他们把她怎么样了？他们把她抬到哪儿去了？始终不得而知。

雪白天黑夜下个不停，形成冰雪的苔藓，覆盖了原野和树木。狼群一直窜到我们家门口嗥叫。

一想到那个不知所终的女人，我就寝食难安，多次跟普鲁士当局交涉，想了解情况，结果险些被拉出去枪毙。

冬去春来，占领军开走了。我的邻家一直门窗紧闭，庭园的小径长满了荒草。

老女仆冬天就死了。再也没有人过问这个意外事件，唯独我还一直惦念着。

他们怎么处置那个女人？她穿过树林逃跑了吗？也许在什么地方，有人收留了她，将她送进医院，却从她口里了解不到任何情况。

到了秋天，山鹬成群结队地飞过。我的痛风病情略有好转，就拖着不灵便的双腿去了森林。我已经打下四五只长喙鸟，又有一只被击中，掉进树枝密集的沟壑里不见了。我不得不下去拾回猎物，却发现它掉在一个死人的头颅旁边。猛然间，我想起那个疯女人，感到一阵揪心，就好像胸口挨了一拳。在这凄惨的一年，也许不少人死在这树林里，然而也不知为什么，我就肯定，我是说肯定，碰见的就是那个疯女人的头。

我豁然明白了，完全推测出来：他们是把她连同床垫丢弃在这寒冷、荒凉的森林里，而疯女人抱着固执的念头不放，就是在厚厚而又轻飘飘的雪绒被下死了，也不动一动胳膊和腿。

接着，狼来了，把她吞食了。

鸟儿则利用撕烂的床垫的呢绒做窝了。

我保存了这个可悲的骷髅，并且祈愿我们的子孙永远也不要再经历战争了。

（李玉民　译）

两个朋友

巴黎这座围城，在饥饿中痛苦呻吟，连房顶的麻雀都难得见到，而阴沟里的鼠类也日渐稀少。居民已经无所不食了。

正值一月份，一个晴朗的早晨，莫里索先生双手插在军裤兜里，沿着外环大马路遛弯儿，他饥肠辘辘，满面愁容。他是个钟表匠，时逢战乱，只好闲散在家。他正走着，忽然停下脚步，迎面碰见他认作朋友的一个同道，正是索瓦日先生，是他在河边钓鱼结识的一个人。

战前每逢星期日，莫里索天刚亮就出发，拿上钓鱼竿，背起白铁罐子，先搭乘开往阿尔让特伊的火车，在鸽子棚下车，再步行到竹竿岛。这是他魂牵梦绕的地方，一到这岛上就开始垂钓，直到天黑才收竿。

他每个星期天在钓鱼的地方，总能碰见索瓦日先生。此人身材又矮又胖，性情开朗，是洛蕾特圣母街一家服饰用品店的老板，同样也是个钓鱼迷。他们时常并排坐在水流上方，手握着钓竿，双腿在水面上悠荡，度过大半天时间，久而久之，两个人也就成了好朋友。

有时候，他们整天也不开口说话；有时候也聊聊天。而且，他们趣味相投，感受也相同，不用说什么，彼此就能心领神会，达到高度的默契。

如果是春天的上午，约莫十点钟的光景，焕发青春的阳光，抚弄着在平静的水面上随波流动的轻雾，也照拂着两个老钓鱼迷，将新春的暖意洒在他们后背上。莫里索有时就对身边的人说："嘿！好舒服啊！"索瓦日先生便回应一句："我看没有比这更舒服的了。"这么简单的一说一应，二人就心照不宣，彼此会意了。

如果在秋天，到了暮晚时分，太阳西沉，满天血红的云霞投射到河

钓鱼者 〔俄〕朱利叶斯·冯·克莱沃绘

水中，彤云霞影染红了长河，也点燃了远天，仿佛将两个朋友置于火中，烧得遍体通红，也给感到冬意而瑟瑟的叶子枯黄的树木镀上了一层金黄色。置身于这样的景色中，索瓦日先生面带微笑，注视着莫里索，说了一句："景色多美呀！"莫里索也惊叹不已，但是眼睛始终盯着鱼漂，回答道："这比林荫大道的景色还美，对吧？"

且说这次相遇，他们相互一认出对方，就特别用力地握手，在这种动荡的战乱中重逢，真是百感交集。索瓦日先生叹息一声，咕哝道："真是兵荒马乱啊！"莫里索十分沮丧，哀叹道："什么年月啊！新年以来，今天还是头一个好天儿！"

天空的确一片湛蓝，阳光明媚。

他们开始并排散步，二人都心事重重，愁眉不展。莫里索又说道：

"钓鱼了吗？唉！多美好的回忆啊！"

索瓦日先生便问道：

"咱们什么时候再去那里啊？"

他们走进一家小咖啡馆，一起喝了杯苦艾酒，出来之后，又开始漫步在人行道上。

莫里索猛然站住，问道：

"再去喝一杯，好吗？"

索瓦日先生便附和一声：

"听您的。"

于是，他们又走进一家酒馆。

他们再次从酒馆出来的时候，就醉意醺醺，晕头转向了，空腹灌一肚子酒的人往往如此。风和日丽，暖暖的轻风拂弄他们的面颊。

煦风这么一吹，索瓦日先生就完全醉了，他停下脚步，说道：

"咱们就去怎么样？"

"去哪儿呀？"

"当然是去钓鱼啦。"

"去哪儿钓鱼？"

“就是去咱们那个岛子呗。法国部队的前哨阵地，正好在鸽子棚附近。我认识杜穆兰上校，说一声就会放我们过去。”

莫里索上来钓鱼的瘾，喜得浑身抖动，说道：“一言为定！我准去。”

二人就此分手，各自回家取钓具了。

过了一小时，他们便肩并肩走在大路上，不久便抵达那位上校驻守的别墅。上校听了他们的请求，便微微一笑，同意给他们突发奇想的念头提供方便。他们拿到通行证，重又上路了。

不大工夫，他们就通过了前哨阵地，穿过寂寥无人的鸽子棚，来到塞纳河斜岸上几小片葡萄园的边缘。这时约莫十一点钟了。

对面的阿尔让特伊村，看样子一片死寂。奥尔日蒙和萨努瓦两座山冈俯瞰着这一带地方。一直延展到南代尔的大片平原，也是空空荡荡的，只有兀立的光秃秃的樱桃树，以及灰突突的土地。

索瓦日先生抬手指了指山冈，咕哝道：“普鲁士兵就在那上面！”面对这样荒无人烟的地方，两个朋友不由得惶恐不安，腿都发软了。

“普鲁士兵！”他们还从未见过，然而几个月以来，他们感到普鲁士兵近在咫尺，就在巴黎周围，正在毁掉法国，烧杀抢掠，无恶不作，虽然看不到，却无比强大。他们对这样一个陌生的、得胜的民族，除了心怀仇恨，还产生了一种近乎迷信的恐惧。

莫里索结结巴巴地说道：

“嗯？万一碰上他们该怎么办啊？”

索瓦日先生不愧是巴黎人，什么时候都不忘调侃，他接口答道：

“那咱们就请他们吃炸鱼。”

嘴上虽这么硬，真要贸然闯入这片旷野，他们还的确犯踌躇，周围一片死寂，觉得心里发虚。

最后，还是索瓦日下定决心：

“走，上路！多加小心就是了。”

于是，他们眼观六路，耳听八方，利用荆丛灌木做掩护，猫着腰，匍匐着走下岸坡的葡萄园。

要到河边，还必须穿过一长条光秃秃的地带。他们便跑步冲过去，一到河边就钻进干枯的芦苇丛里，身子蜷作一团。

莫里索还趴下去，耳朵贴着地面听。周围鸦雀无声，没有一点儿脚步声响。这里只有他们二人，两个人孤零零的，鬼影也再没有一个。

他们放下心来，便开始钓鱼。

对面荒废的竹竿岛正好是道屏障，对岸有人也看不见他们。岛上原有一家小饭馆，现在门户紧闭，看似废弃多年了。

索瓦日先生钓上一条鱼，接着，莫里索也钓上来一条。就这样，他们隔一会儿便抬起钓竿，鱼线的末端总有一条银光闪闪的小鱼活蹦乱跳。这么爱上钩，这次钓鱼简直神了。

一条网眼很密的网兜，浸在他们脚下的水中，钓上来鱼就小心翼翼地放进去。一种妙不可言的喜悦沁人心脾，这正是再次喜获被剥夺已久的乐趣时，才会有的一种开心。

明媚的阳光晒得他们肩膀暖融融的，他们不再注意倾听有什么动静，也不再想任何事情，只是一心钓鱼，将周围的世界完全置于脑后了。

突然，一声沉闷的巨响，仿佛发自地下，震得大地颤抖起来。又开始炮击了。

莫里索扭头望左侧，目光越过陡岸，看到远处瓦莱里昂山巨大侧影的额头，生出一团白色羽饰，那是大炮刚刚喷出的硝烟。

紧接着，又一股硝烟从要塞的顶部喷出，过了片刻，才听见第二声炮响。

继而，炮击之声不断，山头不时呼出死亡的气息，吐出乳白色的烟雾，冉冉升上静谧的天空，在山头上方聚为一朵浮云。

索瓦日先生耸耸肩膀，说道：

“瞧，他们又开干了。”

莫里索正焦急地盯着一个劲儿往下扎的浮漂羽毛，却突然发火了，平时性情多么温和的一个人，这时怒斥起那些相互拼杀的疯子，他恨恨地说道：

“这样相互残杀，人会愚蠢到这份儿上！”

索瓦日先生也附和一句：

“比禽兽还不如。”

正说着，莫里索钓上一条欧鲌[①]，他也朗声说道：

“真不像话，只要存在政府，天下就永远这样，不会太平。”

索瓦日先生则接口说道：

“共和政府，就绝不会发动战争。”

莫里索也打断他的话：

“如果是国王当政，那就发动国外战争；如果是共和政府，那就会打内战了。”

两个人心平气和，就这样讨论起来，那种通情达理的态度，也是性情温和而见识有限的人所共有的。他们讨论到最后，便达成这种共识——世人永远也不可能自由。瓦莱里昂山上还不断发炮，炸毁法国人的房舍，炸得多少人血肉横飞，让多少生灵涂炭，粉碎了多少梦想、多少期待的欢乐、多少渴望的幸福，同时也给远方，给其他的国家，在多少少妇的心上，多少姑娘的心上，多少母亲的心上，打开了永不枯竭的痛苦源泉。

“这就是生活。”索瓦日先生感叹道。

“不如说这就是死亡。”莫里索笑着接口道。

忽然，他们浑身惊悸，明显感到有人从身后走来。他们回头望去，果然看见四个人，不，是四条全副武装、满脸胡须的大汉，他们身穿着军服，活似穿着号衣的仆人，头戴平顶的军帽，一个个举着枪正对着两个朋友。

两根钓竿从他们手中失落，顺水漂流而去。

几秒钟的工夫，他们就被抓住，捆绑起来，押走，扔上一条小船，

① 欧鲌（bó）：中型鱼类，体侧扁，生活在淡水中。——编者注

运到对面的岛上。

在那座他们以为废弃的房子后面，他们发现有二十来名普鲁士兵。

一个浑身多毛的彪形大汉，骑着一把椅子，叼着一根大号的瓷烟斗，用流利的法语问他们：

“怎么样，两位先生，你们钓了不少鱼吧？”

那满满一网兜鱼，一名士兵倒特意拎来了，这时他把网兜放到军官的脚下。那普鲁士军官微笑道：

“嘿！嘿！看来收获还真不小啊。不过，咱们要谈谈别的事。你们不要心慌，给我仔细听着。

“在我看来，你们就是两个间谍，派来窥探我军的情况。我逮住你们了，可以马上枪毙。你们假装钓鱼，以便更好地掩饰你们的行动计划。现在，落到我的手里了，算你们倒霉，这是战争嘛。

“你们出来，既然能通过前哨阵地，就一定知道口令才能回去。把这口令告诉我，我就饶你们不死。”

两个朋友并排站着，一声也不吭，他们吓得面无血色，两只手紧张得微微颤抖。

普鲁士军官又说道：“这事永远也没人知道，你们可以安安心心地回去，这个秘密也就随之消失了。如果你们拒绝，那就是死路一条，而且立即处死。要死要活，你们自己选择吧。”

两个朋友站在那儿不动，也不开口说话。

普鲁士军官一直很平静，他伸手指着河水，又说道：

“想一想吧，再过五分钟，你们可就葬身水底了。只过五分钟！想必你们都有亲人吧？”

瓦莱里昂山上炮声隆隆，一直未断。

两个钓鱼的朋友站在那里，仍然一言不发。普鲁士军官用母语下达命令。接着，他挪开椅子，要离两个俘虏远一点儿。十二名士兵走到二十步远的地方，持枪立定站住。

“我再给你们一分钟时间，”军官又说道，“多一两秒钟也不行。”

说罢，他霍地站起来，走到两个法国人跟前，抓住莫里索的胳膊，把他拉到一旁，低声对他说：

“快说，口令是什么？您的伙伴绝不会知道这事，我就装作不忍心才把你们放走。”

莫里索什么也不回答。

于是，普鲁士军官又去拉索瓦日先生，向他提出同样的问题。

索瓦日同样只字不答。

两个朋友重又并肩站到一起。

普鲁士军官一声令下，士兵们同时举起枪。

这时，莫里索的目光垂下去，碰巧瞥见撂在几步远草地上的那只装满鱼的网兜。

那堆鱼头尾还在摆动，在阳光下熠熠闪光。他不由得一阵心酸，控制不住热泪盈眶。

他结结巴巴地说道：

“永别了，索瓦日先生。”

索瓦日先生也回答说：

“永别了，莫里索先生。”

两个朋友握了握手，他们从头到脚，不由自主地颤抖。

军官喊了一声：“开枪！”

十二杆火枪子弹齐射。

索瓦日先生面孔冲下，一下子扑倒在地。莫里索个头儿大些，身子晃了两晃，原地扭转，这才仰面朝天，横着跌倒在他伙伴的身上，鲜血从制服胸前的弹洞汩汩冒出来。

那个普鲁士军官又下了几道命令。

他手下的士兵立刻分头行动，找来绳索和石头，他们将石头系到两个死者的脚上，再连人带石头抬到河边。

瓦莱里昂山上隆隆炮声响个不停，现在硝烟已经笼罩住整个山顶。

两名士兵分别抓住脑袋和腿，将莫里索抬起来，另两名士兵则抬起索瓦日，他们用力荡了几下，再往远处一抛。于是，两具尸体在半空画出弧线，然后直立着沉入河水中，只因是石头坠着脚先下沉的。

河水四溅，翻腾荡漾了一阵，又逐渐恢复平静，只有微波细浪一直传到岸边。

水面上还漂浮着一点儿血迹。

那名军官神态始终那么安详，这时低声说了一句：

“现在该轮到处理这些鱼了。”

他说着，就朝那座房子走去。

那一网兜鱼还撂在草地上，他一眼就看到，一伸手拎起来，仔细瞧了瞧，不禁微微一笑，嚷道：

“威廉！”

一名扎着白围裙的士兵跑过来。普鲁士军官便将被枪杀的两个人钓的鱼扔给他，吩咐道：

“趁这鱼还活着，你马上去给我煎了。味道一定非常鲜美。”

说罢，他又抽起了烟斗。

（李玉民　译）

俘　虏

森林里除了雪片落在树上的沙沙声以外，万籁俱寂。从中午起就下雪了，小片雪花在树枝上洒下一层冻结的沫子，在矮树丛的枯叶上面也投下一层薄薄的银白色顶盖，并在道路上展开又软又白的大地毯，使这片林海中的无边寂静更加浓重了。

在森林看守人居所的门前，一个年轻女人光着手臂，在一块石头上用斧子劈柴。她个子高挑而结实，打小在森林长大，父亲和丈夫都是森林看守人。

屋里有人在喊：

“贝尔蒂娜，今天晚上只有我们俩，天黑了，该回屋了，说不定普鲁士人，还有狼，在那儿转悠呢。”

劈柴的女人正使劲劈着一个树根，双臂一举，胸脯便挺起来。她回答：

“我干完了，妈妈。我来了，我来了，不用担心；天还亮着呢。”

随后她把一捆捆细木柴和大块木柴搬进屋子，沿着壁炉码好，又出去关上护窗板，这是用橡木心子做的巨大护窗板；最后她才回到屋里，推上沉重的门闩。

她的母亲在炉边纺纱，这个满脸皱纹的老女人，由于上了年纪，不免胆小谨慎，她说：

“我不喜欢你父亲出门，两个女人，势单力薄。”

年轻女人回答：

“噢！我能打死一头狼，也能打死一个普鲁士人。”

她看了一眼挂在壁炉上方的一把大手枪。

她的男人在普鲁士人刚入侵时入了伍，家里只剩下两个女人和老爹。老看守人尼古拉·皮雄，绰号“高跷”，固执地不肯离开他的住屋，回到城里。

附近的城市是勒泰尔[①]，这个原先的要塞高踞于一片悬崖上。城里的人很爱国，他们决意抵抗侵略者，要按照本城的传统，坚守拒敌，抵御围攻。在亨利四世和路易十四时期，勒泰尔人已经两次因英勇的保卫战而遐迩闻名。[②]这次，他们要依样画葫芦，妈的！要不然宁可让敌人烧死在墙垣之内。

因此，他们购买了大炮和枪支，装备了一支民兵，组成营队和连队，整天在练兵场操练。所有人，面包商、食品杂货商、肉店老板、公证人、诉讼代理人、木匠、书商、药剂师，全都在规定时间里轮流操练，听从拉维涅先生的命令。拉维涅先生以前是龙骑兵士官，后来娶了拉沃当先生家长房一脉的女儿，并继承了岳父的铺子，当了服饰用品店老板。

他要了个少校司令的军衔，由于所有的年轻男子都到部队去了，他把剩下的人编成队伍训练，准备抵抗。胖子上街都要小跑步，以求瘦身和练气，体弱者则负重，锻炼肌肉。

大家等待普鲁士人来犯。可是普鲁士人没有出现。然而他们离得不远；他们的侦察兵已经两次越过森林，推进到“高跷”尼古拉·皮雄的护林屋的边上。

老森林看守人像狐狸一样快捷，已跑去城里报告。城里人已经把大炮对准方向，可是敌人根本没有出现。

“高跷”的住所成了阿弗灵森林[③]的前哨站。他一星期到城里去两次，购买食品，给城里居民捎去乡下的消息。

---

① 勒泰尔：阿登省的专区所在地。

② 不是在亨利四世时期，而是在路易十三时期，即1617年，勒泰尔的公爵沙尔·德·贡扎格战胜了德·吉士公爵的围城；第二次在1650—1655年，这时路易十四未成年，该城三次失守，但最后图雷纳把对手赶走。

③ 这个地方是杜撰的。

这一天，他去报告前天下午两点左右，有一小分队德国步兵曾在他家停留，几乎立刻又走了。带兵的士官会说法国话。

老人每次这样去，都带着他那两条狮子嘴的大狗，因为他怕遇到狼，狼在这个季节里变得凶恶起来。他留下两个女人，叮嘱她们天一黑就关门自卫。

年轻女人毫无惧色，但老女人总是提心吊胆，一再说：

“结果不妙，不管什么，瞧着吧，结果不妙。”

这天晚上，她比平时更加不安。她问：

“你知道爸爸什么时候回来？”

“噢！十一点以前准定回不来。他在司令家吃饭，总是很晚回来。”

她把锅子挂在火上熬汤，听见壁炉的烟囱里传来模糊的响声便停住不动。

她低声说：

“有人在林子里走动，至少有七八个人。”

母亲惊慌失措，不再转动纺车，结结巴巴地说：

“噢！我的天！你爸爸又不在家！”

她还没说完话，门砰砰地被敲得震动起来。

由于两个女人不做回应，一个喉音很重的声音喊道：

“开闷（门）！”

停了一下，那个声音又喊：

“开闷（门），不然获（我）就擦（砸）闷（门）了！”

贝尔蒂娜把壁炉上的大手枪放进裙子的口袋里，然后，她走过去将耳朵贴在门上，问道：

“谁呀？”

那个声音回答：

“获（我）是那田（天）的小坟（分）队。”

年轻女人又问：

“你们有什么事？”

“冲（从）早上起，获（我）和获（我）的小坟（分）队在疏（树）林里米（迷）了路。开闷（门），不然获（我）就擦（砸）闷（门）了。”

女森林看守人没有选择余地；她赶紧把大门闩拉开，再打开沉重的大门。她在雪地有点儿泛白的黑暗里看到六个人，六个普鲁士兵，就是前天来过的。她用坚定的口气问：

“这个时候，你们来干什么？”

士官又说一遍：

“获（我）米（迷）了路，完全米（迷）了路，获（我）扔（认）出了房子。冲（从）早上起，获（我）什么也没痴（吃），获（我）的小坟（分）队也没有痴（吃）。”

贝尔蒂娜说：

“可是今天晚上家里只有我和妈妈两个人。”

那个军人看上去倒像很正直，回答道：

“没有关系。获（我）不会想（伤）害你们，可是，你们要给获（我）们做东西痴（吃）。获（我）们饿得和累得快到（倒）下了。”

女森林看守人往后退一步，说：

“进来吧。”

他们走进屋子，满身是雪，头盔仿佛盖了一层打成泡沫的奶油，活像奶油夹心烤蛋白，他们看来累得筋疲力尽。

年轻女人指着大桌子两边的木头长凳。

“坐吧，”她说，“我这就给你们做汤。你们看来确实累得够呛。”

然后她又把门闩上。

她往锅里加水，重新投进黄油和土豆，然后把挂在壁炉里的一块肥肉取下来，切下一半，放到汤里。

那六个人眼里带着饥饿的神色，跟随她的每一个动作。他们把枪和头盔放在一个角落里，俨然孩子们坐在学校的长凳上，乖乖地等待着。

母亲又开始纺线，不时朝入侵的士兵投去惶乱的目光。除了纺车轻轻的转动声、柴火的毕剥声和水烧热的扑哧声，什么声音也听不见。

但是突然，一种古怪的声音把他们吓得哆嗦起来，仿佛是从门底下传进来的嘶哑喘气声，一种野兽粗重的、很响的呼气声。

德国士官一跃，扑向枪支。女森林看守人用一个手势止住他，微笑着说：

“这是狼群。它们像你们一样，到处转悠，它们饿了。”

德国人不相信，想看一看，门一打开，他看到两只灰色的大野兽，迈开又快又大的步子逃走了。

他回来坐下，喃喃地说：

“获（我）本来还不行（信）呢。”

他等着浓汤做好。

他们狼吞虎咽地吃起来，嘴巴张得大大的，想多吃一点儿，圆鼓鼓的眼睛和下颌同时张大，喉咙里发出的声音活像檐槽汩汩的流水声。

两个女人一声不响地看着这些浓密的红胡子快速地动作；土豆看来像陷进颤动的毛发中。

由于他们口渴，女森林看守人下到地窖给他们取苹果酒。她在那里待了很长时间；这是一个有拱顶的小地窖，在大革命时期，据说曾用作监狱和藏身地。在厨房尽头，从一道狭窄的螺旋形楼梯下去，有一块翻板活门盖住。

贝尔蒂娜重新出现时笑着，独自笑着，神态狡黠。她将酒罐递给德国人。

然后她和母亲也坐在桌子另一头喝汤。

士兵们吃完了，他们六个人睡在桌子旁边。不时有一个额头落在木板上，发出一下沉闷的声音，便又抬起头来。

贝尔蒂娜对士官说：

“你们可以睡到炉火前面，有足够六个人睡的地方。我呢，我和妈妈爬到我的房间去。”

两个女人上了二楼，可以听到她们关门上锁的声音，还走动了一会儿；然后她们再没有声音了。

普鲁士人躺在石板地上，脚对着火，脑袋枕在卷起的大衣上，不久，他们六个人打起了呼噜，有的尖锐，有的响亮，但是连续不断，声音吓人。

他们已经睡了很久，忽然响起一下枪声，响得令人以为是打在房子的墙壁上。士兵们马上站了起来。又响起几下枪声，随后又响起另外三下。

二楼的房门突然打开，女森林看守人出现了，光着脚，没穿外衣，只穿着短裙，手里拿着一支蜡烛，神色惶惶。她讷讷地说：

“是法国人来了，他们至少有两百人。如果他们在这里碰到你们，他们会烧掉房子。你们赶快下到地窖去，不要发出响声。如果你们发出响声，我们就完了。”

士官慌张起来，结结巴巴地说：

“获（我）原（愿）意，获（我）原（愿）意。该从哪里下去？”

年轻女人赶紧掀起狭窄的、方方的翻板活门，六个人消失在螺旋小楼梯下面，一个接一个后退着，踏准梯级，隐没在地底。

等最后一个头盔的尖顶消失了，贝尔蒂娜把沉重的橡木板放下来。橡木板好像墙壁一样厚、像钢一样坚硬，有铰链连接，还安上地下室的一把锁，她上了两道锁，然后笑了起来，无声的欢快的笑，她真想在她的俘虏的头上跳舞。

他们没发出一点儿响声，关在里面就像关在一个结实的匣子里，一个只有铁栅栏的通风口透气的石头匣子。

贝尔蒂娜立即重新点燃炉火，把锅搁在火上，重新做汤，一面喃喃地说：

“今夜父亲准定很累。”

然后她坐下来等待。只有钟摆的响声在寂静中送出均匀的嘀嗒声。

年轻女人不时望一下钟面，不耐烦的目光似乎在说：“走得真慢。”

不久，她觉得脚下有喃喃声。低低的模糊的话语声，透过地窖的拱顶传过来。普鲁士人开始猜测出她的诡计，不久，士官爬上小楼梯，用拳头敲翻板活门。他又叫道：

“开闷（门）。”

她站起来，走过去，模仿他的声音：

“宁（您）相（想）干什么？”

“开闷（门）。”

“获（我）不开。”

这个人生气了。

“开闷（门），要不获（我）擦（砸）碎闷（门）。”

她笑了起来。

“擦（砸）吧，好汉，擦（砸）吧，好汉。”

他开始用枪托敲打在他头顶关上的橡木翻板活门。可是它能顶得住投石器的攻打。

女森林看守人听到他又走下去了。接着几个士兵一个接一个来试试他们的力气，察看一番关闭的情况。但是，无疑认为他们是在白费气力，他们又走到地窖底下，重新议论起来。

年轻女人倾听着他们说话，随后她去打开大门，侧耳谛听黑夜中的动静。

远处传来狗吠声。她像猎人那样吹起口哨，几乎立刻有两只大狗出现在黑暗中，跳跃着扑到她身上。她抓住它们的颈圈，拉住它们，不让它们跑开。她使出全力喊道：

“喂，父亲！”

有个还离得很远的声音回答：

“喂，贝尔蒂娜。”

她等了一会儿，又喊道：

“喂，父亲。”

声音稍近了，重复说：

“喂，贝尔蒂娜。”

女森林看守人应声说：

“不要从通气窗前面过。地窖里有普鲁士人。”

突然，有个人的高大身影出现在左边，在两棵树之间站定了。他不安地问：

“地窖里有普鲁士人啊。他们在干啥？”

年轻女人笑起来：

“就是前天那伙人。他们在森林里迷了路，我把他们关在地窖里。”

她讲了事情经过，她怎样开了几下手枪吓唬他们，把他们关在地窖里。

老人始终很严肃，问道：

“这种时候，我能把他们怎么样？”

她回答：

“去向拉维涅先生讨救兵呀。他会俘虏他们。他会高兴的。”

皮雄老爹微笑说：

“不错，他会高兴的。”

他的女儿又说：

“给你煮了汤，快吃吧，然后出发。”

老看守人在桌边坐下，将两只盛得满满的盆子放在地上喂狗，然后喝起汤来。

普鲁士人听到有人说话，沉默下来。

一刻钟后，“高跷”出发了。贝尔蒂娜双手捧着头，等待着。

普鲁士人又骚动起来。现在他们又叫又嚷，用枪托不停地猛敲地窖不可动摇的翻板活门。

然后他们通过气窗开枪，无疑希望在附近经过的德国小分队听到。

女森林看守人不再动弹，但是所有这些声音使她变得神经质和气恼。她心里火冒三丈；她真想把这些无赖杀死，让他们闭嘴。

她的不耐烦在增长，她开始看钟，计算着时间。

父亲已走了一个半小时。眼下他该到城里了。她仿佛看到了他。他把情况告诉拉维涅先生，拉维涅先生激动得脸色发白，打铃叫女仆准备他的军服和武器。她似乎听到鼓手满街奔走。惊惶的脑袋出现在窗口。民兵从家里出来，衣服勉强穿好，气喘吁吁，扣着腰带，小跑步朝指挥官的家赶去。

“高跷”领头，部队冒着黑夜和雪，朝森林开拔。

她望望钟。“他们过一小时才能来到这里。”

神经质的不耐烦袭上心头，她觉得时间长得没完没了。真是漫长啊！

最后，指针指着她确定他们能到达的时刻。

她重新打开门，想听到他们来到。她瞥见一个黑影小心翼翼地行走。她害怕起来，叫了一声。这是她的父亲。

他说：

“他们派我来看看有没有变化。”

“没有，什么也没有。”

于是，轮到他向黑夜发出一下尖锐的拖长的口哨声。不久，可以看到一样褐色的东西在树下慢慢地行走：这是十个人组成的先头部队。

“高跷”不时一再说：

“不要从通气窗前面经过。”

先到的人向新来者指出可怕的通气窗。

最后，队伍的主力出现了，总共二百人，每人携带着二百发子弹。

拉维涅先生很激动，有点儿哆嗦，把队伍部署成从四面包围房子，在那个贴着地面、供地窖通气的小黑窟窿前面留下一大块空地。

然后他走进屋子，了解敌人的实力和所采取的态度，他们变得没有一点儿声息，令人以为他们消失了，化为乌有，从气窗飞走了。

拉维涅先生用脚踩着翻板活门，叫道：

“普鲁士军官先生？”

德国人不回答。

指挥官又说：

“普鲁士军官先生？”

这是白费劲。他有二十分钟催促这个一声不响的军官带着武器和行装投降，同时答应他，保证他和他的士兵的生命安全并保持军人荣誉。但是，他得不到任何同意或者敌意的表示。情势变得很尴尬。

民兵在雪地上跺着脚，抡起手臂敲打自己的肩膀，就像车夫那样为了取暖；他们望着通气窗，天真地越来越想从通气窗前经过。

最后，他们之中的一个，名叫波德万，非常灵活，壮起胆子。他一冲，像鹿一样跑着穿过去。他的尝试成功了。俘虏们好像死了一样。

一个声音喊道：

“没人。”

另一个士兵从危险的窟隆前面穿过空地。于是这成了一个游戏。不时有一个人冲出去，从一个队伍中冲到另一个队伍中，仿佛孩子们在玩捉人游戏，他在身后扬起一片雪，两只脚跑动得非常急速。为了取暖，他们用枯树枝生起大堆篝火，火光把快速地从右边营地跑到左边营地的国民自卫军的侧影照亮了。

有个人喊道：

“轮到你了，马卢瓦宗！”

马卢瓦宗是一个肥胖的面包店老板，他的肚子令大家发笑。

他犹豫了一下。大家嘲笑他。于是他打定主意，用均匀的小跑步搬动双腿，气喘吁吁，大肚子一颠一颠的。

全分队的人笑出了眼泪。大家喊叫着鼓励他。

“好极了，好极了，马卢瓦宗！”

他大约跑了三分之二的路程，这时，从通气窗喷出一长条快速掠过的红火舌。响起一下枪声，大块头的面包店老板扑倒在地，发出一声惨叫。

没有人扑过去救他。只看到他在雪地里一面呻吟一面爬着，他爬出这可怕的通道之后，昏了过去。

子弹打在他大腿上部的肥肉中。

在第一阵惊讶和第一阵惊吓过去以后，又掀起一片笑声。

指挥官拉维涅出现在森林看守人的家门口。他刚制定了攻击计划。他用激动的声音下命令：

“白铁铺老板普朗苏和他的工人们！”

三个人走了过来。

“你们拆下屋子的檐槽。”

在一刻钟之内，他们把二十米长的檐槽交给指挥官。

于是他叫人小心翼翼地在翻板活门的边上钻了一个小圆洞，将一根水管的一头安装在唧筒上，另一头安装在这个口子上，他用满意的口吻宣称：

“我们要让德国先生们喝个饱。”

“乌拉”的狂热赞叹声爆发出来，紧接着是快乐的叫声和发狂的笑声。指挥官组织了几个工作队，每五分钟换一次班。然后他发出命令。

“抽水。”

手轮摇动起来，沿着管子响起细微的流水声，不久这声音落到地窖里，带着瀑布的潺潺声和金鱼池的假山石间的流水声，向前涌流。

大家等待着。

一小时过去了，然后是两小时，然后是三小时。

焦躁不安的指挥官在厨房里踱步，不时将耳朵贴到地面上，力图猜测敌人在做什么，寻思敌人是否不久会投降。

敌人现在骚动不安，只听到他们在移动酒桶、说话、蹚水。

将近早上八点，从通气窗传出一个声音：

“获（我）相（想）对法国军官先生说话。”

拉维涅脑袋没有太往前探，从窗口回答：

“您投降吗？”

“获（我）投降。”

“那么，把枪扔到外面。”

马上看到一支枪从窗口扔出来，落在雪地里，然后是两支、三支，所有的武器。同一个声音说：

“获（我）没枪了。快一点儿。获（我）要被淹死了。”

指挥官命令：

“停止。”

唧筒的飞轮停止了转动。

厨房里挤满了等待的士兵，他们把武器放在脚边，慢慢地拉起橡木翻板活门。

四只脑袋露了出来，湿淋淋的，四只金黄长发的脑袋，脸色苍白，一个接一个露出来，六个德国人瑟瑟发抖，浑身湿透，惊慌失措。

他们被抓住和捆绑起来。由于担心突袭，法国人立马出发，分成两队，一队押着俘虏，另一队把马卢瓦宗放在竹竿和褥垫扎成的担架上，护送着他。

他们胜利地回到勒泰尔。

拉维涅先生因为俘虏了普鲁士人的一队先头部队而荣获勋章，而肥胖的面包店老板由于被敌人打伤而获得军功章。

（郑克鲁　译）

一场决斗

战争结束了；德国人占领了法国，这个国家犹如一个被打败了的角斗士，被压在战胜者的膝下颤抖。[①]

从惊惶、饥饿、绝望的巴黎开出的头几列火车，慢腾腾地穿过田野和村庄，驶向新划定的国境线。第一批旅客望着窗外到处是废墟的平原和焚毁的村子。在那些仅存的房屋门口，戴着铜尖顶黑头盔的普鲁士兵，骑坐在椅子上抽烟斗。还有的士兵在干活儿或者聊天，仿佛他们是这些人家的成员。经过城市的时候，可以看见部队在广场上操练，尽管车声辚辚，嘶哑的口令声还是不时传来。

杜布伊先生在整个围城期间都属于巴黎的国民自卫军，眼下他到瑞士去，同他的妻子和女儿相聚；她们是在敌人入侵以前，出于谨慎，被送到国外去的。[②]

饥饿和劳累丝毫没有使这个富有与和善的商人的大肚子缩小。他带着逆来顺受和痛心疾首的态度，对人的野蛮行为嗤之以鼻，熬过了那些可怕的事件。战争结束后，他来到边境，虽然他在防御工事上尽过职责，在寒夜里放过哨，他却是第一次看到普鲁士人。

他又气又怕地望着这些全副武装、蓄着大胡子的人，在法国的土地上就像在自己国家一样；他心里感到一股无能为力的爱国热情，同时也感到谨慎行事的迫切需要，这种新的本能已不能再离开我们。

在他的隔间里，两个来游览的英国人以平静和好奇的目光张望着。他们也是两个胖子，用本国语交谈，有时浏览旅行指南，大声读着，竭

① 1871年3月1日，议会批准了预备和约，同一天，普鲁士军队象征性地占领了巴黎香榭丽舍区，2日撤退。

② 比利时和瑞士在战争时期成为避难地，随后收留了大批巴黎公社社员。

力了解标出的地方。

火车突然停在一个小城的火车站上，一个普鲁士军官上来了，军刀碰在车厢的两级踏板上，发出咣当的声音。他身材高大，军服裹紧身体，胡子长到眼睛旁边，红得像火在燃烧，长髭须颜色稍淡，向面孔的两边伸展出去，把脸一截为二。

两个英国人马上带着好奇心得到满足的微笑开始端详他，而杜布伊先生佯装看报。他蜷缩在角落里，有如小偷见到了宪兵一样。

火车重新开动了。两个英国人继续交谈，寻找战役的准确地点；突然，其中一个伸出手，指着天际的一个村庄；普鲁士军官伸出长腿，往后一靠，用清浊音不分的法语说：

“我在这个村子里杀死过十二个法国人。我抓到一百多个俘虏。”

英国人很感兴趣，紧接着问道：

“噢！这个村庄叫什么名字？”

普鲁士人回答：

“法尔斯堡①。”

他又说：

“我揪这些法国下流胚的耳朵。”

他望着杜布伊先生，胡子里露出得意的笑容。

火车不停地穿过被占领的村庄。沿着大路和田边，可以看见德国兵站在栅栏角上，或者在咖啡店前面聊天。就像非洲的蝗虫一样，遍地皆是。

军官伸出手说：

“如果我来指挥，早就夺取巴黎，烧个精光，杀死所有的人。不再有法国了！”

两个英国人出于礼貌，简单地回答一句：

“噢，Yes。”

---

① 原文为“Pharsbourg”，法国没有这个地方，可能是根据“Phalsbourg”仿造的；这个城市在1870—1871年冬季曾激烈地抵抗过普鲁士军队。

他继续说：

“再过二十年，整个欧洲，整个，都属于我们。普鲁士比所有国家都强大。[①]”

两个英国人忐忑不安，不再回答。他们的脸变得冷漠，在长颊髯中间像蜡一样。于是普鲁士军官笑了起来。他始终后仰靠着，尽情嘲笑。他嘲笑被打垮的法国，侮辱打翻在地的敌人；他嘲笑不久前被打败的奥地利[②]；他嘲笑有些省份无力的顽抗；他嘲笑国民别动队和毫无用处的炮兵。他宣称俾斯麦[③]要用缴获的大炮建造一座铁城。突然，他把靴子靠着杜布伊先生的大腿，后者面红耳赤，扭过头去。

两个英国人似乎变得对一切无动于衷，如同他们突然发现自己禁闭在他们的海岛中，远离世上的尘嚣。

军官掏出烟斗，眼睛盯住法国人：

“您没有烟丝吗？”

杜布伊先生回答：

“没有，先生。”

德国人又说：

“待会火车停了，请您去买一点儿来。”

他又笑起来：

“我会给您小费。”

火车鸣笛，放慢了速度。经过火车站被焚毁的房子，然后完全停住。德国人打开车门，抓住杜布伊先生的胳膊：

“快去给我跑一趟，快！”

一个普鲁士人的小分队占据着车站。还有些士兵站在木栅栏一边望着。火车头已经鸣笛要开车了。于是杜布伊先生陡地冲到月台，不顾站

① 这个军官将一首作于1841年的民族主义的流行歌曲自由地改了一下，这首歌在1919年成为德国国歌。
② 指1866年7月3日的萨多瓦战役，这场战役标志着奥地利的没落和普鲁士的强盛。
③ 俾斯麦（1815—1898）：普鲁士王国首相（1862—1890），德意志帝国宰相（1871—1890）。

长挥手制止，又冲进旁边的一节车厢。

他是单独一人了！他解开背心，他的心跳得那么厉害，他气喘吁吁地擦拭脑门儿。

火车又在一个站上停下来。突然，那个军官出现在车门口，他上了车，两个英国人在好奇心的驱使下，也跟了过来。德国人坐在法国人的对面，始终笑着：

“您不想给我跑腿。”

杜布伊回答：

“不想，先生。”

火车刚刚又开动了。

军官说：

“我要割下您的胡子，装我的烟斗。”

他朝邻座的脸伸出手去。

两个英国人始终很冷漠，目不转睛地盯着。

德国人已经揪到一撮胡子想拔，这时杜布伊先生用手背推开他的手臂，抓住他的领子，把他掀倒在软垫长椅上。杜布伊先生气得发狂，太阳穴鼓胀起来，眼睛充满血丝，一只手掐住对方喉咙，另一只手握紧了，发狂地在他脸上报以老拳。普鲁士人在挣扎，想抽出他的军刀，又想抱住压在身上的对手。可是杜布伊先生以肚子的巨大重量死死压住他，一拳拳地打，不停地打，不歇气地打，也不管他的拳头打在什么地方。血流出来了；德国人被掐得倒出气，吐出几颗牙齿，徒劳地想推开这个殴打他的愤怒的大胖子。

两个英国人站了起来，走近来想看个仔细。他们站在那里，又乐又好奇，准备打赌，看两个搏斗者谁胜谁败。

杜布伊先生这样使劲，累坏了，突然，站了起来，一言不发又坐下。

普鲁士人没有向他扑去，他又是惊慌，又是疼痛，以致惊惶失措，怔在那里。他喘过气来后，说道：

“如果您不肯用手枪和我决斗，我就杀死您。”

杜布伊先生回答：

“悉听尊便。我奉陪。”

德国人又说：“斯特拉斯堡到了，我会赶在火车重新开动之前，找到两个军官做证人。”

杜布伊先生像火车头一样喘着气，对两个英国人说：

“你们愿意做我的证人吗？”

两个人同时回答：

“噢！Yes！”

火车停下了。

一分钟内，普鲁士人找到了两个同事，他们拿来了手枪，大家来到城墙根。

两个英国人怕误车，不断掏出表来看，加快步子，匆匆做好准备工作。

杜布伊先生从来没有拿过手枪。他被安置在离敌人二十步远的地方。别人问他：

“准备好了没有？”

在回答“准备好了，先生”的时候，他看到有个英国人在张伞遮太阳光。

一个声音发出命令：

“开枪！”

杜布伊先生立即随便开了一枪，他吃惊地看到站在对面的那个普鲁士人晃了几下，举起双臂，直挺挺地扑倒在地。他把普鲁士人打死了。

一个英国人“噢！”地喊了一声，颤动的声音透出高兴、好奇心得到满足、焦急得到缓解的意味。另一个英国人手里一直拿着表，抓住杜布伊先生的手臂，拖住他，小跑步朝火车站奔去。

前面那个英国人双手握拳，胳膊肘贴住身体，一面跑，一面喊着步伐：

“一，二！一，二！”

三个人挺着肚子，并排跑着，就像幽默报纸上的三个滑稽人物。

火车开动了。他们跳进他们的车厢。两个英国人脱下旅行便帽，举起来挥舞，他们连续地叫了三次：

“Hip, hip, hip, hurrah! [①]”

然后，他们庄重地先后向杜布伊先生伸出右手，握完手，他们又回到角落里并排坐下。

（郑克鲁　译）

① 英语，意为：嘿，嘿，嘿，乌拉！

阅读规划进度及自我测评

01 计划阅读时间

02 实际阅读时间

03 完成度（%）

04 阅读兴趣

感兴趣□　　一般□　　没兴趣□

原因：

问题：

05 回忆一下阅读的小说，看看能否回答出这些问题

1. 和其他作家表现战争的方式不同，莫泊桑的《羊脂球》另辟蹊径，没有正面描写烽火连天的战场，而是讲述了十个身份各异的人从鲁昂逃往勒阿弗尔的故事，并以马车、旅馆作为主要舞台。请结合你的阅读经验，分析这样截取一个横断面叙写故事的妙处。

2.《疯女人》由马蒂厄·当多兰先生提起“山鹬”开头，既而引出疯女人的故事。请你分析山鹬在小说中所起到的作用，并结合相关内容，谈谈小说的主人公究竟是“我”还是疯女人。

3.“两个朋友并排站着，一声也不吭”“两个朋友站在那儿不动，也不

开口说话”“两个钓鱼的朋友站在那里，仍然一言不发”，在《两个朋友》中类似的表达出现了三次。两个朋友每次沉默的原因分别是什么呢？莫泊桑反复强调他们的沉默有何用意？

4.《一场决斗》中除了决斗的双方，莫泊桑还刻画了两个英国人的形象，请结合相关内容分析他们在小说中的作用。

5.《羊脂球》《疯女人》《两个朋友》的开篇方式各有不同，充分展示了莫泊桑强大的故事组织能力。请你重新翻阅这三篇小说，思考并总结它们各自所使用的开篇方式的表达效果。

06 说说有意思（感兴趣、引人深思）的人或事，与他人分享

在古今中外的不少作品中，“妓女爱国”是一个常出现的写作主题。如陈寅恪所写的《柳如是别传》，柳如是虽是青楼女子，但比起官员、腐儒更深明大义，更具有爱国精神；又如严歌苓的小说《金陵十三钗》，书中的十三个风尘女子为了抵抗侵略者残害同胞，甘愿自我牺牲。读完《羊脂球》后，你还可以阅读上述书籍，进行人物形象、作品主题等方面的比较。

07 摘抄，积累

把《羊脂球》中描写人物形象的语句摘抄下来，学习莫泊桑刻画人物形象的手法，积累更多的语言素材吧！

19世纪的法国，资本主义蓬勃发展，小资产阶级迅速壮大，但随着社会的发展，他们染上了爱慕虚荣、金钱至上、自私放荡、冷酷无情等毛病……莫泊桑用批判和嘲讽的笔调，真实再现了自己对这一群体的观察，让我们一起来感受一下吧！

晚　会

萨瓦尔先生是韦尔农镇[1]的公证人，酷爱音乐，年纪轻轻就谢了顶，脸总是刮得干干净净。他身体微胖，倒也适中，不戴旧式眼镜，而戴一副夹鼻眼镜。他很文雅，性格活泼开朗，在韦尔农被人视为艺术家。他能弹弹钢琴，拉拉小提琴，举办音乐晚会，演出新歌剧。

他甚至有一副人人称赞的细嗓门儿，细成一条线，一条细细的线。但是他掌握得极为曼妙，每次悠悠唱完最后一个音符，全场立即喝彩：“好！太妙了！真棒！真精彩！”

他是巴黎一家音乐出版社的老订户，总能收到最新出版物，他也不时给本城上流社会人士寄去邀请函，常是这样的措辞：

> 星期一晚，在韦尔农公证人萨瓦尔先生家，举行《萨伊斯》首演，敬请光临。

有几位嗓音洪亮的军官合唱，还有两三位本地女士唱几首歌曲。公

① 韦尔农镇：法国厄尔省的一个市镇。

证人则充当乐队指挥，手势极其沉稳，就连一九〇步兵团乐队队长有一天在欧罗巴咖啡馆谈起他来也说：

“嗯！萨瓦尔先生，那是位大师，他没有从事艺术这行，实在太可惜了。”

无论在哪个沙龙，只要有人提到他的名字，总会有人赞叹道：

“他可不是业余爱好者，而是一位艺术家，一位真正的艺术家。”

当场也会有两三个人随声附和，那声气深信不疑：

“哦！对，一位真正的艺术家。”“真正的”一词还大大加重了语气。

每逢巴黎的大舞台上演出一部新歌剧，萨瓦尔先生总要前去观赏。

且说去年，他要按照习惯去巴黎听歌剧《亨利八世》，就乘坐下午四点三十分抵达巴黎的快车，打算连夜乘零点三十五分的火车返回，这样就不必在旅馆过夜了。

他在家穿好晚礼服，一身黑装，扎上白领带，再套上一件大衣，翻起衣领。

他一踏上阿姆斯特丹街[①]，就立时感到心情无比畅快，不免自言自语：

“毫无疑问，巴黎的空气就是不同于任何地方，有一种难以描摹的向上的、激励人而又令人陶醉的成分，能让人产生一种奇特的欲望，想又蹦又跳，还想干别的事。我一踏上巴黎的街道，就突然有异样感觉，仿佛喝了一瓶香槟。在这座城市里，进入艺术家圈子，能过上多美的生活啊！这些被选定住在这样一座城市的人，这些享有盛名的大人物，该有多幸福啊！他们过着什么样的生活啊！”

他心里盘算着，希望认识几个名人，以便在韦尔农谈论他们，时而来巴黎时，也可以去他们府上参加晚会。

他猛然有了个念头，早就听人说过，环城林荫大道的一些小咖啡馆时常有聚会，参加者有已经成名的画家、文人，甚至还有音乐家。于

① 在巴黎圣拉扎尔车站下车，走阿姆斯特丹街，便可到歌剧院。

是，他又缓步上坡，向蒙马特尔走去。

离演出还有两小时，不妨去看一看。他经过常有浪荡不羁的艺术家光顾的酒馆，瞧瞧人头，想推测那些人是不是艺术家。最后，他被一家挂着“死耗子”招牌的酒馆吸引住，便走了进去。

里面有五六位女顾客，臂肘撑在大理石桌面上，正谈论她们的爱情遭遇，说起露西同奥尔唐丝的争吵、奥克塔夫卑鄙无耻的行为。她们都已青春不再，胖的太胖，瘦的又太瘦，全是残花败柳了。一看就能猜出她们几乎秃顶了，她们像男人那样，用大杯子喝啤酒。

萨瓦尔先生坐在远离她们的座位上，开始等候，快到喝苦艾酒的时间了。

不大工夫，就来了一个高个子年轻人，坐到邻桌。老板娘叫他“罗曼丹先生”。公证人一听浑身一抖，这不正是在最近画展上获头奖的罗曼丹吗？

那年轻人打了个手势，叫来伙计：

“立刻给我上晚餐，然后，你拿三十瓶啤酒和火腿，送到我的新画室，克利希大街十五号。是我早晨预订的，我们要庆祝乔迁之喜。”

萨瓦尔先生也马上要了晚餐，接着，他脱下大衣，露出礼服和白领带。

邻座那人仿佛根本没有注意他，自顾看报。萨瓦尔先生侧目而视，强烈渴望同那人搭讪。

这时，又进来两个身穿红色天鹅绒衣的年轻人，蓄着亨利三世式的尖胡子，他们坐到了罗曼丹的对面。

走在前头的那人说道：

“就是今天晚上吧？”

罗曼丹同他握手，说道：

“说得没错，老兄，所有人都会参加，有博纳、吉约迈、杰尔韦、贝罗、埃贝尔、杜埃兹、克莱兰、让-保尔·洛朗。这次盛会一定热闹非凡。还有女士，到时瞧吧！所有女演员都到场，无一例外，当然，是今天晚上没有演出的。”

酒馆老板凑上前来。

“这种乔迁聚会，您经常搞吗？”

画家回答：

“说得没错，每隔三个月，租期一到。”

萨瓦尔先生再也按捺不住，他口气迟疑地说道：

“对不起，先生，打扰一下，刚才听人叫您的姓名，我特别想知道，您是不是我在最近画展上，极为赞赏的那些画幅的作者罗曼丹先生。”

画家回答：

“正是本人，先生。”

公证人便巧妙地恭维一番，表明自己很有教养。

画家听了心里受用，也就以礼相遇，彼此攀谈起来。

罗曼丹又回到乔迁的话题，详细介绍了这次喜庆的豪华阵容。

萨瓦尔先生一一询问了他要接待的所有客人，然后又说了这么一句：

“在您这样有价值的艺术家的寓所里，一下子能见到这么多名人，对一个外地人来说，那真是三生有幸啊！”

罗曼丹一语倾心，立刻答道：

“如果您愿意的话，敬请光临。”

萨瓦尔先生满心欢喜，接受了邀请，心想：

“以后总有机会去看《亨利八世》。”

两个人都用完晚餐，公证人抢着买单，为邻座付了钱，以回报人家的盛情邀请。他还给两个身穿红色天鹅绒衣服的年轻人付了酒钱，这才同画家一起离开酒馆。

他们走到一幢房子前停下。这楼房不高，但是很长，二楼看上去好似连续不断的暖房。六间画室排成一列，门脸正对着林荫大道。

罗曼丹走在前头，登上二楼，打开一扇房门，划着一根火柴，点燃一支蜡烛。

他们置身于大得出奇的房间，但是家具仅有三把椅子，另有两副画架，以及沿墙根放着的几幅草图。萨瓦尔先生惊愕不已，愣在门口不动。

画家朗声说道：

“这回地方可够用了，不过，整个儿还要布置。”

继而，他审视着这个四壁光光的高大的房间和隐没在昏暗中的天棚，又声明一句：

“这间画室能派大用场啊。”

他全神贯注地察看，绕房间走了一圈，接着说道：

“我倒是有个情人，本可以帮把手。用什么套子，挂什么帘子，女人对此是无与伦比的。可是今天，我把她打发到乡下去了，今天晚上好能摆脱她。倒也不是怕她烦我，而是她太不懂规矩，有她在场，我那些客人就会不自在。”

他思索了片刻，又补充道：

“她是个好姑娘，但就是不好摆弄。她若是知道我接待客人，非把我的眼珠子抠出来不可。”

萨瓦尔先生毫无表示——他没听明白。

画家走到他跟前。

“既然我邀请您来了，您就帮我干点儿什么吧。”

公证人满口答应：

“随便您怎么使唤，我听从吩咐。”

罗曼丹脱下礼服。

“那好，公民，干起来。咱们先打扫。”

他从放着一幅猫画的画架后面，拿出一把破扫帚。

“拿着，您扫地，我来弄弄照明。”

萨瓦尔先生接过扫帚，瞧了瞧，便开始笨手笨脚地扫地，立刻扬起一大片尘土。

罗曼丹怒气冲冲地制止他：

“怎么，真见鬼，您连扫地都不会！喏，瞧我的。”

他用扫帚推着灰突突的垃圾滚动，滚成了一堆堆，就好像他一辈子只干这种活儿；然后，他又把扫帚交给公证人，公证人便照他的样子干。

刚扫了五分钟，满画室已经暴土①扬长了。罗曼丹只好问道：

“您在哪儿呢？我看不见您了。”

萨瓦尔先生咳嗽着，走了过来。画家问他：

“分支吊架，您知道怎么弄吗？”

公证人如堕五里雾中，问道：

“什么分支吊架？”

“当然是照明用的吊架，分支上插蜡烛。”

他还是一头雾水，便回答道：

“不会。”

画家用手指打着响儿，开始蹦跳起来。

“有了，我呀，有了好主意，大人。”

继而，他口气平静下来，接着说道：

“您身上有五法郎吗？”

萨瓦尔先生回答：

“有哇。”

画家又接着说道：

“那好，您去给我买来五法郎的蜡烛，而我去桶匠铺。”

他推着身穿礼服的公证人出门。五分钟过后，两个人都回来了，一个人抱着蜡烛，另一个人拿来桶箍。接着，罗曼丹又钻进壁橱，从里面掏出二十来只空酒瓶，又一只一只拴在桶箍上。然后，他要下楼去向女门房借梯子，向公证人解释说，他给女门房的猫画像，就是画架上的那幅，因而赢得那个老太婆的好感。

他扛了一副梯凳上楼来，又问萨瓦尔先生：

---

① 暴土：方言，指飞扬的尘土。——编者注

“您动作灵活吗？”

公证人不明白什么意思，只是回答：

“当然灵活。”

“那好，您爬上去，将这吊灯拴到棚顶的铁环上。然后，每只瓶里您再插一支蜡烛，都点着了。跟您说吧，搞照明我还是有天赋的。真见鬼，您倒是脱下礼服呀！您这样就像个奴仆。”

画室的门猛然打开，一位眼睛明亮的女士站在门口。

罗曼丹凝视她，眼睛流露出惶恐的神色。

那女子双臂交叉在胸前，等了几秒钟，然后才开了口，气急败坏的尖嗓门儿非常高亢：

“哼！你这坏东西，就想这样抛开我吗？”

罗曼丹并不答言。她接着说道：

“哼！你这无赖，你打发我到乡下，还装得那么温柔体贴。你这晚会，瞧瞧我来怎么安排。对，你那些朋友，现在由我来接待……”

她越说越激烈：

“我就把酒瓶子、蜡烛，全摔到他们脸上……”

罗曼丹语气柔和地说道：

“玛蒂尔特……”

然而她根本不听，还继续说道：

“你就等着，小伙子，你就等着！”

罗曼丹凑到跟前，想要拉住她的手：

“玛蒂尔特……”

现在，她已经豁出去了，要把她那粗话篓子、怨言袋子，统统倒干净。这些话从她嘴里冒出来，如同席卷着垃圾的一条溪流。那么多急切的话，仿佛争抢着，都要夺路而出。结果她咕咕哝哝、结结巴巴，还断断续续，最后突然一清嗓子，骂出来一句，一句粗话，一句脏话。

罗曼丹已经抓住她的双手，她却浑然不觉，似乎根本没有看见他，只顾着发泄，一吐为快。突然，她开始哭起来，泪水夺眶而出，却难阻止汹涌的怨言。这时，她说话的声音已经走调，变得尖厉刺耳，话语被泪水打湿，终于泣不成声。还有两三次，她重又发泄，但是每次都哽咽住了，最后泪如泉涌，什么话也不说了。

于是，画家紧紧搂住她，他感动不已，频频吻她的头发。

“玛蒂尔特，我的小玛蒂尔特，听我说，你要通情达理。要知道，我组织这次晚会，也是为了感谢这些先生帮我在画展上获奖。我不可能接待女士，这一点你应该明白。跟艺术家打交道，跟一般人不一样。”

她抽抽搭搭地说道：

“那你干吗不早跟我说呢？”

他回答道：

“就是不想惹你生气，让你难受。听我说，我送你回家。你要听话，乖乖地待在家里，安安静静地等着我，这里一完事我就回去。”

她咕哝道：

“行，可是以后，你不能再有这事。”

“不会了，我向你发誓。”

罗曼丹转过身，看见萨瓦尔先生终于把吊灯挂在天棚上，便说道：

“亲爱的朋友，五分钟我就回来。这工夫如果有客人来，请代我招呼一下，好不好？”

说罢，他就带着玛蒂尔特走了，那女友还连连擦眼泪，一把一把擤鼻涕。

画室里只剩下萨瓦尔先生一个人，室内全收拾好了，他就点起蜡烛，等待主人回来。

他等了一刻钟，半小时，一小时，还不见罗曼丹回来。猛然间，楼梯上传来一阵震耳的喧闹声。二十张口齐声吼唱一支歌曲，步伐整齐，如同普鲁士军队在行进。整齐的步伐动摇了整座楼房。房门打开了，门口出现一大群人。男男女女，双双挽着手臂，排成一长串，用鞋跟踢着地板，鱼贯进入画室，就像爬进来一条蛇。他们吼唱着：

我的房请进，
保姆和士兵！……

萨瓦尔先生一下惊呆了，他身穿晚礼服，愣在吊灯下面。这群人一见到他就嚷道："还有个仆役，一个仆役！"他们立刻围上来，将他困在大吼大叫的圈子里。接着，他们又手拉手，疯狂地跳起了圆圈舞。

萨瓦尔先生还要极力解释：

"诸位，诸位……先生们……夫人们……"

可是没人听他的。他们围着他转圈儿，边跳边喊叫。

他们终于停下不跳了。

萨瓦尔先生又要解释：

"先生们……"

一个满头金发、蓄留胡子的高个子青年，直逼到他鼻子尖，打断他的话：

"我的朋友，您怎么称呼？"

公证人一时惊慌失措，赶紧回答：

"我是萨瓦尔先生。"

有人嚷道：

"你是说巴甫梯斯特吧。"

一位女士则说道：

"别逗弄这个伙计了，别最后把人家逗急了。他是雇用来侍候我们，而不是来让人嘲笑的。"

萨瓦尔先生这才发现，每位来客都自带食品，有带酒的，有带馅儿饼的，还有带面包或者火腿的。

金发高个子青年拿着一根巨大的香肠，他把香肠往公证人的手臂里一塞，吩咐道：

"拿着，你去把餐桌支在那边角落里，再把酒瓶摆在左侧，食物摆在右侧。"

萨瓦尔一时昏了头，不禁嚷道：

“先生们，我可是公证人啊！”

一时间，大家都沉寂了，继而又一阵狂笑。一位先生半信半疑，又问道：

“您怎么到这儿来了？”

于是，萨瓦尔解释，他本打算去歌剧院，从韦尔农来到巴黎，以及这一晚上发生的事情。

大家围着他坐下，听他解释，不时还有人问他两句，大家都叫他“天方夜谭”。

罗曼丹还没有回来，却又来了一些客人。于是，有人就向他们介绍了萨瓦尔先生，好让他把自己的故事再讲一遍。萨瓦尔不肯讲了，但是客人非让他讲不可，还把他按在一张椅子上，另外两张椅子分列左右，坐着两位女士，不断地给他倒酒。他又是喝酒，又是哈哈大笑，一会儿说话，一会儿唱歌。他还要抱着椅子跳舞，结果跌倒了。

从这一刻起，他什么都忘记了，只觉得有人给他脱衣，扶他躺下，还觉得想呕吐。

他醒来时已是大白天了，发现身在壁橱里，躺在一张陌生的床上。

一个老太婆手里操着一把扫帚，怒目注视他，终于说道：

“下流东西，滚起来！下流东西！醉得不成人样儿了！”

他坐起来，感到浑身不自在，便问道：

“我这是在哪儿？”

“您在哪儿？下流东西，您喝醉了。您还不赶紧滚蛋？别这么磨磨蹭蹭的！”

他是想要起来，然而他在床上一丝不挂，衣服早已不知去向。他只好说：

“太太，我这……”

他猛然想起来……怎么办！他问道：

“罗曼丹先生没有回来吗？”

女门房呵斥道：

“您还是快点儿滚开吧，千万别让他在这儿看到您！”

萨瓦尔先生不免羞愧，明确说道：

“我的衣服没了，被人拿跑了。”

他不得不等待，解释他的遭遇，通知朋友，借钱买了衣服。一直折腾到晚上，他才终于离开了。

在韦尔农他那漂亮的沙龙里，一有人谈起音乐，萨瓦尔先生就武断地宣称，绘画是一种非常低俗的艺术。

（李玉民　译）

项　链

有些女孩子生来花容玉貌，秀色可餐，只可惜命运舛错，偏偏生于小职员家庭。本故事讲的就是这样一个女子。她没有嫁妆做筹码，也无望继承到遗产，因此根本没有机会去结识有钱有地位的男子，得到人家的赏识和爱悦，并娶她为妻。高不成只好低就，随便听从家里安排，嫁给了国民教育部的一个小职员。

既然没钱装饰打扮自己，穿戴也就很朴素，但是她像沦落之人那样，总不免黯然神伤。须知女人根本就没有什么社会等级，也没有什么种族类别，她们的姿色、她们的风韵、她们的魅力，就用以标志她们的出身和门第。她们的高低贵贱，完全取决于她们是否天资聪颖，生性风雅，以及秀外慧中；普通人家的女儿有了这些资质，就能与最显贵的妇人分庭抗礼了。

她感到所有这些天资丽质与生俱来，她本该享尽人间的富贵荣华，结果却受苦受穷。房子简陋，家徒四壁，桌椅破旧不堪，窗帘也不堪入目。家中的这一切，若换了另外一个同阶层的女人，甚至都毫不理会，而她却终日身受煎熬，心中郁结了怨愤闷气。有个矮小的布列塔尼女人来干简单的家务活儿，她一见了，就不免唤起怅怅的遗憾和狂热的梦想。她想入非非，幻见自家的接待室寂静肃穆，四壁镶着东方的壁毯，由高大的青铜枝形烛台照得通明透亮，还有两名身材魁伟、穿着制服短裤的仆人，半躺在宽大的安乐椅上，在暖气的闷热中昏昏欲睡。她还幻见自家的大客厅，装饰的绸缎古色古香，家具十分精致，上面摆着古董珍玩；小客厅则尤为雅致，芳香宜人，特别适合午后五点钟聊天，接待最亲密的朋友、最知名的人士，即所有女子都追慕并渴望其青睐的名流。

每当吃晚饭时，她坐到三天未换桌布的圆桌前，而坐在对面的丈夫打开汤盆盖，乐不可支地说道："哈！多么美味的炖火锅！天下没有比这更好吃的东西了……"每当这时，她就幻想起精美的宴席，幻想起亮晶晶的银餐具和镶在墙上的壁毯——上面的图案有古代人物和仙境密林中的奇鸟；她幻想起用华丽的餐盘端上的美味佳肴，幻想自己一边品尝粉红的鳟鱼肉或者松鸡翅，一边面带神秘的微笑，倾听着耳畔的喃喃情话。

她没有漂亮的衣裙，也没有珠宝首饰，总之一无所有，而她所喜爱的，偏偏只是这些东西，她感到自己是为这些东西而生的。她最大的渴望，就是讨人喜欢，令人艳羡，自己风情万种，引来众多追求者。

她有一位有钱的女友，是她在修女院寄宿学校读书时的同窗。她再也不愿意去看人家了，因为每次回来，心里都痛苦万分，一连几天都那么伤心、懊恼、悲恸欲绝，流泪不止。

且说一天傍晚，丈夫下班回家，一副得意扬扬的样子，手里拿着一个大信封。

"瞧！"他说道，"这是给你的东西。"

她急忙拆开信封，取出一张请柬，只见上面印着：

卢瓦泽尔先生偕夫人：

兹定于一月十八日，星期一，在本部大楼举行晚会，敬请光临。

国民教育部长乔治·朗波诺暨夫人

出乎丈夫所料，她非但没有欣喜若狂，反而赌气将请柬往桌子上一丢，嘴里咕哝道：

"你要我拿这个当什么用？"

“真的，亲爱的，我还以为你会高兴呢。你从不出门，这次是个机会，多好的机会！不知费了多少力，我才弄到这张请柬。人人都争着抢着要，特别难弄到，发给部里职员的不多。到了晚会，那些当官的你全能见到。”

她怒目而视，瞪着丈夫，颇不耐烦地嚷道：

“你要我去，穿什么衣裳啊？”

他还真没有想这茬儿，不禁讷讷说道：

“你穿着去看戏的那条衣裙，我看就很好了……”

他见妻子哭了，一时愕然，不知该怎么办，便不讲话了，愣愣看着两大滴眼泪从妻子的眼角缓缓流到嘴角，他终于结结巴巴地说道：

“你这是怎么啦？你这是怎么啦？”

她强打精神，压下难过的心情，擦了擦两颊的泪痕，语气平静地回答：

“没什么。我只不过是没有像样的衣裳，也就不能去参加这个晚会了。哪个同事的太太比我的行头好，你就把请柬给人家吧。”

丈夫不免沮丧，便又说道：

“喏，玛蒂尔德，说说看，一件合适的衣裙，别的场合也能穿出去，最最普通的，大约要花多少钱？”

她考虑了一会儿，心里计算数目，也细想能提多少数，才不会吓着这个节俭的小科员，哎呀一声当场拒绝。

终于，她犹犹豫豫地回答：

“我也说不很准，但是我觉得，有四百法郎就能应付了。”

他的脸微微变色，因为，他刚好积攒了这样一笔钱，准备买一支枪，也去打打猎。到了夏季，可以同几位朋友去南泰尔平原，他们星期天总是去那里打云雀。

不过，他还是松口了：

“好吧，我给你四百法郎。你可要想法儿买一件漂亮的衣裙。”

举行晚会的日子临近了，卢瓦泽尔太太又显得神情怅惘，一副心神不宁的样子。按说，衣裙已经买好了。一天晚上，丈夫便问她：

“你怎么啦？瞧你这两三天，样子怎么怪怪的。”

于是她答道：

“我一件金银首饰、一件珠宝也没有，没有一样能佩戴的，真是烦死人了。出去还不是一副寒酸相。这个晚会，我最好还是不去了。”

丈夫接口道：

“你就戴几朵鲜花呀。这个季节，戴花显得非常俊俏。花上十法郎，就能买两三朵艳丽的玫瑰。”

她哪里听得进去：

“不行……一副穷酸相，到那些有钱的女人中间，再没有那么丢人的了。”

丈夫忽然嚷道：

“你也太笨了！去找你那朋友弗雷斯杰太太，就求她借给你几样首饰嘛。你同她的关系还不错，这个忙她总会帮的。”

妻子也惊喜地叫了一声：

“真的，我怎么一点儿也没有想到！”

第二天，她就跑到朋友家中，向人家讲了这件苦恼事。

弗雷斯杰太太立刻走到镶镜子的大衣柜前，取出一只很大的首饰盒，拿过来打开，对卢瓦泽尔太太说道：

“你自己挑吧，我亲爱的。”

她最先看到几只手镯，又看到一串珍珠项链，还有一个镶有宝石、威尼斯制的金十字架，做工精致极了。她对着镜子，试戴这些首饰，一时难以取舍，不愿意摘下来还回去，还一个劲儿问道：

“你再没有别的首饰啦？”

“有哇。你自己挑吧。我也不知道你喜欢什么。”

她忽然发现，一个黑缎盒子里有一条钻石项链，简直太华丽了。她的心狂跳起来，产生了无法抑制的渴望。她双手颤抖着，拿起这串项链戴到脖子上，露在连衣裙的领子外面，对着镜子，自己都看呆了。

接着，她深恐人家不借，说话不免吞吞吐吐，问道：

“这一件，只要这一件，你能借给我吗？”

“行啊，当然可以了。”

她喜出望外，扑上去，一把搂住女友的脖子，亲了一口，然后带着这件宝物，飞也似的离开了。

举行晚会的这天到了。卢瓦泽尔太太出尽了风头。在晚会上，她风姿绰约、优雅妙丽、笑容粲然，比所有女子都漂亮，她简直乐得发疯了。所有男人眼睛都盯着她，询问她的姓名，寻求引见。部长办公室的所有专员都希望邀她共舞。就连部长也格外注意到她了。

她翩翩起舞，如醉如痴，什么也不想了，完全沉浸在欢乐之中，沉浸在她的美色所赢得的胜利之中，沉浸在她一鸣惊人的风光之中，全身飘飘然，如云中漫步，这种幸福感囊括了所有这些敬慕、所有这些赞美、所有这些被唤醒的欲望，这是女人心中最完全、最甜美的胜利。

直到凌晨四点钟，她才离开。她丈夫倒好，从半夜起，就躲进一间僻静的小客厅睡上觉了。躲进小客厅里睡觉的还有三位先生，他们的妻子也同样在尽情欢乐。

丈夫怕她上街着凉，带来了她平常穿的一件外套，给她披在肩上。然而，她感到这件外套太寒酸，同她华丽的舞会装束反差太大，就要赶紧逃开，不想让那些身穿皮袄的阔太太看到。

卢瓦泽尔一把拉住她：

“等一等呀，出去你要着凉。等我去叫一辆马车来。”

可是，她根本不听，飞快地跑下楼梯。他们来到街上，却叫不到马车，便开始寻找，望见远处有马车驶过，就追上去吆喝。

他们气急败坏，又冻得瑟瑟发抖，往塞纳河边走下去，终于在河滨路上找到一辆旧马车。这类马车只是夜晚出来兜生意，就好像自觉破烂不堪，不好意思在光天化日之下出现在巴黎街头。

舞会 〔美〕朱利叶斯·勒布朗·斯图尔特绘

马车驶入殉道者街，一直到他们的家门口。他们无情无绪，上楼回到自己的家。对她来说，这一切都结束了。而丈夫想的却是，明天十点钟，他必须到部里上班。

妻子对着镜子，脱下裹住肩头的衣服，以便最后一次看看自己的盛装容光。突然她惊叫一声：脖颈上的钻石项链不见啦！

她丈夫衣服刚脱了一半，急忙问道：

“你怎么啦？”

她惊慌失措，转向丈夫：

“我……我……我把弗雷斯杰太太的钻石项链弄丢了！”

丈夫腾地站起来，一下子蒙了头：

“什么！……怎么回事儿！……这不可能啊！”

于是他们寻找，抖搂衣裙的所有皱褶、外衣的皱褶，翻遍所有衣兜，连项链的影儿也没找见。

丈夫问道：

“离开舞会的时候，你能肯定项链还在吗？”

“在呀，走到部里的前厅，我还摸过它呢。”

“可是，如果掉在街上，总有响声，咱们会听见的。一定是掉在车上了。”

“对，有可能。车牌号你记住了吗？”

“没有。你呢？你看车牌号了吗？”

“没有。”

两个人面如土色，彼此干瞪眼瞧着。卢瓦泽尔终于又穿好衣服，说道：

“咱们刚才步行，走了一大段路，我再原路找一遍，看看能不能找到。”

丈夫说罢，就出门去了。而她呢，身上仍然穿着参加舞会的衣裙，连上床睡觉的气力都没有了，只是瘫坐在椅子上，一时万念俱灰，脑子一片空白了。

将近七点钟，丈夫空手而归。

随后，他又去警察局、各家报馆，登载寻物启事并许诺厚报，还去小马车出租行，总之，只要有一线希望，他就跑去寻找。

妻子终日在家等候消息，面对这种飞来的横祸，她一直六神无主，不知所措。

卢瓦泽尔晚上回家，还是一无所获，他面无血色，两颊都深陷下去了。

“现在，”他说道，“只好给你朋友写信了，就说钻石项链的搭扣碰坏了，要拿去修理。这样，咱们好争取时间寻找。”

丈夫一句句口授，让她把信写好。

一周寻找下来，他们彻底绝望了。

一周工夫，卢瓦泽尔老了五岁，他明确说道：

“这件首饰丢了，只好另买一件顶替了。”

第二天，他们拿上装项链的盒子，按照盒里标明的字号，找到那家珠宝店。老板查了查账簿，回答说：

“这条钻石项链，不是从本店买的，大概只是在本店配了首饰盒。”

于是，他们又一家一家跑珠宝店，凭着记忆寻找一条类似的项链。夫妇二人又伤心，又着急上火，眼看全要病倒了。

在故宫街一带的一家珠宝店中，他们终于发现一条钻石项链，还挺像丢失的那一条，标价四万法郎，如果诚心买，价钱可以让到三万六千法郎。

他们请求店主给他们保留三天，不要卖给别人，双方还谈妥，假如二月底之前，他们找到丢失的钻石项链，店主愿意以三万四千法郎折价回收这一条。

卢瓦泽尔有父亲留给他的一点儿遗产，总共一万八千法郎，还差的钱只好东挪西借了。

他们立刻到处借钱，东家借一千，西家挪五百，从这人手中拿五枚路易金币，从那人手中取三枚，借条不知打了多少，承诺还款的条件，足可以倾家荡产；而且还去找放高利贷者以及形形色色的放债人，把自己的后半生全押进去了，也不管将来能否还得起，就冒险签了那些借据。在这期间，他万分忧虑未来的日子，忧虑即将陷入的极度贫困，要受物质匮乏和精神痛苦的双重熬煎。他就是怀着这种种忧惧和惶恐，终于凑齐了三万六千法郎，去珠宝店买了那条新项链。

卢瓦泽尔太太送还女友项链时，弗雷斯杰太太颇不高兴，说道：

“你应该想着早点儿还回来，我也可能要戴呢。”

好在她没有打开首饰盒，这才让卢瓦泽尔太太放下心来。假如人家看出不是原来那条，那么女友会怎么想，怎么说呢，没准儿要把自己当成贼看了呢？

生活骤变，卢瓦泽尔太太开始过上穷人的辛酸日子。不过，她既已下了决心，就有勇气面对。巨额债务必须偿还，她也必须付出代价。他们辞退了女佣，还搬了家，租了一间阁楼。

家务粗活儿、脏活儿她一人承担了，要洗刷油乎乎的锅碗盆碟，她粉红的指甲很快磨损了。内衣内裤脏了，衬衣以及抹布脏了，她都得用肥皂搓洗，然后搭在一根绳子上晾干。每天早晨，她要下楼倒垃圾，再往楼上提水，每上一层楼都得停脚喘口气。她一身穿戴，同普通百姓的家庭妇女毫无二致了。她挎着篮子，要跑水果店、食品杂货店，要跑肉店，坚决捍卫自己可怜的钱包，一个子儿一个子儿同人家讨价还价，不免时常招来辱骂。

每个月，他们都得偿还几笔债务，有一些借据还要续签，求得人家宽限时日。

丈夫每天下班，还去给一个商人誊写账目，夜里也时常给人抄抄写写，只为抄一页挣五苏[①]钱。

① 苏：法国货币名。公元8—9世纪时为金币，13世纪时改为银币。后经数次贬值，改为铜币。1793年采用十进制后取消，但民间仍使用这一名称，称5生丁为1苏，20苏为1法郎。——编者注

这样的苦日子，他们过了十年。

十年过去，他们终于还清了所有债务，的确全部偿清，包括高利贷的利息，以及利滚利的利息。

卢瓦泽尔太太现在明显老了，变成了穷人家的女人，又强壮，又泼辣，又粗鲁。她的头发乱糟糟的，裙子歪系着，双手红红的，说话也粗声大气，用大量的水冲刷地板。不过，在丈夫去部里上班的时候，也有那么几次，她坐到窗口，忽然想起当年那场舞会，想起她在舞会上有多么漂亮，让多少人瞩目倾倒。

假如没有丢失那条项链，她的命运又该如何呢？谁知道呢？谁知道呢？生活就是变幻莫测啊！区区一件小事，就足以断送你的一生，或者救你脱离绝境。

且说一个星期天，她到香榭丽舍大街闲逛，以便消除一周的劳累。猛然间，她瞧见一位太太带着小孩在散步，那正是弗雷斯杰太太，看上去依然那么年轻，那么漂亮，那么迷人。

卢瓦泽尔太太心里十分激动。要不要上前同当年的女友搭话呢？当然要。现在，全部债务既已还清，她就可以把这一切告诉人家了。为什么不讲一讲呢？

她走上前去。

“雅娜，您好！”

对方根本没有认出卢瓦泽尔太太来，她见一个普通女人竟这么亲热地同她打招呼，不免深感诧异，便结结巴巴地答道：

“可是……太太……我不知道……您大概是认错人了。”

“没有认错。我就是玛蒂尔德·卢瓦泽尔呀！”

当年的女友惊叫起来：“哎呀……我可怜的玛蒂尔德，你怎么变得这么厉害！……”

“是啊，我这么多年没见到你，日子过得真艰难啊，多少困苦磨难……而这一切，都是因为你！……”

“因为我……究竟怎么回事？”

“你还记得我去参加部里晚会，向你借的那条钻石项链吧？”

“记得，那又怎么样？”

“怎么样，让我弄丢了。”

“怎么可能！你不是已经还给我了吗？”

“还的是另外一条，式样完全相同。为了这条项链，我们还了十年的欠债。你也明白，这不容易，我们本来就没有一点儿积蓄……现在好了，这事终于了结了，我真是高兴得要命。”

弗雷斯杰太太已经停下脚步，这时问道：

“你是说，你买了一条钻石项链，顶替我那条吗？”

“对。你还一直没有发觉，对吧？两条项链非常相像。”

她这么说着，脸上泛起笑容，显得又骄傲又天真。

弗雷斯杰太太异常激动，抓住女友的双手，说道：

“噢！我可怜的玛蒂尔德！你哪儿知道，我那一条是假钻石的呀，多说值五百法郎！……”

（李玉民　译）

我的叔叔于勒

——献给阿奇尔·贝努维尔先生

伙伴将自己的经历讲给“我”听，这是典型的嵌套式结构。故事里套故事的写法，让小说读起来更真实。

一个白胡子穷老头儿，来求我们施舍，我的伙伴约瑟夫·达弗朗什居然给了他一百苏的银币。我不免惊诧，他便向我解释说：

“看到这个可怜的人，我就想起一段往事，那段往事时时萦绕在我的心头，现在讲给你听听吧。”

我的家原籍是勒阿弗尔，家境并不富裕，只能勉强维持生活。家父有一份工作，下班回家很晚，薪水却不高。子女除了我，还有两个姐姐。

生活这样拮据，家母十分气恼，对丈夫说话时常尖酸刻薄，含沙射影地损人。碰到这种情况，我那可怜的父亲总有一个令我难过的习惯动作——他张开巴掌，抹一把额头，仿佛要抹掉一滴并不存在的汗水，然后根本不应声。我能感到他既痛苦又无可奈何的心情。家里生活无处不节俭，从不接受人家请吃饭，以免回请，吃穿用品，也一向买清仓大降价的东西。两个姐姐身上穿的，要由她们自己动手做，买十五生丁[①]一米的饰带，她们也要讨价还价好半天。每天的

① 生丁：法国货币名。100生丁为1法郎。——编者注

饭食，总是肥油汤和烧牛肉，仅仅变换调味汁。据说，肥油汤和牛肉富有营养，有益健康，然而我还是愿意换样吃吃。

我的衣服掉了扣子，裤子扯了口子，不挨一顿痛打，也要挨一顿臭骂。

不过，每逢星期天，我们全家都穿得像模像样，到防波堤上去散步。父亲身穿礼服，头戴礼帽，还戴着手套，让我母亲挽着手臂；母亲则打扮得花枝招展，活似节庆时挂满彩旗的轮船。我那两个姐姐总是最先穿戴好了，只等一声令下就出发。然而，就在要出发的当儿，总会发现一家之主的礼服上还有一个脏点，于是又一阵忙乱，赶紧用布头蘸汽油把脏点擦掉。

父亲仍然戴着大礼帽，衬衣袖子露在外面，等着擦洗完礼服。母亲则手忙脚乱，要戴上近视眼镜，脱下手套，以免弄脏。

一家人终于庄严郑重地上路了。我那两个姐姐挽着手臂，走在前头。她们都到了出嫁的年龄，自然要让她们向全城炫耀姿色。我和父亲一左一右，走在母亲的两侧。至今我还记忆犹新，在星期天那种例行的散步中，我那可怜的父母神态特别拘板，举止特别凝重，腰身直挺挺的，双腿直绷绷的，步伐庄严地向前行进，就好像他们的仪态会决定一件极其重大事情的成败。

行文思路清晰缜密，呼应前文姐姐们总是最先穿戴好的细节——因为她们迫不及待想展现自己。

每逢星期天，只要看见巨轮从陌生的远方国度返航进港，父亲总要一成不变地发出同样的感叹：

“嘿！如果于勒在那船上，那多叫人惊喜啊！”

我的叔叔于勒，父亲的同胞兄弟，从前是全家的祸星，后来却成了全家唯一的希望。从小我就总听家里人谈论他，都听得烂熟了，就觉得见面时，一眼准能认出他来。他动身去美洲之前的那段生活，我也了如指掌，尽管家里人一提起他那段生活的表现，总要压低了嗓门儿。

据说，他早先不务正业，换句话说，他挥霍掉一些钱财，这在穷人家里可罪莫大焉。如果是有钱人家，一个人吃喝玩乐，就只说“干蠢事”而已，只会被人笑称“花花公子”。然而，在生活穷苦的家庭里，一个小伙子胡闹，逼父母拿出了全部家当，那就成了败家子，成了无赖，成了混账东西。

虽是同样败家，但应区别对待，因为，只有后果才能确定行为的严重性。

总而言之，于勒叔叔挥霍光自己应得的遗产，还毁掉一大部分我父亲指望的份额。

按照当时惩罚的惯例，他被送上一艘去美洲的商船，离开勒阿弗尔去纽约了。

为什么当时惩罚的惯例是送去美洲呢？你可以查一下19世纪欧洲和美洲的经济、贸易往来，深入了解小说的写作背景。

我的叔叔于勒一到美洲，就做起了生意，不知道经营什么，而且过了不久，他就写信告诉家里，他已经赚了一点儿钱，并希望日后能弥补给我父亲造成的损失。这封信让全家人都激动万分。于勒，这个被大家认为毫无用处的废物，突然变成了一个正派人，有良心的人，达弗朗什家一个真正的成员，同达弗朗什家所有人一样诚实可信。

此外，一位船长还告诉我们，于勒租下了一个大店铺，生意做大了。

两年之后，他在第二封信中告诉我们：

“我亲爱的菲利浦，写此信为报平安，我的身体健康，你不必挂念。生意也很顺利。明天我动身去南美洲，此行时间会很长，或许数年不能通音信。如果我未能写信给家里，你也不必担心。一旦做生意发了财，我就返回勒阿弗尔。但愿为期不会太久，我们就能欢聚一堂，过上幸福生活……”

他这封信成了全家的福音书。我们一有机会就拿出来念念，一来人就拿出来显示显示。

果然，有十年时间，于勒叔叔没有再给家里写信了。但是我父亲的希望，随着岁月的流逝反而与日俱增。我母亲也经常这么讲：

过着拮据生活的一家人，因为于勒的信而对未来充满希望，“我”母亲的幻想能成真吗?

“等我们的好于勒一回来，家里的状况就会大大改观。这一家子，总算出息了一个人！”

我父亲也一样，每逢星期天，一望见远洋驶来的巨轮，在半空留下长龙似的黑烟，他总不忘重复他那句老话：

“嘿！如果于勒在那船上，那多叫人惊喜啊！”

而我们几乎以为随时都可以看到于勒挥动手帕，喊道：

“哎！哎！菲利浦！”

他必定满载而归，并且有了这种指望，家里不知做了多少打算，甚至准备用于勒叔叔的钱在安古维尔一带买一处乡居。我不敢说就这件事，我父亲有没有同人洽谈过。

大姐已经二十八岁了，二姐也只小两岁，都还没有嫁出去，这是全家人的一大愁心事。

终于有人来向二姐求婚了。对方是个公务员，家庭并不富有，但是人还算体面。我始终确信这样一点：那个年轻人最终决定向二姐求婚，也是因有一天晚上，我们给他看了于勒叔叔的那封信。

我们家自然赶紧允婚，还决定婚礼之后，全家人去泽西岛[1]旅游一趟。

泽西岛是穷人的旅游胜地。旅途并不远，乘坐轮船渡海，就算出国旅游了，因为那小岛隶属英国。因此，一个法国人，只要在海上航行两小时，就能到当地看邻邦的人民，研究那个挂满英国国旗的小岛上的风土人情。不过，有些人则直言不讳，说岛上的民风实在粗鄙得很。

去泽西岛旅游，成为我们关注的大事，成为我们唯一的期待，成为我们每时每刻的梦想。

终于盼来了启程的一天。回想起来，还像昨天刚发生的事情。在格朗维尔码头，汽轮生火待发。我父亲神色惶惶，紧紧盯着我们的三件行李装上船。母亲也惴惴不安，紧紧抓住我那未出嫁的大姐的胳膊。自从二姐结婚之后，大姐便失魂落魄，如同一窝鸡只剩下一只那样。新婚夫妇走在我们后边，他们总要落得很远，害得我经常回头去看。

为什么“我”的家人会如此不安？

轮船拉响了汽笛。我们全上了船，只见轮船离开堤坝，驶向外海，当时风平浪静，海面犹如绿色大理石桌面。我们望着远逝的海岸，又欣喜又得意，很少出门旅行的人莫不如此。

① 泽西岛：英国皇家属地，是英国三大皇家属地之一，在英吉利海峡靠近法国海岸线的海峡群岛里，面积与人口数都是最大的一座。——编者注

父亲礼服上的污渍，当天早晨就仔细擦拭掉了，现在他穿在身上，抚着肚子神气活现，但是还往周围散发汽油味。这种气味标志着要出门的日子，我一闻到就知道是星期天了。

忽然，他瞧见两位漂亮的夫人，有两位先生递给她们牡蛎吃。一名衣衫褴褛的老水手正用小刀撬开一只只牡蛎，交给两位先生，再由他们传给两位夫人。那两位夫人用餐的姿势非常优雅，先用一块细布手帕托住牡蛎，嘴再微微向前探，免得油点脏了衣裙。接着，她们快速地轻轻一吮，再将空壳扔进海里。

这种在航行的船上吃牡蛎的别致行为，无疑深深吸引了我父亲。他觉得这很有格调，非常高雅，不同凡响，于是他走到我母亲和两个姐姐跟前，问道：

“我”的父亲觉得两位夫人吃牡蛎的姿势非常高雅，这一描写有着深层的意味。

“我请你们吃牡蛎，好不好啊？”

母亲考虑花费，颇为犹豫。但是我两个姐姐当即都接受了。母亲怏怏不乐，说道：

“我怕吃了胃痛，只给孩子们吃吧，也别吃太多，你别让孩子们吃出毛病。”

接着，她又向我转过身，补充一句：

“约瑟夫嘛，就不必去凑这个热闹，绝不能把男孩子惯坏了。”

这样，我就不得不留在母亲身边，我觉得她这种区别对待很不公道，但也只好目送父亲，只见他摆出主重的样子，领着两个女儿和他女婿走向那破衣烂衫的老水手。

方才那两位夫人刚好离开，我父亲便指点我两个姐姐，如何吃，牡蛎的鲜汁才不会流掉。他还拿起一只牡蛎做示范，模仿那两位夫人，不料当即出彩，把牡蛎的汁液全扣在了礼服上，于是我就听见母亲咕哝一句：

“他最好还是老老实实地待着。”

可是，父亲突然显得神色不安，他撤离几步，定睛看着簇拥在卖牡蛎老头儿周围的女儿女婿。接着，他猛一掉头，朝我们走来。我见他脸色煞白，眼神也怪怪的。他过来悄声对母亲说：

“真不可思议，开牡蛎的那个人，太像于勒了。”

母亲惊呆了，问道：

“哪个于勒？……”

父亲回答：

“就是……我那兄弟呀……假如我不知道他在美洲做生意正得意，我还真会以为是他了。”

母亲也慌了神儿，结结巴巴地说道：

“你简直疯了！你既然知道那不是他，干吗还跑来讲这种蠢话？”

但是父亲仍坚持说道：

“你不妨去瞧瞧，克拉丽丝，我还是愿意让你亲眼看看，亲自核实了。”

于是，母亲起身走到女儿跟前。这工夫，我也注视那个人。那人又老，身上又脏，满脸皱纹，他目不斜视，只盯着自己手上的活儿。

此时的于勒已然满脸沧桑，神情麻木，他的眼里只剩下活儿，这为下文埋下了伏笔。

我母亲回来了。我发觉她在发抖，只听她急促地说道：

“我认为是他。你去问问船长。你可千万当心，别让这个无赖再来拖累咱们。”

父亲马上走了，我也跟了去，觉得自己心里异常激动。

船长是一位又瘦又高的先生，蓄留长长的络腮胡，他正在甲板上散步，那副自命不凡的样子，真像是在指挥一艘巨轮开往印度。

我父亲恭恭敬敬地上前搭话，随口讲些恭维话，询问他的航海生涯：“泽西岛有多大？岛上有哪些物产？有多少居民？风俗如何？习惯怎样？岛上是什么土质？”如此等等，不一而足。

二人这样交谈，旁听者会以为，他们至少是在谈论美国。

继而，又谈到我们乘坐的这艘船——“快船号”，以及船上的人员。我父亲声音发颤，终于问道：

“贵船上有一个开牡蛎的老人，看样子挺有意思。那人的情况，您知道一些吗？”

这场谈话，终于让船长气恼了，他冷淡地回答：

“这个老流浪汉是个法国人，是我去年在美洲见到的，并把他带回国。他在勒阿弗尔好像还有亲人，但是他欠他们的钱，不愿意回到他们身边。他名叫于勒……于勒·达尔芒什，或者达尔旺什，反正差不多。他在美洲那里，有一阵好像发了财，可是，您瞧见了，他现在落到了什么境地。”

借船长之口补白于勒的经历，这与于勒在信中提到的发了财、要去南美洲一趟的情况大体吻合，让人物经历更加清晰。思考一下，于勒如此落魄，为什么会选择流浪在外而不回家？

我父亲的脸色变得灰白，眼神惶恐不安，嗓子眼儿哽咽，断断续续地说道：

“啊！啊！非常好……很好啊……这我并不奇怪……非常感谢您，船长。”

说罢，他掉头就走了，而船长见他匆忙离开，不禁愕然，感到莫名其妙。

父亲回到母亲身边，脸上完全失态了，母亲见状，赶紧劝他：

“你先坐下，别人会看出来的。”

父亲瘫坐到长椅上，讷讷说道：

“是他，正是他！”

接着，他又问道：

“咱们该怎么办啊？”

母亲急忙回答：

“一定要让孩子们离远点儿。约瑟夫反正全知道了，就让他去把他们叫回来。千万当心，尤其不能让女婿了解一点儿情况。”

父亲似乎吓傻了，讷讷说道：

“真是倒血霉啦！”

母亲突然怒不可遏，接口说道：

母亲的话与前面的“这一家子，总算出息了一个人”相呼应，产生一种戏剧效果。

“我一直就不相信，这个骗子能成什么气候，觉得他到头来还要依赖咱们！还能指望达弗朗什家的人会有什么出息？……”

父亲伸手抹了一把额头，他每次挨太太的指责，总要做这种动作。

母亲又补充道：

“给约瑟夫点儿钱，赶紧让他付牡蛎的账。就差让那个乞丐认出咱们来了。一旦认出来，那么船上就有好戏看了。咱们到船那头去，免得那家伙靠近咱们！”

说罢她就站起身，他们给了我一百苏的银币，就走开了。

我两个姐姐正等着父亲，心里非常诧异。我就推说母亲有点儿晕船，然后又问那个开牡蛎的人：

“该付给您多少钱，先生？”

当时，我多想叫他一声叔叔。

“当时”一句跳出了故事，是约瑟夫向同伴表达他的感慨，这展现了他的懊悔和遗憾。

他回答道：

“两法郎五十生丁。”

我给他一百苏的银币，他找给我零钱。

我注意看他的手，皱皱巴巴，是水手的一双可怜的手，再看他那张脸，凄苦衰朽，饱经风霜，是一张可怜的老人脸。我心中暗道：

“这是我叔叔，我父亲的亲兄弟，我的叔叔啊！”

我给了他十苏小费。他向我道谢：

“愿上帝保佑您，年轻的先生！”

他说这句话时，带有穷人接受施舍时的那种腔调。我不免心想，他在美洲一定讨过饭！

两个姐姐见我出手这么大方，都惊愕地注视我。

我把剩下的两法郎交还给父亲时，母亲十分诧异，问道：

“这要三法郎？……不可能啊！”

我口气坚定，朗声答道：

“我给了他十苏小费。”

母亲吓了一跳，瞪眼看着我：

“你疯啦！把十苏给了那家伙，给了那个无赖！”

可是，她戛然住声，只因父亲瞪了她一眼，示意有女婿在跟前。

接着，大家都不作声了。

这时，我们对面远方，出现了一个紫色的形影，仿佛从海里冒出来，那便是泽西岛。

就在轮船驶近堤岸时，我忽然产生一种强烈的愿望，再去看一看我的叔叔于勒，要走到他面前，对他讲几句安慰的温情话。

然而，由于没人吃牡蛎了，他也就走了，一定是下到底舱，这个可怜的人就该住在那种恶臭的地方。

返程时，我们换乘圣马洛的航船，以免再碰到他。我母亲担心得要死。

从那以后，我再也没有见到我父亲的那个亲兄弟。

这就是为什么，你有时还会看到，我拿出一百苏的银币给流浪汉。

结尾与开头相呼应，对看似突兀的行为进行了解答，情节构成完美的闭环。“我”对流浪汉的赠予，其实就是对自己不能帮助叔叔这一遗憾的弥补。

（李玉民　译）

嫁妆

西蒙·勒布吕芒先生和雅娜·科尔迪埃小姐结婚，谁也不感到奇怪。不久前，勒布吕芒先生接手帕皮荣先生的公证处，当然要付钱，而雅娜·科尔迪埃小姐手头的现钞和不记名的有价证券，总计恰好有三十万法郎。

勒布吕芒先生是个英俊的小伙子，人很帅气，公证人式的帅哥，外省的帅哥，总归很帅气，这在布蒂尼–勒布尔这地方，是极其少见的。

科尔迪埃小姐很文雅，也很清纯，只是文雅中透出几分刻板，清纯中也显示一点儿笨拙，但总体来说，她是个美丽的姑娘，秀色可餐，令人渴慕。

他们的婚礼在布蒂尼闹翻了天。

这对新人令人赞不绝口，婚后的幸福自然不能为外人道，他们厮守几天之后，决定去巴黎一游。

新婚燕尔妙不可言，勒布吕芒先生在同妻子最初的相处中，极尽灵巧与精细之能事，每每做得十分出色，又恰到好处。他早就信奉这样的座右铭："只要善等待，一切适时来。"他表现得既有耐心又有精力，便一举大获全胜。

四天下来，勒布吕芒太太对丈夫就爱得死去活来，再也离不开他了，要让他从早到晚守在身边，她好能爱抚他，拥抱他，抚摸他的双手、他的胡子、他的鼻子，如此等等，不一而足。她还时常坐到丈夫的双膝上，揪住他两只耳朵，对他说："闭上眼睛，张开嘴巴。"于是，他放心地张开嘴，眼睛则半闭上，美美地接受特别温柔的一个长吻，引起他后背一阵强烈的酥麻的感觉。反过来，丈夫也是从早到晚，从晚到早，怎么爱抚，怎么亲吻，双手全上，全身心投入，也不足以表达对妻子的深爱。

婚后第一周刚过，他就对年轻的妻子说道：

“假如你愿意，咱们星期二就动身去巴黎。咱们就像还没有结婚的情侣那样，去下馆子，去看戏，去音乐咖啡厅，哪儿都玩玩，哪儿都逛逛。”

妻子高兴得跳起来。

“啊！好哇！好哇！咱们尽量早些动身。”

丈夫接着说道：

“还有，什么事也不要忘记，应当告诉你父亲，将你陪嫁的钱准备好，咱们随身带着，我好借此机会把钱付给帕皮荣先生。”

妻子立刻答应：

“明天早晨我就去同他谈。”

他马上搂住妻子，又开始一周以来她所喜爱的温存的小游戏。

到了星期二，岳父岳母前来送行，陪同要去巴黎的女儿女婿到火车站。

岳父说道：

“我可以肯定，你们携带这么多钱旅行，实在是太冒失了。”

可是，年轻的公证人却微微一笑，答道：

“您丝毫也不必担心，爸爸，这种事情我习以为常了。您也知道，我干这一行，有时候随身带着上百万。我们这样做，至少会省去一大堆烦琐的手续，也免得耽误很多时间。您老丝毫也不必担心。”

列车员喊道：

“去巴黎的旅客，赶快上车！”

新婚夫妇急忙上了一节车厢，只见里面坐着两位老妇人。

勒布吕芒对着妻子的耳朵，悄声说道：

“真烦人，我不能抽烟了。”

她小声答道：

“我也觉得挺烦人，但不是因为你抽不了烟。”

火车嘶鸣，开始启动了，行程大约一小时。一路上他们俩也没有讲几句话，只因两位老妇人根本没有打盹儿。

他们一到圣拉扎尔车站广场，勒布吕芒先生就对妻子说道：

“亲爱的，如果你愿意，咱们就先到大马路吃午饭，然后再稳稳当当地去取行李，送到旅馆去。”

妻子立即表示同意：

“对，咱们就先去吃饭，饭馆离这儿远吗？”

丈夫答道：

“是啊，有点儿远，不过，咱们可以乘公共马车去。”

妻子颇为诧异，问道：

“为什么不叫一辆马车呢？”

丈夫面带笑容责备道：

“你就是这样节省的呀？不过五分钟的路，就叫一辆马车，每分钟要付六苏。你可是什么也少不得呀。”

“真是这样。”妻子不免有几分羞愧，说道。

这时，正好驶来三匹马拉的一辆公共马车，勒布吕芒便喊道：

“车夫，喂，车夫！”

沉重的马车停下，年轻的公证人推着妻子，还匆匆对她说道：

“你就坐进车厢里，我要爬上顶层，至少能在午饭前抽支烟。”

妻子还来不及做出反应，车夫就已经抓住她的胳膊，扶她登上踏板，并把她推进车厢。少妇吓坏了，跌坐到长椅上，她透过车后窗户，惊愕地看着丈夫往顶层爬的双腿。

她坐在那里一动不动，一边是一位浑身烟斗味的胖先生，另一边是一位满身狗气味的老妇人。

其他所有乘客一排排坐在那里，也都默不作声。那中间有一个食品杂货铺伙计，一名女工，一名步兵中士，一位架着金丝眼镜、头戴一顶宽卷边像檐槽的丝绸帽子的先生；还有两位端着架子、烦躁不安的太太，她们似乎以那种神态告诉别人："我们虽说坐这辆车，但是身份要高贵得多。"此外，车里还有两名修女、一个没有戴帽子的妓女和一名殡葬工人。这些人聚到一起，活似一组漫画像，或博物馆中陈列的滑稽人物，活似人类面孔的百丑图，又像集市上人们用以打靶的一排排滑稽的玩偶。

乘客的脑袋，随着马车的颠簸而轻轻摆动，他们面颊松弛的肌肤，也随着头摇晃而颤动起来。人人都被车轮的隆隆声响震得昏头涨脑，仿佛又傻又苶[①]，昏昏欲睡了。

这位少妇也傻呆呆地坐在那里。

"他为什么不来同我坐在一起呢？"她暗暗思忖，只觉一股无名的忧伤涌上心头。老实说，他完全可以不抽那支烟。

两位修女示意停车。接着，她们一先一后下车，登时散发出旧裙子的霉味。

马车重又往前行驶，随后又停下。一个红头涨脸、气喘吁吁的厨娘上了车。她坐下来，将装满食品的篮子放在双膝上。一股强烈的刷锅水的气味，立刻弥漫了整个车厢。

"这段路程，可比我原以为的要长得多。"雅娜心想。

殡葬工人下了车，腾出的座位又坐上一名浑身马厩味的车夫。那个不戴帽子的粉头下车后，又上来一个办事员，因跑腿而两脚发出汗臭味。

公证人太太感到极不自在，一阵阵作呕，不知为什么就想哭一通。

乘客不断地上上下下，马车也一直向前行驶，街道连着街道，没有尽头，遇站停车，接着又往前行驶。

"路这么远啊！"雅娜又思忖道，"但愿他没大意坐过了站，但愿他没睡着！这些日子，他可累坏了。"

乘客都逐渐下车，车厢里只剩下她一人了。这时，车夫嚷道：

"伏日拉尔街到了！"

---

① 苶（nié）：呆，傻；疲倦，精神不振。——编者注

看看雅娜还坐着不动，车夫又嚷一遍：

“伏日拉尔街到了！”

雅娜望了望车夫，这才明白他是冲自己喊话，因为车厢里再没别人了。车夫喊了第三遍：

“伏日拉尔街到了！”

于是，雅娜问道：

“到哪里了？”

车夫粗暴地回答：

“到伏日拉尔街了，活见鬼，我都喊了二十遍了！”

“这里离大马路还远吗？”她问道。

“哪条大马路呀？”

“当然是意大利人林荫大道了。”

“早就过了！”

“啊！您能不能告诉我丈夫一声？”

“您丈夫？在哪儿呢？”

“在顶层啊。”

“顶层！那上边早就没人了。”

她一下惊呆了：

“什么？这不可能，他和我一起上的车。劳驾，您再仔细瞧瞧，他肯定在上面呢。”

车夫说话变得粗鲁起来：

“算了，小美妞，别再啰唆了，丢失一个男人，就找回来十个。快走人吧。这次就收场了。您在大街上再另找一个。”

她泪水盈眶，仍坚持说道：

“不对，先生，您弄错了，我肯定您弄错了。他腋下夹着一个大公文包。”

车夫笑起来：

“一个大公文包。哦！对了，他是在马德兰大教堂下车的。反正是一码事，他把您给甩了，哈！哈！哈！……”

马车已经停下。雅娜下了车，眼睛还不由自主地望了望顶层，那上面确实空无一人。

于是，她放声大哭，根本不考虑有人在听，有人在看她。她边哭边说：

“我该怎么办啊？”

一名警探走过来，问道：

“出什么事啦？”

车夫以嘲笑的口气答道：

“这位太太让丈夫给丢在路上了。”

警探接口说道：

“好，没什么大事，您还赶您的车去吧。”

说罢，警探掉头就走了。

这时，雅娜也只好信步往前走，她实在是六神无主，惊恐万状，简直弄不明白究竟发生了什么事。她要往哪儿走呢？她要干什么？她丈夫，出了什么事呢？怎么会出这种差错、这种大意、这种误会呢？怎么会出现如此不可思议的疏失呢？

她口袋里只有两法郎。去找谁呢？她猛然想起在海军部当科长的表兄巴拉尔。

兜里的钱刚好够叫马车的，于是她叫了一辆，坐到表兄家。

她到达表兄家时，他正巧出门要去部里上班，也像勒布吕芒那样，腋下夹着一个大公文包。

她跳下车，喊道：

“亨利！”

亨利吃了一惊，戛然止步：

“雅娜？……跑到这儿来？……单独一个人？……您从哪儿来，做什么呀？”

雅娜眼泪盈眶，结结巴巴地说道：

嫁　妆

“刚才我丈夫走丢了。”

“走丢了，在哪里丢的？”

“在一辆公共马车上。”

“在公共马车上？……嗯！……”

接着，她就向表兄哭诉自己的遭遇。

表兄边听边想，他问道：

“今天早晨，他头脑很清醒吗？”

“很清醒。”

“好的。他随身带很多钱吗？”

“是的，他带着我的嫁妆。”

“您的嫁妆？……全部嫁妆？”

“全部……要为他买下的公证处付款。”

“哎呀，我亲爱的表妹，您丈夫此刻可能已经去比利时了。”

雅娜还是不明白，结结巴巴地问道：

“……我丈夫……您说……”

“我说他骗走了您的……您的财产……事情无非如此。”

她站在原地，一时喘不上来气，咕哝道：

“那么他……他……他就是个无赖！……”

她一阵冲动，几乎昏过去，倒在表兄的身上，失声痛哭。

由于有人围观，他就轻轻把她推进楼门里，又搀着她走上楼梯。女仆来开门，一下就愣住了。

主人吩咐道：“索菲，赶快去餐馆，订两份午餐送来。今天我不去部里上班了。”

（李玉民　译）

春 天

春光明媚的日子来临，大地苏醒返青，这时空气中芬芳的暖意，爱抚我们的肌肤，进入我们的肺腑，仿佛透进心田。于是，我们隐约萌生幸福的憧憬、无限的渴望，想要跑一跑，信步走一走，去闯一闯，去畅饮春光。

去年冬天特别寒冷，一到五月份，我就想放怀舒展，只觉得一种醉意袭上心头，一股活力升腾冲动。

且说一天早晨醒来，我从窗口望去，只见邻舍的屋顶上，一大片蓝天，阳光灿烂。挂在窗前的金丝鸟嘤嘤鸣叫，每层楼都传来女仆的歌声，街道上也升起欢声笑语。于是我出了门，心情像过节一样，却不知去哪里。

一路上见到的人都笑容满面。春天归来，在暖烘烘的阳光下，到处都是一片喜气洋洋，就好像爱情的和风吹遍了全城。盛装打扮的青年女子，眼神里隐含着脉脉温情，步履中显出缠绵春意，这情景扰乱了我的方寸。

不知怎样走来，也不知为什么，我到了塞纳河畔。汽轮鱼贯驶向叙雷纳，我猛然产生一种无法抑制的愿望，要跑步穿越树林。

渡轮的甲板上挤满了人，都是不由自主被最初的艳阳吸引出家门的。所有人都在活动，走来走去，同旁边的人交谈。

我的邻座是个女子，大概是个小小的女工，具有地道巴黎女郎的秀雅，面容娇小俊气，金色鬈发垂到双颊，犹如弯曲的阳光垂射到耳畔，一直流泻到颈项，随风舞动。再往上就变成极细极轻的淡黄色绒毛，几乎看不见，但是令人产生一种难以克制的愿望，要在上面狂吻一通。

沙图的塞纳河 〔法〕皮埃尔·奥古斯特·雷诺阿绘

在我的凝视下，她朝我扭过头来，随即又垂下眼帘，嘴角微微下陷，仿佛要形成笑靥，从而显露被阳光略微映黄的丝绒般的淡白色汗毛。

平静的河面逐渐开阔，笼罩着安宁温暖的气氛，空间似乎充满了生命的絮语。我的邻座又抬起双眼，这次见我还一直凝视她，她便微微一笑。笑容十分动人，那流盼的目光向我表露千种风情，我尚未领受过的千种风情。我从中看到了那陌生的深邃意蕴，即柔情蜜意的全部魅力、我们梦寐以求的全部诗意、我们毕生寻觅的全部幸福。于是，我产生一种疯狂的欲念，要张开双臂，将她抱到别的地方，在她耳边喃喃细语，用情话奏出美妙的音乐。

我正要开口搭话，忽然有人捅了捅我的肩膀。我吃了一惊，回头瞧瞧，只见一个相貌普通、不老不小的人，正阴沉着脸看着我。

“我想同您谈谈。”那人说道。

我做了个鬼脸，可能让他瞧见了，因为他补充一句：“事情很重要。”

我起身随他到渡船的另一端。他又说道：“先生，要入冬的时候，天气骤冷，又下雨又下雪，您的医生会每天嘱咐：‘双脚要保温，防止着凉感冒，防止患支气管炎、胸膜炎。’因此，您万分小心，穿上法兰绒衣裳、厚厚的大衣，还穿上棉皮鞋，即便如此，您也难免要有两个月卧床不起。可是一开春，叶子绿了，花也开了，微风送暖，令人酥软，还有田野的气息，这些会使您心绪烦乱，无端地动情。然而在这种时候，就没有人来对您说：‘先生，要当心爱情！它到处设下陷阱，它在每个角落窥视您，它施展了全部诡计，磨快了所有武器，准备好了全部骗局！要当心爱情啊！……要当心爱情啊！比起感冒、支气管炎或者胸膜炎来，爱情更危险！它饶不过任何人，让所有人干下难以补赎的蠢事。’是的，先生，我要说，每年政府都应当在墙上张贴大幅告示，写上这样的话：‘春回人间。法国公民，小心爱情！’就像有人在房门上写道：‘小心油漆！’可是，既然政府不肯做，那我就代办，我要对您说：‘小心爱情，它正要钳住您，我有责任事先提醒您，如同在俄国提醒一个冻了鼻子的行人。’”

我听了这个怪人的话，不禁愕然，随即正色对他说：“看来，先生，您要插手与您没什么关系的事情。”

他猛一摆手，答道：“唉！先生！先生！假如我看见一个人在河里危险区要淹死，难道要袖手旁观吗？喏，听听我的经历，您就会明白为什么我对您这样讲。

“那是去年发生的事情，在同样的季节。我得先告诉您，先生，我是海军部的职员，我们那儿的头头儿，那些专员，特别看重他们文官服袖口上的杠杠，把我们当成甲板上的水手来使唤——唉！如果说所有头头儿都是文职官员——算了，不说也罢——单说我坐在办公室里，只能看见有燕子飞翔的一小角蓝天，有时我真想在黑皮卷宗之间跳舞。

“我想出去活动活动的愿望越来越强烈，不得不硬着头皮去见我那小头头儿。那人个头儿很矮，脾气暴躁，动不动就发火。我说我病了。他瞪眼睛瞧着我，冲我吼道：‘我根本不相信，先生。要走就走吧！您以为一个办公室靠这号职员能行吗？’

“于是我溜出来，走到塞纳河边。天气跟今天一样好，我登上渡轮，要到圣克卢①去转一圈。唉！先生！我的上司真不该准我假！

“来到阳光下，我觉得心情舒畅。看那船、那河流、那树木、那房舍，以及我身边的人，什么我都喜欢。我渴望拥抱什么，不管什么东西——这正是爱情在设置陷阱。

“到了特罗加德罗，忽然一位姑娘拎个小包上船，坐到我对面。

“她很美，是的，先生。不过，说来奇怪，在早春艳阳天，您会觉得女人更好看。她们显得很特别，楚楚动人，能迷人心性。这跟吃过奶酪再喝酒完全一样。

“我看着她，她也看着我——当然，只是不时看一眼，就像您那位刚才那样。我们这样眉来眼去，最后我觉得我们相当熟了，可以说说话

① 圣克卢：法国巴黎的郊区之一。

了，于是我开了口。她真叫我心醉神迷，我亲爱的先生！

“到圣克卢，她下船，我也跟着下去。——她是去送货的。等她回来的时候，船已经开了。于是我陪她散步。空气暖洋洋的，我们俩都不禁叹息。

“‘树林里肯定非常好。’我对她说道。

“她答道：‘哦！是啊！’

“‘我们到树林里转一转，好吗，小姐？’

“她迅速地偷偷瞥了我一眼，仿佛要准确衡量一下我的价值，犹豫片刻之后便接受。于是，我们并肩走在树林中。树冠枝叶还不算太茂盛，但下面的青草又高又密，绿得发亮，宛如上了油漆，沐浴在阳光中。到处是相爱的小动物，到处听见鸟儿的鸣唱。我那女伴，为清新空气和乡村气息所陶醉，开始蹦蹦跳跳地跑起来，我也连蹦带跳地跟在后面。有时候，先生，人就是傻呀！

“后来，她又拼命唱歌，什么都唱，歌剧唱段，缪塞特[①]之歌！缪塞特之歌！当时我看她多有诗意啊！……我几乎要流下眼泪。唉！正是那些废话把我们的头脑搅昏了。请相信我，绝不要找一个在田野上唱歌的女人，唱缪塞特之歌的尤其要不得！

“不久她就累了，坐到一片绿茵斜坡上。我呢，便坐在她的脚下，抓住她的双手，看见她的小手布满针扎的小点，不禁有点儿心疼，想道：‘这就是劳动的神圣标记。’——噢！先生，先生，劳动的神圣标记，您明白意味着什么吗？就是意味着在车间里说长道短，叽叽喳喳讲些下流话，传播猥亵的事情玷污心灵，丧失贞节；意味着整天胡说八道，整天庸庸碌碌；意味着普通妇女所特有的那种思想狭隘，所有这一切，都在手指留有劳动神圣标记的女人身上，赫然地打上了烙印。

“接着，我们久久地相互凝视。

“噢！女人的这种眼神，具有多大威力啊！多能扰乱、进袭、侵占、

① 缪塞特：法国小说家亨利·穆杰与剧作家西奥多·巴里埃合作的剧本《波西米亚人生涯》中的一个人物。该剧在当时大获成功。

控制啊！显得多么深沉，充满希望，永无止境啊！人们称这是相互窥视心灵！噢！先生，简直是笑话！若果真看透心灵，那就会检点一些了。

“我的欲火终于撩起来，开始发狂了。我想要搂住她。她却对我说：‘把爪子收回去！’

“于是，我跪到她跟前，敞开我的心扉，往她双膝上倾泻我憋在胸口的无限柔情。我态度的这种变化，她觉得挺奇怪，并斜着眼瞧我，仿佛心里在说：‘嘿！就是要这样耍弄你呢，亲爱的。好哇！咱们就走着瞧吧。’

“在爱情方面，先生，我们男人总是天真汉，而女人都是生意婆。

“不用说，我本来可以占有她，后来我才明白自己太蠢了。不过，我要追求的，不是一个肉体，而是一种深情、一种理想。我在应当充分利用时机的时候，却只知道大动感情。

“我这样表白爱情，她一觉得听够了，便站起来。于是，我们又回到圣克卢，直到巴黎，我才同她分手。在返回的路上，她的神情十分忧郁，经我询问，她才答道：‘我想，这种日子，一辈子难得有几回。’我的心怦怦狂跳，简直要撞破胸膛。

“下个星期天我又见到她，于是又有下一个星期天，以及后来的每个星期天。我带她去布吉谷、圣日耳曼、梅宗–拉斐特、普瓦西，到郊外所有谈情说爱的地方。

“那个小浪货，也向我‘倾诉炽热的爱情’。

“我终于完全昏了头，三个月后便娶了她。

“有什么办法呢，先生，只怪自己是个职员，独身生活，也没个家，没处商量！人总想同一个女人在一起，生活会很甜美！于是，就娶了那个女人！

“于是，她就从早到晚骂我，什么也不懂，什么也不知道，整天喋喋不休，拼命唱缪塞特之歌。（噢！缪塞特之歌，简直是拉锯！）她跟送煤的人吵架，将家丑全抖搂给看门人，将两口子的隐私全告诉邻家的女仆，去供货商店也诋毁自己的丈夫，那颗脑袋里装满了蠢得不能再蠢的故事、傻得不能再傻的信念、怪得不能再怪的看法、邪得不能再邪的偏见，因此，先生，我每次同她交谈，真是泄气得想流泪。”

他住口了，微微有点儿喘息，情绪非常激动。我看着这个天真的可怜虫，怜悯之情油然而生，我正要劝他几句，渡船却靠岸了。圣克卢到了。

那位搅乱我方寸的娇小的女人起身要下船，她从我面前经过时，含笑朝我瞥了一眼，随即跳上浮桥——那种微笑能叫人发狂。

我正要抽身追上去，却被我旁边这个人扯住衣袖。我猛然一下要挣脱，他又抓住我礼服的衣襟，往后拉我，一再说道：“您不能去！您不能去！”嗓门儿很高，大家都回头瞧瞧。

周围一阵哄笑，我愣在原地，心头气恼，但又没有胆量面对耻笑和起哄。

这时，渡船又开了。

那位娇小的女子站在浮桥上，面带失望的神情目送我离去，而坏我好事的家伙则搓着双手，又凑到我耳边说道：

“嘿，这回，我可帮了您一个大忙。”

（李玉民　译）

舆　论

刚敲过十一点钟，职员先生们怕上司到来，都各自急忙回办公室。

每人都迅速看一眼不在班上时送来的材料，然后脱掉短礼服或长礼服，换上旧工作服，就去看左近的同事了。

主任科员博囊芳先生的工作间，很快就聚了五个人，每天的交谈又照例开始了。佩德里先生是个有条理的职员，他在寻找忘记放到什么地方的材料。想当副科长的皮斯东先生，教育奖章获得者，正在一边吸烟一边暖和大腿。老缮写员格拉普老伯，也按照老传统，请周围的人吸鼻烟。还有办事员、论者拉德先生，这个爱嘲讽、爱抗上的怀疑主义者，目光狡狯，手势干脆，以蝗虫一样的声音，正津津有味地激起同事们的气愤。

“今天早上有什么新闻？”博囊芳先生问道。

“老实说，什么也没有，”皮斯东先生答道，“报纸还是连篇累牍地报道俄国沙皇被弑的事件。”

讲条理的职员佩德里先生抬起头，以深信不疑的口气，一板一眼地说：

“我祝愿他的继任快快乐乐，不过，要我跟他交换位置，我却不干。”

拉德先生笑起来，说道：

“他也不干啊！”

格拉普老伯开了口，声调凄惨地问道：

“这一切，怎么才有个头啊？”

拉德先生打断他的话：

"永远也没有头啊，格拉普老伯。只有我们有头，说完就完了。自从有了国王，就有了弑君案。"

这时，博囊芳先生插言道：

"您给我解释解释看，拉德先生，为什么总谋害好国王，而不谋害坏国王呢？亨利四世，伟大的国王遭暗杀；路易十五死在床上。我们的国王路易-菲利浦，一生都是那些杀手的目标。据说，沙皇亚历山大是个心地善良的人。再说，不正是他解放了农奴吗？"

拉德先生耸耸肩膀：

"近来，不是还杀死一位科长吗？"

格拉普老伯每天都忘记头一天发生的事，高声问道：

"谁杀死科长啦？"

想当副科长的皮斯东先生答道：

"不错，您完全清楚，就是蛤蜊案件。"

格拉普老伯着实忘记了：

"不清楚，想不起来了。"

拉德先生帮他回忆这件事：

"哎，格拉普老伯，您想不起来了吗？那是个职员，而且被宣判无罪释放了。有一天，那个小伙子要去买蛤蜊当午餐，科长不准他去买，可职员偏要去，科长就命令他住口，不准他迈出办公室一步。职员拒不服从，戴上帽子，科长扑上去，职员在挣扎中将裁纸剪刀捅进科长的胸膛。小职员的生涯就这样断送啦！"

"这还是值得讨论的，"博囊芳先生振振有词，"职权也得有限度。一位上司无权规定我的午餐，控制我的胃口。他管我的工作，但管不着我的胃。真的，这件事很遗憾，但还是值得讨论的。"

要当副科长的皮斯东先生恼火地嚷道：

"照我看，先生，我认为在办公室里，当头头儿的就是指挥官，就像船长指挥他的船一样。职权是不能分割的，否则就没法儿办事了。领导的职权是政府给的，在办公室里他的绝对指挥权是不容置疑的。"

博囊芳先生也发火了。拉德先生劝他们息怒，说道：

“我就料到了。一句话不对付，博囊芳就会把裁纸刀捅进皮斯东的肚子里。国王也是一样。那些王公能理解哪种权威不属于老百姓。归根到底，就是蛤蜊的问题。——‘我呀，要吃蛤蜊！’——‘你不能吃蛤蜊！’——‘偏要吃！’——‘不行！’——‘偏要吃！’——‘不行！’结果，不是一个普通人就是一个国王送了命。”

这时，佩德里先生又重申他的看法：

“不管怎么说，当君主这行，今天没有多大意思。就跟当消防队员似的，同样不是开心的事！”

皮斯东先生平静下来，又说道：

“法兰西消防队员，也是国家的一份光荣。”

拉德先生赞同道：

“消防队员，对，但不是指消防水车。”

皮斯东先生为消防水车和组织机构辩护，他还说道：

“况且，这个问题已经有人开始研究了，已经引起普遍关注。时过不久，我们就会有办法让目的同手段协调一致。”

然而，拉德先生却摇了摇头：

“您这么想！啊！您这么想！跟您说吧，先生，您错了，什么也改变不了。在法国，体制是不变的。美国体制在于蓄水，蓄大量的水，蓄水成河。好家伙！真够狡猾的，手头掌握大海大洋来灭火灾。法国则相反，全凭主动性，全凭聪明才智和创新精神。没有水，没有水泵，什么也没有，只有消防队员，而法国体制就在于烧烤消防队员。这些可怜的家伙，真是英雄好汉，抡着斧头灭火！想一想吧，比美国高明多少啊！……再者，每回有人受烘烤，市议会就议论，上校谈论，议员也发表看法。大家讨论两种体制：蓄水还是创见！一位名人在受难者的墓前说了这样一句话：‘不是永别，消防队员，而是再见。’

“在法国，先生，就是这么干的。”

可是，谈着谈着，格拉普老伯却忘了谈什么，他问道：

"您讲的这句诗：'不是永别，消防队员，而是再见。'我在什么地方看过呢？"

"是在贝朗瑞的诗集里。"拉德先生严肃地答道。

博囊芳先生断了思路，叹道：

"春天百货商场那场火灾，也真是一场劫难！"

拉德先生又说道："现在，大家可以冷静地（并非文字游戏）谈论了，我想，对那家商场经理的口才，我们有权提出点儿异议。据说，他是个正派人，这我不怀疑；说他是个机灵的商人，这也是显而易见的；然而，说他能言善辩，我却不以为然。"

"为什么这么讲呢？"佩德里先生问道。

"因为，打击他的这场巨大灾难，如果说没有引起所有人对他的同情，那么，对他为消除职工的担心而在帕利斯的讲话，大家却怎么也笑不够。他对职工们大致这么说：'先生们，你们不知道明天拿什么吃晚饭吗？我也同样不知道。噢！我哟，可真叫人可怜。幸好我有朋友。有一位朋友借给我十个苏，好买支雪茄（到了这种地步，就不能抽伦敦烟了）；另一位朋友给我一法郎七十五生丁，让我乘坐出租马车；第三位富有些，借给我二十五法郎，让我到美花坛服装店买一件礼服。不错，我呀，春天百货商场的经理，到美花坛服装店去购物！我从另一个人手里拿到十五个苏买别的东西。我连雨伞都没有了，就用第五笔借款，花五法郎买了一把羊驼毛的晴雨两用伞。还有，我的帽子也烧掉了，但不愿再借钱，就拾了一顶消防头盔……喏，就是我戴的这顶！大家都照我的样子做吧，有朋友就找朋友帮忙……而我呢，可怜的孩子们，大家都看到了，我背了一身的债！'

"一个职员要是讲话，就可以这样回答他：'您这话证明什么呢，老板？证明三件事。第一，您没有零花钱了，我忘带钱包的时候，也有过这种情况。但是，这并不表明您的产业、房产、有价证券、保险等等全光了。第二，这还证明您在朋友那里有信誉，好极了，您就利用吧。第三，总之，这证明您非常不幸。哼！老实说，这情况我们都知道，也都从心里同情您。然而，这并不能改善我们的境况。您到便宜商店搞来这套装束，其实就是要哄骗我们。’”

这回，办公室里的人一致赞同。博囊芳先生一副滑稽相，插了一句：

“我真希望当时在场，看看商场那些售货小姐穿着衬衣逃命的样子。”

拉德先生接着说道：

“我可信不过那些贞女的宿舍，就连她们也都险些被烧死，如同去年公共马车公司失火，拴在马厩里的马匹那样。要找替罪羊好办，只要把手下的小职员投进监狱就行了。可是，售衣服的那些可怜的姑娘……算了吧！一位经理，哼！总不能为存放在他大楼里的所有钱财负责。不错，男职工存在账房里的钱，全都付之一炬，但愿那些小姐的钱还能保住！令我赞叹的，举例说吧，就是呼唤职工的号角。啊！先生们，多么壮观的最后一幕！诸位想象一下，一条条宽大的走廊里烟火弥漫，所有人都惊慌失措，乱哄哄地夺路逃命，而在中心圆点广场上，站着一位现代的艾那尼[1]，一位新型的罗兰，脚穿旧拖鞋，下身穿着内裤，在鼓足气力吹响号角！”

这时，有条理的职员，佩德里先生忽然说道：

“不管怎么说，我们生活在一个奇特的世纪，一个动荡不安的时期——因此，杜弗街的那件案子……”

工役猛地把门推开一条缝，说了一句：

“科长到了，先生们。”

于是，一眨眼工夫，所有人都拔腿逃走，仓皇溜掉，跑得无踪无影，就好像部里大楼也起火了。

（李玉民　译）

---

① 艾那尼：雨果戏剧《艾那尼》的主人公。

一家子

开往纳伊的市内小火车过了马约城门，正沿着林荫大道驶向塞纳河畔。小车头拉着一节车厢，用汽笛声赶走路上的障碍。它喷着蒸汽，呼哧呼哧喘息，真像跑得上气不接下气的一个人。活塞里发出急速的咚咚声响，又好似铁腿在奔跑。傍晚，大道上溽暑熏蒸，虽然没有一丝风，路面上却扬起粉笔末似的白色尘土，密密麻麻，又呛人又滚热，粘在你汗湿的皮肤上，眯你的眼睛，一直钻进你的肺里。

“扬”“粘”“眯”“钻”四个动词连用，让人仿佛置身于闷热的环境中，看着一辆火车驶过，带起一路飞尘。

大街两旁，有许多居民在门口透气。

车上的玻璃窗都放下来了，所有窗帘在疾驶带起的风中飘动。车厢里只有几位乘客，只因天气太热，大多乘客都爱待在顶层和外面的平台上。有一些打扮得花枝招展的胖太太，是住在郊区的小市民，她们不懂得高雅，就拿装模作样来充数。还有一些在办公室坐腻了的先生，由于长期伏案工作，他们脸色蜡黄，弯腰驼背，一边肩膀显得高些。他们那愁苦惶遽[1]的面容，表露他们有家庭烦恼，经济拮据，也表露了彻底化为泡影的早年的希望，加入了衣衫褴褛的穷鬼大军。他们在巴黎边缘辟垃圾场安家，住在刷白灰的破房子里，过着紧巴巴的日子。

紧挨车门坐着一个又矮又胖的男人，他的脸膛儿

① 惶遽（jù）：惊慌。——编者注

虚胖，便便大腹垂到叉开的双腿之间，那身黑色服装上佩戴着勋章绶带。同他聊天的人又细又高，衣冠不整，穿了一套极脏的白色斜纹布服装，戴着一顶破旧的巴拿马草帽。那个矮胖子说话吞吞吐吐，犹犹豫豫，有时真像个结巴，他就是海军部主任科员卡拉望先生。那个瘦高个儿从前在商船上当卫生员，后来到弯路圆点广场附近定居，用他海上生涯仅余的一点儿模糊的医学知识，为当地的穷百姓治病。他叫舍奈，他要别人称呼他“大夫”。关于他的品行也有不少传言。

“仅余的一点儿模糊的医学知识”，暗示舍奈学艺不精。

卡拉望先生始终过着规范的机关职员的生活。三十年来，他一成不变地上班，每天早晨走同一条路，在同一时间，同一地点，遇到同样去上班的人，傍晚下班还是走同一条路，又遇到眼看着衰老的同样的面孔。

每天，他到圣奥诺雷郊区大街口，花一个苏买份报纸，再买两个小面包，然后走进部里大楼，那神态活像个投案自首的犯人，急匆匆地赶到办公室，心里惶恐不安，总担心自己的工作有什么疏漏而遭训斥。

他这种单调的生活规律，从来没有发生任何变化。因为，除了办公室的事务，除了升级和奖金，任何事件都与他无关。他早已不在乎嫁妆，娶了一位同事的女儿，但无论在部里还是在家里，他只谈公事。他那头脑在日常办公中逐渐萎缩而愚钝了，除了与部里有关的事情之外，就再也没有其他念头，没有其他希望和梦想了。不过，他的科员生涯的满足感，总掺杂一种扫兴的苦涩滋味。那些海军军需官，因为军装上的白条纹而得了“白铁匠”诨号的家伙，一调进部

卡拉望单调的生活与别里科夫（契诃夫《装在套子里的人》）的生活如出一辙。契诃夫和莫泊桑都生活在19世纪的资本主义社会，也都写过小职员的故事，你可以比较他们塑造的小职员形象的异同。

里就当副科长或科长。他和妻子都同样愤愤不平，每天吃晚饭的时候，他就大谈特谈，摆出种种理由证明，让那些命该在海上漂泊的人到巴黎来任职，无论从哪个角度看，都是极不公道的。

不知不觉中一生过去了，现在他年事已高。他出了校门，就跨进机关大门，从前他见了就发抖的学监，如今换成了他怕得要死的上司。他一到那些室内有暴君的门口，就从头到脚打哆嗦。由于长期处于这种惶恐不安的状态，他就形成了一种笨拙的举止，见人低声下气，说话也神经质似的口吃。

他对巴黎的了解，多不过每天由狗领到同一门檐下讨饭的一个瞎子。他在小报上看到什么事件和伤风败俗的社会新闻，都认为它们是编造的离奇故事，专供小职员消遣。他一贯奉公守法，是个没有明确见解的保守派，但敌视“新事物”，凡遇政治新闻，他都略过去，不过话又说回来，那份小报在这方面做报道时，总要为了某一方收买者的需要而歪曲事实。每天傍晚，他沿着香榭丽舍大街回家，望着熙来攘往的行人和川流不息的车马，那神态就像一位游客穿越遥远而生疏的异域。

就在这一年，规定的三十年服务期满，一月一日那天，他得了一枚荣誉团勋章。须知在这种军事化的机关里，那些被锁在绿皮卷宗上可悲的苦役犯，经过长期而惨苦的劳役之后，就会得到这种奖赏。这一出乎意料的荣誉，使他对自己的才干有了更高的新看法，同时也彻底改变了他的习惯。从那以后，他不再穿杂色裤子和奇装异服，换上黑色裤子和礼服，这才配得上勋章的宽宽绶带，同时，他每天早晨刮脸，更

从这段话来看，你觉得作者是怎样看待荣誉团勋章的呢？

加仔细地修指甲，隔一天就换一次衬衣。总之，转瞬之间，卡拉望换了一个人，衣冠整洁，有了威仪，又能谦和待人，他这样注意风度礼仪，尊重他所跻身的国家“勋位团”，也是理所当然的。

他回到家里，总把“我的勋章”挂在嘴边，这种自豪感达到了无以复加的程度，简直不能容忍别人的扣眼上所挂的别的勋章，见了外国勋章更是火冒三丈：“不能让他们在法国佩戴出来。”他尤其恨每天傍晚在小火车上遇见的舍奈大夫，怪他戴一枚白不白蓝不蓝，黄不黄绿不绿的什么勋章。

从凯旋门到纳伊门这段路，他们俩的谈话也总是相同的。这天同往日一样，先谈到他们俩都憎恶的本地的种种弊端，而区长却尸位素餐。继而，卡拉望就把话题转到疾病上来，这是同一位大夫在一起所必然谈到的，他指望借闲谈之机，能免费捡到一点儿小教益，如果不动声色，问得巧妙，说不定还能得到一次诊断。况且，近来他母亲的状况令他担心，她时常昏厥，许久才醒来，年已九旬却不肯求医。

对卡拉望心理活动的描写，展现了其精打细算、贪小便宜的性格特点。

母亲高寿，卡拉望说起来总要动情，一再对舍奈大夫说：“你能经常见到这样长寿的人吗？”他喜滋滋地搓着双手，这倒不见得他盼望老太太永远活在世上，而是因为母亲长寿对他来说是个好信号。

他还说道：“嗯！我们家的人寿命都很长，因此，我敢肯定，如果不出意外，我会活到很老。”

大夫以怜悯的目光看了看身边这个人，打量一下对方红赤赤的脸庞、肥嘟嘟的脖颈、垂到肌肉松懈的胖腿之间的大肚子，以及这个老科员容易中风的软塌塌的圆身材，这才掀了掀扣在头上的那顶灰不溜丢的草帽，嘿嘿一笑，答道：“不见得吧，老兄，令堂身体精瘦，而您却胖得像个皮球。”卡拉望心里一阵慌乱，便不作声了。

这时，小火车到站了，两个伙伴下了车。舍奈先生提议到对面环球咖啡馆，请喝一杯苦艾酒。他们俩常去那里，同老板挺熟。老板从柜台的酒瓶上面伸出两根手指，他们俩握了握，又走过去，瞧瞧从午间起就坐在那儿打多米诺骨牌的三位牌友。彼此亲热问候，也少不了打听一句：“有什么新闻？”然后，打牌的人又接着打牌，等这两位告辞的时候，他们头也不抬，只伸出手来。这两位握手告别，就各自回家去吃晚饭了。

卡拉望住在弯路圆点广场附近，是一座三层小楼，楼下开了一家理发店。

这套住宅有两间卧室，有餐室和厨房，几把重新胶合的椅子，按照需要从这间屋拖到那间屋。卡拉望太太的全部时间，都花费在打扫这套房子上。而十二岁的女儿玛丽-路易丝和九岁的儿子菲利浦-奥古斯特，则在大街的阳沟[①]里，同本街道的所有顽童追打嬉戏。

卡拉望的母亲被安置在楼上，她在这一带是出了名的小气鬼，而她这人也精瘦，因此有人说，上帝把她精打细算的原则用到她本人身上了。她总好发脾气，没有一天不吵架，不大发雷霆。她从窗口骂站在门口的邻居，骂蔬菜小贩、清道夫和孩子。孩子要报复，就等她出门的时候，远远跟着她，边走边喊：“老——妖——精！”

解释了前文“年已九旬却不肯求医”的原因，这对母子在性格上真是一脉相承。

① 阳沟：露出地面的排水沟。——编者注

有个女用人干家务活儿，她是矮小的诺曼底人，粗心大意得令人难以置信。她睡在三楼，挨着老太太，怕老太太有个三长两短。

卡拉望回到家中时，他那患有洁癖的妻子，正在用一块法兰绒擦拭几把散放在几间空荡荡的屋里的红木椅子。她总是戴着线手套，脑袋扣一顶便帽，帽上缀饰的五颜六色缎带时时滑落到一侧耳朵上。她打蜡，擦拭或者洗刷，让人撞见时就总是这么说："我不是富人，我家里整个陈设很简单，而我的豪华就是洁净，这也不亚于别种豪华。"

她天生就务实，有了准主意绝不改变，在大小事情上都是她丈夫的向导。每天夜晚，先是在餐桌上，然后又到床上，夫妻要长时间议论办公室的事情。丈夫虽然比妻子大二十岁，但是就如同向神甫忏悔一样，什么事情都要告诉妻子，都要听从妻子的主意。

对丈夫的描写，从侧面表现妻子的强势。

卡拉望太太从来就谈不上姿色，她又矮又瘦，现在可以说相貌丑陋了。这也怪她不会打扮，总是抹杀她那如果穿戴得巧妙得体，本来应该突显出来的微弱的女性特征。她的裙子似乎总扭向一边。她还爱在身上东抓抓西搔搔，也不管在哪儿，不管有什么人在场，这种习惯几乎成为怪癖了。在家里，她通常戴着自以为很漂亮的软帽，帽顶缀饰一大簇丝绸彩带，这是她想到的唯一装饰物。

她一瞧见丈夫回来，立刻直起身，亲了亲他的颊髯，说道："亲爱的，你想着去波坦店了吗？"（这是他答应过的事。）他吓坏了，一下子倒在椅子上——这是他第四次忘记了。"真糟糕，"他说，"太糟糕了。这件事，一整天我都想着，可是没用，一到晚半晌总要忘掉。”看他那样子很难过，于是妻子安慰道：“明天想着就是了。部里没有什么新情况吗？”

“怎么没有，有一条大新闻：又有一个‘白铁匠’当上了副科长。”

妻子的神情变得十分严峻，问道：

“到哪一科？”

“国外采购科。”

她立刻发火：

“这么说，是接替拉蒙的职位啦？这正是我想要你得到的位置。那么拉蒙呢？退休了吗？”

卡拉望讷讷答道：“退休了。”

妻子怒不可遏，软帽滑到肩头上：

“完啦，瞧吧，那个鬼地方，现在一点儿指望也没有了。你说的那个军需官叫什么？”

“博纳索。”

她查阅一向放在手边的海军年鉴，念道：

“博纳索——土伦——1851年生——1871年任见习军需官，1875年任助理军需官。”

“他出过海吗？”

卡拉望听这一问，情绪就平静下来，同时萌生一阵喜悦，乐得肚子直颤动：“同巴兰一个味儿，同他的上司巴兰完全一个味儿。”

接着，他提高了笑声，又提起全部人都拿来开心的老笑话：“派他们去视察黎明军港，千万别走水路，乘小火轮去，他们要晕船的。”

不过，妻子仍然板着面孔，仿佛没有听见。继而，他缓慢地搔着下巴，咕哝道：“若是跟一名议员有关系就好啦！一旦议会了解那里发生的一切，部长

“立刻发火”“怒不可遏”，简短的文字形象地体现了卡拉望太太的暴脾气。

就非下台不可……”

楼梯上响起一阵吵闹声，打断了他的话。玛丽-路易丝和菲利浦-奥古斯特从阳沟里回来，姐弟俩每上一级，就你扇我一个耳光，我踢你一脚。母亲大为恼火，冲了过去，揪住每个人的胳臂，狠劲摇晃着，将姐弟俩丢进屋里。

两个孩子看见父亲，立刻扑上去。父亲久久地搂着亲他们，然后让他们坐在他膝上，同他们谈心。

作者对于父母和子女相处的日常场景的描画真实而具体。“搂着亲”“坐在他膝上”展现了父亲和子女间的温馨。

菲利浦-奥古斯特是个丑孩子，头发像一堆乱草，从头到脚脏乎乎的，而且一脸呆相。玛丽-路易丝长得像母亲，说话也像母亲，重复她的话，甚至模仿她的动作。小姑娘也问道：“部里有什么新情况吗？”父亲快活地回答：“丫——丫头啊，你朋友拉蒙，就是每月都要来吃饭的那位，要离开我们了，一位新任副科长接替他的职位。”女儿抬眼看着父亲，以早熟的孩子那种同情的口气说道：“这么说，又有一个踏着你的后背上去了。”

父亲止住笑，没有回答，接着，他要转移话题，就问正在擦窗户的妻子：

“妈在楼上好吗？”

卡拉望太太停止擦拭，回过身去，将滑到背上的软帽戴好，嘴唇颤抖着说：

“哼！好吧，咱们就说说你妈吧！她可真给我好瞧啦！想想看，理发匠的老婆勒博丹太太，上楼来向我借一包淀粉，正巧那工夫我出去了，你妈就骂人家是‘要饭的’，把人家赶走了。我回来就把老太婆狠狠训了一通。她跟往常一样，一受人责备，就装作没有听见，其实，她不见得比我聋，就是装模作样。这样讲有凭证：她一句话也不说，立刻上楼回自己的房间去了。”

卡拉望不免惭愧，沉默不语。这时，小用人跑来说晚饭做好了。于是，卡拉望操起总藏在墙角的一根扫帚把，往天花板捅了三下，然后一家人到餐室里。卡拉望太太分好汤，要是等老太太下来，汤就会等凉了，他们就慢慢吃起来。盆里的汤喝完了，他们又等。卡拉望太太可真来火了，就拿丈夫撒气：“要知道，她这是成心闹别扭，而你总是替她说话。”

卡拉望左右为难，只好打发玛丽-路易丝去叫奶奶，然后垂下目光，待在那儿一动不动。他妻子咽不下这口气，用餐刀尖敲着酒杯脚。

在妻子和母亲的争执、吵闹中夹缝生存，卡拉望性格中的软弱一目了然。

门忽然打开，只有丫头一个人回来，她气喘吁吁，面无血色，慌慌张张地说道：“奶奶倒在地上啦！”

卡拉望腾地蹦起来，把餐巾往桌上一扔，冲了出去，楼梯上响起他咚咚的脚步声。他太太仍以为婆婆在搞恶作剧，轻蔑地耸耸肩膀，慢腾腾地随后上楼。

老太太直挺挺地趴在屋子中央。儿子将她身子翻过来，只见那张面孔毫无表情，皮肤发黄，呈深褐色，满是皱纹，闭着眼睛，咬紧牙齿，一动也不动，整个枯瘦的身体已经僵硬。

卡拉望跑到她身边，呻吟着：“我可怜的妈妈呀！我可怜的妈妈呀！”

不过，卡拉望太太仔细端详一会儿，肯定地说：“唉！没事儿，又昏过去了，不用说，就是不想让我们吃晚饭。”

他们把老太太抬到床上，脱了衣裳，夫妇二人和女用人一齐上手，给她按摩身子，费了半天劲儿，也不见她苏醒过来。于是，他们打发女用人罗萨莉去请舍奈“大夫”。他住在河边上，靠近苏雷恩，路挺远，等了很久他才赶到，查看了一下，拍了拍老太婆，又号了脉，高声说道：“人不行了。”

“大夫”二字为什么要加上双引号？

卡拉望扑到母亲身上，号啕大哭，哭得浑身直抖动。他拼命吻着母亲僵板的脸，大颗大颗的眼泪，好似大水珠一样，纷纷落到死者的脸上。

卡拉望太太做出了适度的哀伤之态，她站在丈夫的身后，轻声哭泣，使劲儿地揉眼睛。

卡拉望的脸愈显肿胀，稀疏的头发也乱了，那真正哀痛的样子十分丑陋，他猛然站起来：“真的……大夫，您有把握吗？……您完全有把握吗？……”

“大夫”急忙走过去，就像商人夸耀自家的货那样，以内行的熟练动作抚弄尸体，说道：“喏，老兄，瞧瞧这眼珠嘛。”他翻开老太婆的眼皮，只见他手指下露出眼珠，看上去毫无变化，只是瞳孔可能放大了一点儿。

卡拉望的心挨了一刀，一阵恐惧传遍他周身的骨肉。舍奈先生抓起老太婆抽紧的胳膊，用力掰开手指，仿佛面对一个贬低他货物的顾客，气冲冲地说道：“您瞧瞧这只手嘛，尽管放心，我绝不会看走眼。”

卡拉望又扑到床上打滚，哭声几乎像牛在吼叫。这工夫，他太太一边装作抽抽搭搭，一边料理该做的事情。她将床头柜挪过来，铺上一块餐巾，放了四根蜡烛，点着之后，再从壁炉上方取下吊在镜子后面的一根黄杨木，摆到了蜡烛之间的一只盘子里。没有圣水，盘子里盛满了清水。不过，她略微考虑一下，就面对老太太的逝世，卡拉望和太太两人的反应不同，对比之下极富深意。

捏了一小撮盐放进清水里，大概以为这样就算做了临终圣事。

她布置好灵堂之后，就站在那里不动了。“大夫”刚才帮她摆东西，这时低声对她说：“应当将卡拉望拉走。”她点了点头，走到一直跪着哭泣的丈夫旁边，同舍奈先生每人架一条胳膊，将他搀起来。

二人先扶他坐到椅子上。他妻子吻了吻他的额头，便开导他。“大夫”也从旁帮腔，劝他认命节哀，要坚强，要振作起来，说的那些话，全是人在大灾大难中办不到的。接着，二人又把他搀走。

他跟个胖孩子似的，抽抽噎噎，浑身软塌塌的，双臂耷拉着，两条腿绵软无力。他走下楼，却不知道自己在做什么，只是机械地迈着脚步。

他们扶他坐到他吃饭的专座，面前还放着几乎空了的餐盘，汤匙仍浸在剩下的汤里。他坐在扶手椅上一动不动，眼睛直愣愣地盯着酒杯，什么念头也没有了。

卡拉望太太在角落里同“大夫”谈话，打听要办什么手续，全面了解办丧事的通常做法。舍奈先生好像期待什么事情，最后，他抓起帽子，说他尚未吃饭，躬了躬身表示要走。卡拉望太太高声说道：

“怎么，您还没有吃晚饭吗？那就在这儿吃吧，大夫，就在这儿吃吧！有什么吃什么，不必客气，要知道，我们也吃不了多少。”

“大夫”婉言谢绝，卡拉望太太坚持留客：

“您这是怎么说的，还是留下吧。在这种时候，有朋友在身边就好过多了，再说，您劝劝我丈夫，他也许会吃点儿东西。他真需要添点儿气力。”

“大夫”躬身从命，将帽子放到一件家具上，答道：“既然这样，太太，我就只好领情了。”

卡拉望太太向吓昏了头的罗萨莉吩咐几句话，也坐到饭桌前，说是要“陪陪大夫，也装样子吃点儿东西”。

他们又喝了已经凉了的汤。舍奈先生又添了一次。接着端来一盘里昂风味的牛肚，飘散着一股洋葱的香味，卡拉望太太也决定尝一尝。“好极了。”“大夫”说道。卡拉望太太笑了笑，说道：“对吧？”然后扭头对丈夫说：“你也吃点儿吧，我可怜的阿弗雷德，肚子里哪怕少垫点儿东西也好啊，想想吧，你还要熬夜呢！”

卡拉望温顺地拿过餐盘，然后吃起来，现在他事事顺从，既不抵抗也不思考，就是让他上床睡觉他也会照办。

“大夫”自己动手，往盘子里添了三次。卡拉望太太则不时地用叉子叉一大块牛肚，装作心不在焉的样子吃下去。

又端上满满一盆通心粉，“大夫”喃喃说道：“嘿！这真是好东西。”这回，卡拉望太太给每人盛了一份儿，连孩子的碟子都装满了。两个孩子呼噜呼噜吃起来，他们还趁没人管，喝起原汁葡萄酒，又在桌子下面相互踢起来。

舍奈先生想起罗西尼爱吃意大利通心粉，就突然说道：“嗬！还挺押韵呢，可以写一首诗嘛，就这样开头：

音乐大师罗西尼

卡拉望太太和舍奈先生之间有关吃饭的拉扯，充分体现了两人的虚伪——前者假大方，后者贪小便宜。

爱吃通心粉条子……”

没人听他说。卡拉望太太忽然有了心事，要考虑这场变故会引起的各种后果。她丈夫则揪面包搓成一个个小球，摆在餐桌上，然后呆呆地盯着看。他嗓子眼儿干得火烧火燎，一次次拿起斟满葡萄酒的杯子。经受这场打击，又过度悲痛，他的头脑本来就乱了，现在更是飘飘忽忽，就像在饭后艰难消化时突然产生的眩晕中飞舞。

“大夫”不客气了，喝起酒来像个无底洞，显然已经醉了。卡拉望太太焦躁不安，心烦意乱，这是一阵神经紧张之后的必然反应，她虽然只喝了清水，但是脑袋也有点儿发晕了。

舍奈先生开始讲述几户人家死了人的情景，在他看来简直不通情理。因为，巴黎这一带郊区，住的全是从外地迁徙来的人，他们还保留乡下人对死者的那种冷漠态度，死的哪怕是亲爹亲娘——那种不敬的态度，那种无意识的残忍无情，在乡下极为寻常，而在巴黎市内则十分罕见。他说道：“喏，就在上周，普托街来人请我去。我急忙赶去，一看病人已经咽了气，可是家属呢，却在床榻旁边从容地喝酒，要喝完头天为满足临终的人而买的一瓶茴香酒。”

以小见大，舍奈先生的叙述表明，在当时的社会，冷漠对待亲人的逝去是一种普遍现象。

然而，卡拉望太太没有听，她一直在想遗产的事。卡拉望头脑里空空如也，什么也听不懂。

咖啡端上来了，为了提神，咖啡煮得很浓，每一杯又兑了白兰地，喝下去之后，他们的面颊很快就添上一层红晕，已经模糊的意识中仅存的念头也被搅乱了。

最后，“大夫”又猛地抓起酒瓶，给每人斟了一点儿白兰地涮杯子。他们不再说话，慢慢地啜着加糖的白兰地在杯底形成的黄色甜浆，一个个沉迷在消化食物时所产生的温馨之中，并且像动物一样，不由自主地陷入由饭后烈酒所给予的舒适感里。

对人物生活化动作的描绘，让人更有代入感，更能沉浸在故事之中。

两个孩子睡着了，罗萨莉抱他们上床去。

这时，卡拉望同所有不幸的人一样，机械地顺从麻痹自己的愿望，又一连几次喝白兰地酒，他那呆滞的眼闪闪发亮了。

“大夫”终于起身要走，他抓住朋友的胳臂，说道：

“来，跟我一道出去，透透空气对您有好处，一个人有了烦恼，不应当待在家里不动。”

对方听从了，他戴上帽子，拿起手杖，跟着出去了。两个人挽着胳臂，在灿烂的星光下走向塞纳河。

夜晚熏风徐徐，送来一阵阵芳香。这个季节里，这一带花园都鲜花盛开，而鲜花的芬芳白天似乎在沉睡，临近傍晚才醒来，开始施放，由清风送进幽暗中。

宽阔的大街阒无一人，只有两行煤气街灯，一直延展到凯旋门。巴黎那边红雾笼罩，传来市井的喧嚣，听似一种持续不断的隆隆滚动声响，时而有火车的鸣笛声从远处呼应。那是一列开足马力的火车，在平野上飞驰，或者穿越外省，朝大西洋畔驶去。

户外的空气扑到脸上，两个男人一时感到意外，“大夫”几乎失去平衡，而卡拉望在吃晚饭时就昏头涨脑，这时晕得更厉害了。他恍若在梦中行走，神思迟钝，浑身不听使唤，精神处于麻木状态，没有痛苦环境的变化昭示着人物心理的变化，从逼仄的家走到宽阔的大街，卡拉望内心的哀伤也削减了。

之感，也就没有强烈的哀伤了，再加上夜晚弥漫的温煦的花香，他甚至觉得轻松了。

二人走到桥头，便朝右拐去，河水迎面送来清风。隔着一排高高的白杨树，河水在那边忧郁而静静地流淌，星星仿佛在河中游泳，顺着水流荡漾。对面堤岸上飘浮着淡淡的白雾，给呼吸送来一股潮湿的气息。卡拉望戛然止步。河流的气味令他凛然一惊，将他内心深处久远的记忆搅动起来。

插叙有关母亲的往事，增添了伤感的氛围——母亲连接着卡拉望的童年与青春，她的逝去标志着那鲜活记忆的消亡，使本就机械的生活更枯燥。

他蓦地又看见了母亲，是他童年所见到的形象，在遥远的庇卡底，母亲弯腰跪在家门口，在流经园子的小溪边洗一大堆衣裳。恍惚间，他又听见幽静的田野响起母亲的棒槌声和喊声："阿弗雷德，给我拿块肥皂来。"此刻，他又闻到同样的流水气味，又看到笼罩潮湿土地的同样薄雾。沼泽地的水汽味道，一直留在他心头，永世难忘，而他恰恰在母亲去世的这个晚上，重又闻到了。

他僵立不动，绝望的情绪又猛烈袭来。犹如一道闪光倏忽照亮他的整个不幸，这阵浮荡的气息将他投进无从慰藉的黑色痛苦深渊。他的心被幽明永隔的分离所撕裂。他的一生也拦腰截断，他的整个年轻时代，在这次亡故中沉没消失了。"以往"完全结束了，青少年的记忆全都烟消云散，再也没人能同他谈谈往事，谈谈他从前认识的人、他的家乡、他本人以及他过去生活中的事情。他的一部分存在已然消亡，现在该轮到另一部分死去了。

一件件往事浮现在眼前，他又看见年轻时的妈妈，身上那套旧衣裙穿得实在太久，仿佛同她本人分不开了。他又在早已遗忘的种种场合中见到母亲，重温那淡漠的形貌：她的举止、声调、习惯、癖好、愤怒、脸上的皱纹、瘦手指的动作，以及她再也不会有的常做的姿态。

于是，他紧紧抱住“大夫”，哀号起来。他那绵软无力的双腿在颤抖，整个胖身子随着哭泣摇动，断断续续地说：“妈呀，我可怜的妈呀，我可怜的妈妈呀！”

然而，他的同伴一直醉意醺醺，正打算到他常常偷着去的地方消磨这个夜晚，见他又痛发悲声，就不耐烦了，便扶他坐到河边的青草上，借口要给人看病，随即抛下他走掉了。

卡拉望哭了很久，眼泪流干了，也可以说痛苦全流走了，他重又感到轻松、舒坦和骤来的平静。

月亮升起来了，以它淡白的光华洗浴大地万物。高高挺立的白杨银光闪闪，原野上的雾气仿佛飘动的白云。河面上不再有星星游泳，但似乎铺了一层珍珠，不息地流淌，泛起粼粼的涟漪。空气和煦，微风馥郁，大地进入温柔的梦乡。卡拉望吮吸着夜色的温馨，久久畅快地呼吸，觉得清爽、宁静和无比的宽慰，浸入他的肌体，一直浸入肺腑。

不过，他还抵制这种袭来的舒适感，一遍遍重复：

“妈呀，我可怜的妈妈呀！”

他以忠厚人的良心激发自己，但是再怎么想哭也哭不出来了，怎样悲痛也引不起刚才促使他号啕大哭的那些念头。

于是，他起身往回走，脚步很慢，在泰然的大自然冷漠宁静的包裹中，他的心不由自主地平静下来。

静谧的环境抚慰了卡拉望的忧伤，让他继续前行。作者巧妙地实现了地点的变化，推动故事发展。

走到桥头，他望见要开出的末班小火车的灯光，望见环球咖啡馆背面明亮的窗户。

他忽然觉得要向人诉说不幸，引起别人的同情和关心。于是，他哭丧着脸，推开咖啡馆的店门，只见老板仍然守着柜台。他走过去，原以为别人见了他那样子，都会立起身，迎他走来，朝他伸出手，并且问道："咦，您这是怎么啦？"谁知没有一个人注意他脸上哀伤的表情，他只好趴在柜台上，双手抱住头，哼哼呀呀地说："噢！上帝啊！上帝啊！"

老板打量他一眼，问道："您有病啦，卡拉望先生？"

他回答说："我没病，我亲爱的朋友，是我母亲刚刚去世。"

对方心不在焉地"哦"了一声。这时，店堂里端有顾客嚷道："来杯啤酒！"老板立刻朗声答应："唉，来啦！……这就来。"他一阵风似的送酒，抛下目瞪口呆的卡拉望。

三位牌友还在晚饭前的那张餐桌上，一动不动，聚精会神地打骨牌。卡拉望凑上前去，想引起他们的同情。可是，他们好像都没有看见他，于是他干脆首先开口，对他们说道："刚才那会儿，我遭了一场大难。"

三位牌友都同时微微抬头，不过眼睛仍然盯着手中的牌。"哦，什么大难？""我母亲去世了。"其中一个咕哝一声："嗯，真糟糕。"完全是一副漠不关心的人假伤悲的神气。第二个人想不出什么话好讲，就摇了摇头，伤感地嘘了一声。第三个人的注意力又回

对卡拉望的心理和神态描写，表现了其孤独、渴望他人宽慰的心理，但老板、牌友们的冷漠让人惊愕，可见卡拉望情感的麻木也有社会的深层原因。

到牌上，心里分明在想："就这事啊！"

卡拉望期待一句所谓"发自内心的话"，见他们对自己这种态度，便愤然走开，恨他们对朋友的痛苦如此冷漠，尽管这种痛苦当时已经麻痹，连他本人都感觉不到了。

他走出咖啡馆。

他太太穿着睡衣，坐在敞着的窗户旁边的矮椅上，一直在盘算遗产的事。

"快脱衣裳吧，"他太太说道，"咱们到床上再商议。"

他抬起头，望了望天花板："可是……楼上……一个人也没有啊。"

"怎么没人呢，罗萨莉就守在旁边，你先打个盹儿，凌晨三点钟去替换她。"

不过，他准备应付意外情况，还是穿着衬裤，头上又扎了一条围巾，随后也钻进被窝。

夫妇二人并排坐了一会儿。卡拉望太太在想心事。

从餐桌到睡床，卡拉望太太一直在想心事。婆婆去世了，儿媳妇会有什么心事呢？

甚至在这种时刻，她还戴上缀有粉红蝴蝶结的睡帽，稍稍歪向一侧耳朵，仿佛这是一种无法改变的习惯，她戴什么帽子都如此。

她忽然扭头对丈夫说："你知道你妈立过遗嘱没有？"

卡拉望迟迟疑疑地答道："我……我……认为没有……她肯定没有立过。"

卡拉望太太盯着丈夫的眼睛，恼火而低声地说道："喏，这也太不通情理啦，我们供她住，供她吃，累死累活侍候她十年！你妹妹就不肯这么干，我若是早知道这种报答，也绝不会干的！真的，她死了也亏心！你会对我说，她付了食宿费，这不假，可是，侍候照顾老人，拿钱是付不清的，应当写在身后的遗嘱里。体面的人都是这么办的。我这可好，白忙乎，白辛苦了一场！哼！真绝啦！真绝啦！”

卡拉望不知所措，反复劝道：“亲爱的，亲爱的，求求你了，求求你了。”

卡拉望太太发作一通之后，情绪渐渐和缓下来，恢复平常的口气，又说道：“明天上午，应当通知你妹妹。”

卡拉望一下跳起来：“真的，这事我都没想到，天一亮我就去打电报。”

他妻子却拦住他，以事事想得周到的女人的口气说道：“不用，等到十点至十一点钟之间，再打电报也不迟，这样，在她到来之前，咱们好有个安排。从夏朗东赶到这儿，顶多用两个钟头。我们可以说你昏了头。反正上午通知到了，就绝不会落埋怨！”

这时，卡拉望又拍了拍脑门儿，还有他一想起就发抖、一谈起就变声的上司，他怯声怯气地说道：“还应当向部里说一声。”

他妻子答道：“为什么要跟部里说呢？遇到这种事，就是忘记告诉一声，也是情有可原的。听我的，不要跟部里讲了，你那科长没辙，这回你好好给他个难堪。”

卡拉望想要利用母亲之死让科长难堪。难以想象，才短短几个小时，他的悲伤就已消散。

“哦！就这么办，”卡拉望说道，“他见我没去上班，肯定要大发雷霆。嗯，你说得对，这主意真棒。等我一向他宣布我母亲死了，他就不得不闭上那张嘴。”

能开这样一个玩笑，这个科员乐不可支，边搓着双手边想象科长那副嘴脸。而在楼上，女用人躺在老太太的遗体旁边，这工夫已经睡着了。

卡拉望太太忽又心事重重，仿佛一种思虑萦绕心头，又难于开口，最后，她终于把心一横：“少女拉球的那架座钟，你妈说给你了，对不对？”

卡拉望回想了一会儿，答道：“对，对，她跟我说过（那可是很早的事了，还是她刚到这里的时候），她跟我说：‘只要你好好照顾我，这架座钟就归你了。’”

卡拉望太太这才放下心来，眉头舒展了：“既然这样，喏，就应当搬过来，要知道，你妹妹一来，就不会让咱们动了。”卡拉望迟疑地说道：“你这么认为？……”妻子恼火了：“我当然这样认为了，只要神不知鬼不觉搬到这儿来，那就是咱们的了。她那屋的五斗橱也是一样，就是大理石面的那个，有一天她高兴，就说送给我了。咱们就一齐搬下来吧。”

卡拉望似乎不大相信：“哎，亲爱的，这件事关系重大呀！”妻子转过脸来，气冲冲地对他说：“哼！你这人也真是的！一辈子也改不了了吗？你就情愿让孩子饿死，也不肯动弹一下吗？那个五斗橱，既然她给了我，就是咱们的了，对不对呀？如果你妹妹不痛快，那就让她冲我来吧！我才不在乎你妹妹呢！好啦，起来吧，这就去把你妈给咱们的东西搬下来。”

卡拉望没话讲了，哆哆嗦嗦地下了床，刚要穿裤

卡拉望什么都听妻子的，她在家中的“主宰”地位得到进一步凸显。

子，又被妻子拦住："用不着穿了，走吧，有内裤就行了，喏，我也是这样去。"

夫妇二人穿着睡衣走了，悄悄登上楼梯，小心翼翼地打开门，走进老太太房间，只见老人直挺挺地躺在那里，仿佛只有浸着黄杨木的盘子周围四根点燃的蜡烛在守灵，而罗萨莉早已睡着了。她躺在扶手椅上，伸开两条腿，双手交叉放在裙子上，头偏向一边，身子一动不动，张着嘴轻轻地打鼾。

卡拉望抱起座钟，这是件古里古怪的东西，跟帝国时代制造的许多艺术品一样。钟上有个镀金的少女铜像，头饰各种花朵，手拿一个棍球，那球便是钟摆。

"把这给我，"他妻子说，"你搬五斗橱上的大理石面。"

他照妻子的话办了，喘着气，费了九牛二虎之力，才把大理石面扛到肩上。

夫妻二人深夜搬运老人遗物，既滑稽又讽刺，小市民的贪婪一览无遗。

于是，夫妇二人往外走，出门时，卡拉望要弯下点儿身子，然后颤颤巍巍地下楼。他妻子则倒着走，一只手抱着钟，一只手端着蜡烛给他照亮。

回到自己卧室，卡拉望太太才长出了一口气，说道："最当紧的办好了，再去把余下的搬来吧。"

可是，五斗橱的抽屉里装满了老人的衣服，要收到一个隐蔽的地方。

卡拉望太太有了主意："门厅里有一只杉木板箱子，你去搬来，放在这儿正好。"

木箱搬来之后，他们就动手倒腾东西，从抽屉里掏出他们身后那位老人全部的可怜的旧衣物，有套袖、领巾、衬衣、便帽等，再一件件整整齐齐地码在箱子里，好蒙骗次日来奔丧的另一个继承者布罗太太。

衣物清理完了，他们先把抽屉搬下去，然后每人抬一头往下搬五斗橱。二人琢磨许久，拿不定主意摆到什么位置合适，最后决定放到卧室，摆在床对面的两扇窗户之间。

五斗橱刚摆好，卡拉望太太马上就把自己的衣物放进去。座钟摆在餐室的壁炉台上，夫妇二人观赏一下效果，都十分满意。“这样很好。”妻子说道。丈夫随声附和：“嗯，好极了。”二人这才上床睡觉。妻子吹灭了蜡烛，不久，这座三层小楼就沉睡了。

一觉醒来，卡拉望睁开眼一看，天已大亮，脑子还昏沉沉的，过了几分钟才忆起家里发生的大事，于是胸口就像重重挨了一拳。他跳下床，又悲从中来，想大哭一场。

深夜搬运老人遗物的卡拉望睡醒后却如孝子般悲痛，作者对复杂人性的刻画可谓入木三分。

他急忙上楼，进屋一看，罗萨莉还在睡觉，仍保持昨晚的姿势，一觉就睡了个通宵。他打发女用人去干活儿，自己则动手更换燃尽的蜡烛，再仔细端详母亲，头脑里转悠着看似莫测高深的思想：正是这种宗教的和哲学的庸俗之见，困扰着智力平平而面对死者的那些人的头脑。

这时，他听见妻子叫他，只好下楼去。卡拉望太太将上午该办的事列了一张单子。卡拉望接过项目表，一瞧吓了一跳，逐条看下去：

1.到区政府登记；

2.请医生验尸；

3.定做棺木；

4.去教堂；

5.去殡仪馆；

6.去印刷所印讣告信；

7.去见公证人；

8.打电报通知亲属。

此外，还有不少琐事要办。于是，他戴上帽子，出门去了。

这时，消息早已传开，邻居们开始登门，要看死者的遗体。

在楼下的理发店里，正在给顾客刮脸的理发师，为了这事甚至还同妻子争执起来。

理发师妻子一边织袜子，一边低声叨咕："又少了一个，少了一个世上罕见的小气鬼。老实说，我不大喜欢她，不过还是应当去瞧瞧。"

丈夫一边往顾客的下巴擦肥皂，一边咕哝道："听听，尽是怪念头！只有女人才想得出来。她们活着的时候不让你安生，死了还不让你消停。"

妻子倒也不急不恼，接着说道："我控制不住自己，非走这一趟不可。从早晨开始，我就惦记这事，我觉得若是不去看看她，恐怕这一辈子都是件心事。等仔细看过，记住她那模样之后，我就心满意足了。"

去看逝者不是为了悼念，而是为了满足好奇心，作者借理发师的口讽刺了这种畸形的现象。

手操剃刀的理发师耸耸肩膀，低声对那位刮脸的先生说："我倒想请教您一下，这些该死的娘们儿，您说怎么净有莫名其妙的念头！去瞧一个死人，我可没有那种兴致！”

他妻子听他这么讲，一点儿也不动气，又说道：“就是这样子嘛，就是这样子嘛。”说着，她把手头的活儿往柜台上一放，就上楼去了。

已有两个太太先来了，卡拉望太太正同她们谈论这个意外的不幸事件，详细讲述了事情的经过。

她们朝灵堂走去。四个女人轻手轻脚走进去，挨个儿蘸了点儿盐水洒在衾单上，又跪下来，一边画十字，一边喃喃祈祷，继而站起身来，瞪大眼睛，半张着嘴，久久地凝视遗体。这工夫，死者的儿媳妇用手帕捂住脸，装作哭得痛断肝肠。

她转身要出去的时候，忽然瞧见玛丽-路易丝和菲利浦-奥古斯特站在门口。姐弟俩穿着衬衣，好奇地观望。于是，母亲忘记了装出来的悲痛，扬起手扑了过去，同时气急败坏地嚷道：“两个淘气精，还不快点儿滚蛋！”

刚刚还在捂脸哭泣，转瞬间就有心情去驱赶孩子，卡拉望太太的虚伪暴露得十分彻底。

十分钟之后，她又陪同另一批邻里妇女上楼，重又往婆婆身上摇了摇黄杨木，又祈祷一番，又装作流泪，尽了全部孝道之后，发现两个孩子又一起跟在她身后，就狠狠扇了他们两巴掌。不过，到了第三次，她就不再留意了。每次有人来吊丧，两个孩子总跟在后面，在角落里也同样跪下，一丝不苟地模仿母亲的每一个动作。

晌午刚过，怀着好奇心来的女人就减少了，过了不久，就再也无人登门了。卡拉望太太回到自己的房间，急忙为丧礼做好一切准备。死者便孤零零地待在楼上。

房间敞着窗子，滚滚热浪，裹着团团尘土扑进来。四支蜡烛的火苗在灵床旁边跳动。尸体一动不动，但是在衾单上，在双目紧闭的脸上，在伸出的两只手上，却爬着许多小苍蝇，它们来来往往，爬来爬去，拜访这个老太婆，也等待自己的末日。

这工夫，玛丽-路易丝和菲利浦-奥古斯特，又跑到街上疯去了。很快就来了一帮小伙伴将他俩围住，尤其是小姑娘，她们的嗅觉更灵，马上就能嗅出生活中的各种秘密。她们就像大人一样询问："你奶奶死了吧？""对，昨天晚上死的。""死人，是什么样子啊？"于是，玛丽-路易丝就向大家解释，讲到蜡烛、黄杨木、死人的面孔。孩子们听了，都产生了极大的好奇心，他们也要求上楼去瞧瞧死人。

玛丽-路易丝马上组织好第一拨人，有五个女孩和两个男孩，都是年龄最大，也最有胆量的。她非要他们脱掉鞋子，以免让人发现。这伙孩子溜进小楼，敏捷地登上楼梯，好像一支老鼠的队伍。

一溜进屋里，小姑娘就学她母亲的样子，照规矩组织吊唁仪式。她一本正经地领着小朋友跪下，画了个十字，嚅动一阵嘴唇，再站起来，往床上洒点儿圣水。然后，孩子们挤成一堆，靠近前去，他们又恐惧，又好奇，又欣喜地观看死者的脸和手，就在这工夫，玛丽-路易丝突然用小手绢捂住眼睛，也假装哭泣。继而，她想起在大门口等着的那些人，悲伤顿时排解了。她跑跑颤颤地送走这一拨人，又带上来另一拨孩子，接着又是第三拨，总之，这一带的所有顽童，甚至连破衣烂衫的小要饭花子，也都蜂拥而至，来尝尝这新奇的乐趣。而玛丽-路易丝每次都学一遍

孩子以大人的行为为学习的模板，小姑娘的模仿既可笑又悲哀。在她眼里，看逝者成为新奇的游戏，生命的意义被消解。

母亲的那套把戏，模仿得惟妙惟肖。

时间一长，她也就累了。孩子们也都跑开，去玩别的游戏了。老祖母又是孤单单一个人，完全被别人忘记了。

房间布满阴影。随着蜡烛火苗的摇曳，她那枯干而满是皱纹的脸时明时暗。

将近八点钟，卡拉望上来关好窗户，添上蜡烛。这次他进屋，神态很平静，就好像尸体停在那儿有数月之久，他看着已习以为常了。他甚至注意到尸体毫无腐烂的迹象，上桌吃晚饭的时候，他还把这一观察告诉了他妻子。妻子答道："不错，她真像根木头，恐怕能保存一年。"

他们喝汤的时候，一句话也不讲了。两个孩子疯玩一整天没人管，实在累极了，坐在椅子上直打盹儿。全家人都沉默不语。

灯光蓦地暗下来。

卡拉望太太往上拧了拧灯芯，可是油灯发出抽空的声响，吱吱啦啦响了一会儿，随即就熄灭了。竟然忘记买灯油啦！到杂货铺去打油吧，又要耽误吃饭，还是找几支蜡烛吧。不巧蜡烛也用完了，只有楼上床头柜上还有几支。

卡拉望太太一向果断，她马上打发玛丽-路易丝上楼去拿两支来。大家就在黑暗中等待。

小姑娘上楼的脚步声清晰可闻，继而沉静片刻，她又急匆匆地下楼，推开房门，一副张皇失措的样子，比头天晚上报告不幸消息时还要惶恐，连气都喘不上来，低声说道："噢！爸爸，奶奶在穿衣裳呢！"

情节突转，前文不断铺垫的真相终于揭晓。找找作者在哪些地方进行了暗示。

卡拉望腾地跳起来，劲头很猛，一下将椅子拱到墙根。他结结巴巴地说："什么？……你说什么？……"

可是，玛丽-路易丝紧张得说不出话来，她又重复着："奶……奶……奶奶在穿衣裳……就要下楼了。"

卡拉望发疯一般冲向楼梯，后面跟着惊呆了的妻子，不过，到了三楼房间的门口，他又站住了，心惊胆战，不敢进去了。他会看到什么情景呢？他太太胆子大些，扭动门把手，走进房间。

房间显得更暗，中央有个瘦高的影子在晃动。老太太站在地上了。她从昏迷中醒来，在完全恢复神志之前，就用一只胳膊肘撑起，转过身去，把点在灵床旁边的蜡烛吹灭了三支。继而恢复了气力，她就下床找衣裳，却发现五斗橱不见了，不免有些困惑，不过，她渐渐从木箱里找到自己的衣物，就不慌不忙地穿起来。她倒掉盘子里的水，又把黄杨木挂到镜子后面，把椅子搬到原位，正要下楼的当儿，她儿子和儿媳妇进来了。

卡拉望冲过去，抓住母亲的双手，噙着眼泪亲她。他妻子站在身后，虚情假意地反复说："真是大喜事，啊，真是大喜事呀！"

然而，老太太却无动于衷，那神情甚至不明白是怎么回事，她身子像石雕一样僵直，眼神冷冰冰的，只问了一句："晚饭这就好了吗？"儿子昏了头，结结巴巴地答道："是啊，妈，我们等着你呢。"接着，他一反常态，殷勤地挽住母亲的胳膊。他妻子则举着蜡烛走在前面，还像半夜里丈夫扛大理石板，她给照

作者将卡拉望夫妇的动作和他们搬运老人遗物的场景联系在一起，彼时的贪婪和现在的殷勤让人沉思。

亮那样，一级一级退着下楼。

下到二楼，她差点儿撞到上楼的人。一家亲戚从夏朗东赶来，一前一后正是布罗太太和她丈夫。

那女人又高又胖，挺着患水肿的大肚子，上身往后仰着，她惊恐地睁大眼睛，准备拔腿逃跑。她丈夫是个鞋匠，身材矮小，满脸胡须几乎爬上鼻子，看上去活像只猴子。他毫不慌张，低声说道："嘿，怎么？她又活过来啦！"

卡拉望太太一看清是他们，就拼命地对他们使眼色，然后大声说道："咦！怎么！……你们来啦！真没有想到！"

然而，布罗太太吓昏了头，没听懂这话的意思，低声答道："是你们打电报催我们快来，我们还以为人不行了呢。"

她丈夫在背后捏了她一把，不让她说下去。接着，他带着极力掩饰的奸笑，补充说道："承蒙你们盛情邀请，我们急忙就赶来了。"这话影射两家人长期存在的敌视情绪。等老太婆下到最后两级，他赶紧迎上去，用满脸胡须蹭了蹭她的面颊，又对着她重听的耳朵喊道："一向可好，母亲？身子骨还硬朗吧？"

布罗太太来奔丧，不料看到人活得好好的，一时惊愕不止，甚至不敢亲亲母亲。她挺着大肚子，挡住楼梯口，让别人无法走路了。

老太太有些不安，起了疑心，但始终没讲话，她扫视周围的每个人，那敏锐而冷峻的灰色小眼睛，时而盯住这个，时而又盯住那个，头脑里显然装满了令子女尴尬的想法。

布罗夫妇的出现让老太太心生疑虑，故事再起波澜。

卡拉望想解释一下，说道："她倒是有点儿不舒服，现在好了，完全好了，对不对呀，妈？"

这时，老太太又往前走，并以微弱的、仿佛从远处传来的声音回答："是昏过去了一阵子，但那段时间，你们做什么我都听得见。"

接着又是一阵尴尬的冷场。他们走进餐室，坐下来，吃一顿临时凑合的晚饭。

唯独布罗先生能镇定自若。他那猩猩一般凶狠的脸怪相百出，一开口便话里有话，明显地叫所有人难堪。

而这阵工夫，门铃还总响。罗萨莉不知如何是好，来找卡拉望，于是，他扔下餐巾，冲了出去。他妹夫甚至还问他一句，这是不是他会客的日子。他讷讷地答道："不是，没什么，是送来的订货。"

后来，又送进来一包东西，卡拉望冒冒失失地打开，原来是印着黑框的讣函。他满脸涨得通红，重又包上，塞进西服背心里。

母亲没有瞧见他的动作，她死死盯着她的座钟——现在摆在壁炉台上，镀金的棍球还不停地摆动。在冷冰冰的沉默中，大家越来越感到难堪了。

老太太转过她那巫婆似的皱巴巴的脸，眼里闪现狡黠的神色，对女儿说："下星期一，你把小丫头带来，我想见见她。"

布罗太太马上喜形于色，高声答应："好的，妈妈。"卡拉望太太却顿时面无血色，急得要晕过去。

这时，两个男子渐渐聊起天来，为了一点儿无足挂齿的事，他们竟然展开一场政治论战。布罗激

老太太通过观察，明白了儿子、儿媳的所作所为；巧妙的是，作者没有直白地写出她的不满，而是通过语言描写暗示她对儿子、儿媳的心理打击和报复。

动不已，那双眼睛在布满胡须的脸上炯炯发光，高声嚷道："说起财产，先生，那是从劳动者身上掠夺来的。——土地是大家的土地。——继承遗产是卑鄙可耻的事！……"但他戛然住口，就像一个人说了蠢话那样发窘，继而，他口气温和了一点儿，补充说道："当然了，现在不是争论这个问题的时候。"

房门打开了，舍奈"大夫"走了进来，看到屋里的情景，一时惊愕，随即又镇定下来，他走到老太太跟前，说道："哈，哈！大妈！今天还不错嘛。嗯！我就料到了，就在刚才上楼的时候，我心里还嘀咕：我敢打赌，她老人家准又起来了。"他轻轻拍了拍老太太的后背，又说道："这身板，就跟巴黎新桥一样结实，等着瞧吧，她会参加我们所有人的葬礼。"

"死亡乌龙"的始作俑者舍奈"大夫"再次出现，以含糊的解释终结这场闹剧，让人忍俊不禁。

他坐下来，接过递给他的咖啡，很快就卷入两个男人的争论。他同意布罗的见解。

这时，老太太感到乏了，想要回房去。卡拉望忙去搀扶，可是，母亲直视他，说道："你呀，马上把五斗橱和座钟给我搬回楼上去。"接着，不等儿子说完一句"好吧，妈"，她就挽上女儿的胳膊，一道出去了。

这下子，卡拉望夫妇一败涂地，他们惊慌失措，呆呆地坐在那里说不出话来，而布罗则抿着咖啡，得意地搓着双手。

突然，卡拉望太太怒不可遏，扑向布罗，冲他嚷道："你这个盗贼、无赖、恶棍……我真想啐你的脸，我真想……我真想……"她找不出词儿来，又气得喘不上气。可是，布罗笑眯眯的，一直喝着咖啡。

在小说的开头，作者大略写了卡拉望的大半生，接着细致地描写卡拉望夫妇搬运遗物、母亲"起死回生"、卡拉望夫妇一败涂地等情节，叙事节奏急缓相间，张弛有度。

恰好这工夫，布罗太太回来了，于是，卡拉望太太又冲小姑子去了。这对姑嫂，一个高大肥胖，肚子咄咄逼人，另一个瘦小枯干，好像癫痫患者，两个人气得手发抖，声音都变了调，你一句我一句，对口大骂。

舍奈和布罗上前劝解。布罗推着他那口子的肩头，将她扔到门外，同时嚷道："快点儿滚，你这蠢驴，叫得太过分啦！"

到了街上，还听见他们在争吵，并渐渐走远了。

舍奈先生也起身告辞。

卡拉望夫妇待在那里，面面相觑。

后来，丈夫颓然倒在椅子上，鬓角沁出了冷汗，他咕哝道："这回，我怎么向科长交代呢？"

（李玉民　译）

故事以小人物的颓然戛然而止，真令人回味无穷。

骑　马

这对穷人靠丈夫微薄的工资艰难度日。他们结婚后生了两个孩子，最初的拮据变成了那种卑微的、掩盖起来的、羞愧的贫困，一种贵族之家硬要撑门面的贫困。

埃克托·德·格里伯兰在外省父亲的庄园里长大，家庭教师是一个老神父。他们家境并不富裕，可是还能保持外表的风光，勉强维持生活。

二十岁上，家里给他找到一个位置，他进入海军部当科员，年薪一千五百法郎。①就像所有那些早年根本没有准备好要经历严酷的生活斗争的人，就像所有那些观察生活如雾中看花，没有手段和抵抗力，没有从童年起便展现特殊才能、对斗争培养出坚强毅力的人，就像所有那些手中没有拿过武器或者工具的人，他在这块礁石上搁浅了。

他在办公室最初的三年不堪回首。

他遇到过几位世交，都是老迈的时代落伍者，家境也并不宽裕，却生活在贵族聚居的街上和圣日耳曼区愁惨的街上；他组成了一个朋友圈子。

这些穷贵族与现代生活格格不入，自卑而又自傲，住在静悄悄的楼房的高层上。②这些住宅从高到低，住户都是有贵族封号的；不过，从第二楼到第七楼，他们似乎钱都少得可怜。

保持不变的偏见，只关心门第，一心不愿地位下降，这一切纠缠着这些从前辉煌过，由于游手好闲而败落的家庭。埃克托·德·格里伯兰在这个世界上遇到了一个像他那样穷苦的贵族少女，娶了她。

他们在四年中有了两个孩子。

---

① 莫泊桑在22岁进入海军部，年薪也是1500法郎。

② 19世纪的民歌有这样的歌词：财产越下降，住得就越高。

随后四年，这家人在穷困的磨难中，除了星期天在香榭丽舍大街散步，冬天有同事赠送优待券，晚上到剧院看一两次戏，就没有别的消遣了。

接近春季时，科长给了他一件额外的工作，他得到三百法郎的特别酬劳。

把这笔钱带回家时，他对妻子说：

“亲爱的昂丽艾特，我们应该犒劳一下自己，比如让孩子们乐一乐。”

经过长时间讨论，他们决定到乡下去野餐。

“说实话，玩一次又不是经常的事；我们租一辆四轮马车，归你、孩子们和女仆，我呢，我到训练场租一匹马。这对我身心有益。”

在整个星期里，他们只谈计划中的旅行。

每天晚上，埃克托从办公室回来，抓住他的长子，让他骑坐在自己的腿上，使劲颠他，对他说：

“爸爸下个星期天去郊游时，就是这样骑马的。”

孩子整天骑在椅子上，拖着椅子围着餐室转圈，一面喊道：

“爸爸在骑马。”

女仆以吃惊的目光望着先生，心想他要骑马伴随马车前往；每顿饭她都听到他谈骑术，叙述他从前在父亲家里的辉煌事迹。啊！他受过良好的训练，一旦他双腿夹着马，便无所畏惧，天不怕地不怕！

他搓着手对妻子一再说：

“如果能给我一匹性子暴烈一点儿的马，我会很高兴。你会看到我的马术多么高明；如果你愿意，从树林[①]回来时，我们路过香榭丽舍大街；我们满面春风，遇到部里的一个人，我不会不高兴的。不用更多的东西，这一手就能得到上司的另眼相看。”

① 树林：指布洛涅树林。冬季下午四点至五点，夏季下午五点至七点，那里车水马龙，人流如潮。

骑　马

在说定的那一天，车和马同时来到门口。他立马下楼，察看一下他的坐骑。他事先让人缝好系在鞋底、扣紧长裤脚管的带子，他舞动着一根昨天买的马鞭。

他把马的四条腿一条接一条提起来，触摸一下，抚摸马脖子、两肋和腿弯，用手指去按它的腰，掰开它的嘴，检查牙齿，说出马的年龄。这时全家下了楼，他做了一篇关于马的演讲。从理论和实践上谈到一般的马，特别是这一匹马，他承认这是一匹好马。

等到大家在车上坐好的时候，他检查了一下马鞍的肚带；然后，踏上一个马蹬，再落在马背上；马感到有了负荷，开始腾跳起来，差点儿将骑手摔下来。

埃克托十分慌张，竭力让马平静下来：

“呃，克制一点儿，我的朋友，克制一点儿。”

坐骑终于恢复了平静，骑手也恢复了镇定，他问：

“都准备好了吗？”

大家齐声回答：

“准备好了。”

于是他发出命令：

“上路！”

一队人马走远了。

人人的目光都盯着他。他故意在马背上颠簸着，依照英国式，催马小跑。他刚一落在鞍子上又弹起来，仿佛要往上腾升。他不时准备伏在马鬃上；他的眼睛望着前方，面孔抽缩，脸颊苍白。

他的妻子膝上抱着一个孩子，女仆抱着另一个，她们不停地说：

“瞧爸爸，瞧爸爸！”

两个孩子陶醉于车的颠簸、快乐和新鲜空气，发出了尖声叫喊。马受到喧闹声的惊吓，终于奔跑起来，骑手尽力让它停下，帽子却滚落到地下。车夫不得不从座位上下来捡帽子。埃克托从他手里接过帽子，隔开老远，对他妻子说：

"别让孩子们乱喊乱叫，你要让我被马驮走了！"

他们在维齐奈[①]树林的草地上用餐，食品装在盒子里。

虽然车夫在照料那三匹马，埃克托还是常常站起来，去看看他那匹马是不是缺少什么；他抚摸它的脖子，给它吃面包、点心、糖。

他说：

"这匹马跑得快，性子烈。一开始它甚至快把我摇了下来，但是你看，我很快就控制住了：它承认了它的主人，现在再也不乱蹦了。"

就像预定的那样，他们经过香榭丽舍大街回来。

宽阔的林荫大道车水马龙，两边的人行道上，游人如织，仿佛展开两条黑色长丝带，从凯旋门延伸到协和广场。密集的阳光落在所有这一切上面，使车上的漆、马具上的钢、车门把手都闪闪发光。

一种活动的狂热，一种生活的陶醉，仿佛掀动着这群人和车马。那边，方尖碑矗立在一片金色的水汽中。

埃克托的马一越过凯旋门，突然获得新的活力。尽管骑手想尽一切使它平静的办法，它却往马厩那边迅跑，在车轮之间穿行。

他们那辆马车现在落在后面很远的地方；到了工业宫[②]的对面，马看到一片坦途，便向右转，狂奔起来。

一个身系围裙的老妇人迈着平稳的步子，穿过马路；她正好走在埃克托的道上，他飞速而至。他无法驾驭他的马，便拼足全力喊起来：

"喂！当心！喂！前面当心！"

她兴许是聋子，因为她继续安步当车，直至像火车头一样冲过来的马前胸撞上她，她连翻三个跟头，裙子飞舞，滚出去十步之外。

一些人喊了起来：

"止住他！"

埃克托失魂落魄，抓住马鬃，狂喊：

① 维齐奈：位于塞纳河的河湾处，19世纪末是个迷人的村庄，只有4000名居民，周围是树林。

② 工业宫：1853年开始兴建，迎接1855年的世博会，以后用作各种展览会，特别是每年举办的画展，1900年被小皇宫代替。

骑　马

“救人啊！”

猛地一震，他像球一样越过马的耳朵抛出去，落在一个刚赶过来拦截他的警察怀中。

霎时，在他四周围了一群人，他们愤慨异常，指手画脚，骂声不断。尤其是一个老先生，他戴着一枚圆形大勋章，浓密的白髭须，似乎怒气冲冲，他一再说：

“真见鬼！像这样笨拙，还是待在家里。不会骑马，就别在街上撞死人。”

四个男人抬着老妇人出现了。她像死了一样，面孔蜡黄，便帽歪戴着，沾满了尘土。

“把这个女人抬到药房去，”老先生吩咐说，“我们去警察局。”

埃克托走在两个警察中间。第三个警察牵着马。一群人跟在后面；那辆四轮马车突然出现了。他的妻子冲了过来，女仆晕头转向，两个孩子哇哇地叫。他解释说，他很快就会回家，他撞翻了一个女人，但没事的。他的家人慌慌张张地走了。

在警察局，说明情况时间很短。他说了自己的名字，埃克托·德·格里伯兰，海军部的属员；大家等候受伤女人的消息。派去了解情况的警察回来了。她恢复了知觉，但是据她说，她体内痛得厉害。她是一个女佣，六十五岁，叫西蒙太太。

埃克托知道她没有死以后，恢复了希望，答应负担她治疗的费用，然后朝药房跑去。

一群人聚集在药房门口；老妇人瘫倒在一张椅子里，呻吟着，两只手毫无生气，面孔发呆。两个医生还在给她诊断。手脚都没有折断，但是医生担心内部受伤。

埃克托对她说：

“您很难受吗？”

“噢！是的。”

“哪儿痛？”

“我胃里好像有团火在烧。”

一个医生走过来：

“先生，您是肇事者吗？”

“先生，是的。”

“要把这个女人送到疗养院去；我知道一家疗养院，六个法郎一天就可以收留她。您愿意我来办理吗？”

埃克托心中窃喜，道了谢，如释重负地回到家里。

他的妻子含着眼泪等待他。他安慰她说：

“没事，这个西蒙太太已经好多了，过三天就会完全好的；我把她送到一家疗养院；没事。”

没事的！

第二天，他离开办公室便去打听西蒙太太的消息。他看到她正在满意地喝着油腻的肉汤。

“怎么样？”

她回答：

“噢！我可怜的先生，没有变化。我感到几乎完蛋了。没有好转。”

医生说应该等一等，伤情可能突然恶化。

他等了三天，然后再来看她。老妇人脸色好转，目光明亮，看到他便呻吟起来。

“我无法动弹，可怜的先生；我无法动弹。到死我就这样了。”

埃克托的背脊掠过一阵寒战。他问医生，医生举起手臂：

“有什么法子呢，先生，我呀，我不知道。只要试图扶她起来，她就大喊大叫，甚至不能移动她圈椅的位置，否则她要声嘶力竭地叫喊。我应该相信她对我说的话，先生；我不能钻到她心里。只要我没看到她走路，我就没有权利设想她在扯谎。”

老妇人一动不动地听着，目光狡黠。

一星期过去了；然后是半个月，然后是一个月。西蒙太太没离开她的圈椅。她从早吃到晚，发胖了，同其他病人一起愉快地交谈，似乎习惯了一动不动，仿佛经过五十年的上下楼梯，拍打褥垫，把煤块一层层搬上楼去，扫地，刷衣服，这是她理所应得的休息。

埃克托都要发狂了，每天来看她；每天他都看到她十分平静，泰然自若，一面声称：

“我无法动弹，可怜的先生，我无法动弹。”

每天晚上，德·格里伯兰太太忧心忡忡地问：

“西蒙太太怎样？”

每次，他总是绝望而颓丧地回答：

“毫无变化，什么变化也没有！”

他们辞退了女仆，付她工钱变得负担太重了。他们进一步节衣缩食，那笔额外报酬全部贴了进去。

于是埃克托请了四位名医，替老妇人会诊。她让人检查、触摸、按诊，用狡猾的目光窥视他们。

“要让她走路。”一个医生说。

她喊叫起来：

“我无法走路，我的好医生，我无法走路！”

于是他们抓住她，把她提了起来，拖着她走了几步；但是她从他们的手中滑下来，摔倒在地板上，发出可怕的喊声。他们只得小心翼翼地把她抬回原来的圈椅里。

他们发表一个谨慎的意见，下结论认为她无法工作了。

当埃克托把这个消息告诉他的妻子时，她瘫倒在一把椅子里，结结巴巴地说：

“还不如把她接到这里来，我们花钱可以少一些。”

他跳了起来：

“这里，在我们家，你这样想吗？”

可是她现在是万般无奈，眼里噙着眼泪说：

“有什么办法呢，我的朋友，这不是我的过错啊！……”

（郑克鲁　译）

伞

——献给卡米耶·乌迪诺

奥雷伊太太十分撙节[①]。她知道一个铜子的价值，她有一大堆积累金钱的清规戒律。她的女仆自然很难报虚账来揩油；奥雷伊先生好不容易才能弄到零用钱。然而，他们生活很宽裕，而且没有孩子；但是奥雷伊太太看到白花花的银币从家里流出去，便感到真正的痛苦。这就像她的心被撕去一块肉。每当她不得不开支一笔数目稍大的款子，尽管是必不可少的，她当天晚上便睡不好觉。

奥雷伊不断地对妻子说：

“你本该手松一点儿，因为我们永远也吃不掉我们的收入。”

她回答：

“我们永远不知道会发生什么事。钱多总比钱少好。”

她是一个四十岁的小个儿女人，活跃，已有皱纹，干净，经常发火。

她的丈夫随时抱怨她让他省吃俭用。有些东西缺得使他特别难受，因为伤害了他的自尊心。

他是国防部的主任科员，待在那里仅仅是为了服从妻子，增加家里用不着的年息。

两年来，他一直带着那把打上补丁的伞去上班，招来同事们的耻笑。他终于受不了他们的嘲笑，要求奥雷伊太太给他买一把新伞。她挑了一把八法郎五十生丁的，是大商店的廉价促销商品。那些公务员看到

① 撙节：节约；节省。——编者注

这样东西是成千上万投放到巴黎的商品，便又重新开始揶揄，奥雷伊为此痛苦万分。这把伞真不管用，三个月就报废了，在部里大家乐得直笑。甚至有人写了一首歌，大楼里从早到晚，从上到下，都听得见这首歌。

奥雷伊气不打一处来，吩咐妻子给他挑一把二十法郎的细绸的新大雨伞①，并且必须把发票带回来做证。

她买了一把十八法郎的，在交给丈夫的时候，脸气得通红地说道：

“你至少用上五年。”

奥雷伊得意扬扬，在办公室取得一次真正的胜利。

晚上，他回到家里时，他的妻子不安地瞥了一眼那把伞，对他说：

“你不该用松紧带箍住伞，这会把绸面撕裂。你要仔细看着点儿。因为我不会隔不多久就给你再买一把。”

她拿过伞来，解开箍，抖开折痕。她激动得呆住了。她看到就在伞的正中有一个圆洞，大如铜钱。是雪茄烧的！

她结结巴巴地说：

“怎么回事？”

她的丈夫看也不看，平静地回答：

“谁？什么？你想说什么？”

愤怒堵住了她的嗓子，她说不出话来：

“你……你……你烧了……你的……你的……伞。你……你……你真是疯了！……你想把我们毁了！”

他回过身来，感到自己脸色煞白：

“你说什么？”

“我说你烧了你的伞。瞧！……”

她向他冲过去，仿佛要打他，把烧破的小圆洞愤然放在他眼前。

① 大雨伞：原文为“riflard”，来自皮卡尔所写的剧本《小城》（1801）中，扮演里弗拉（Riflard）一角的演员上台时，带着一把大雨伞，由此这个词得名大雨伞。

面对这个烧出的洞，他头昏脑涨，期期艾艾地说：

“这个，这个……这是怎么回事？我不知道！我什么也没有做，没有做，我对你发誓。我不知道这把伞是怎么回事。”

她现在嚷了起来：

“我敢打赌，你在办公室拿着伞开玩笑，玩把戏，你打开伞要炫耀一下。”

他回答：

“我只打开过一次，让人看看伞多漂亮。就是这样，我对你发誓。”

但是她气得跺脚，她和他大吵起来，这种夫妇间的争吵，对一个平和的男人来说，使得家庭生活比枪林弹雨的战场还要可怕。

她从颜色不一样的旧伞上剪下一块绸子，补在新伞上；第二天，奥雷伊低声下气地拿了补过的伞出门。他把伞放在自己的柜里，就跟不愉快的回忆一样，不再去想它。

但是傍晚他一回家，他的妻子就从他手里把伞夺了过去，打开来看看情况怎样。面对无法弥补的灾难，她气愤得透不过气来。伞上密密麻麻都是小洞，显然是烧出来的，好像有人把一斗燃着的烟灰全倒在上面。伞是完蛋了，无药可救了。

她看着这种局面，说不出一句话来，怒不可遏，嗓子里反而发不出声音。他呢，他也注视着损坏的地方，呆若木鸡，惶恐不安，沮丧万分。

然后他们互相对视；然后他低下了头；然后他脸上挨到她向他扔过来的那件完蛋的东西；然后她喊叫起来，在一阵狂怒的发作中恢复了嗓音：

“啊！坏蛋！坏蛋！你是故意做的！你要给我付出代价！你休想再要伞……”

又开始大吵大闹。经过一小时的风暴，他才能声辩。他发誓说他搞不清是怎么回事；这只能是出于恶意或者报复。

一阵门铃给他解了围。这是一个要到他们家吃晚饭的朋友。

奥雷伊太太把情况告诉他。至于买一把新伞，到此为止，她的丈夫就别想有新伞了。

这位朋友说得有理：

“那么，太太，他的衣服就要遭殃，而衣服还要值钱呢。”

小个子女人一直怒气冲冲，回答：

“那么，他就用厨房那把伞，我不会给他再买一把新绸伞。”

听到这个想法，奥雷伊反抗了。

“那么我，我就辞职！我不会拿着厨房用伞到部里去。”

朋友又说：

“去把面子换一下，花不了多少钱。”

奥雷伊太太气急败坏，结巴地说：

“换面子至少要八法郎。八法郎加十八法郎，是二十六法郎！一把伞花二十六法郎，简直发疯！神经错乱！”

朋友是个穷市民，灵机一动：

“让保险公司赔偿。只要是在您的住宅里烧坏的物品，保险公司都会赔偿。”

听到这个建议，小个子女人立马平静下来；考虑了一分钟以后，她对丈夫说：

“明天，到部里上班之前，你先到马泰奈尔公司去，让他们看一下伞的情况，并要求赔偿。”

奥雷伊先生吓了一跳。

“我一辈子也不敢去！不就损失十八法郎嘛。我们不会饿死的。”

第二天他拿了一根手杖出门。幸亏天气晴朗。

奥雷伊太太独自在家，对十八法郎的损失不能聊以自慰。伞就放在餐室的桌上，她围着它转，下不定决心。

考虑到保险公司的想法时刻回到她脑子里，但她也不敢面对接待她的那些先生嘲弄的目光，因为在旁人面前她很胆怯，动辄脸红，一旦要对陌生人说话，就局促不安。

可是，对失去十八法郎的懊悔，使她像受伤一样痛苦。她力图不再想这件事，而回想起这笔损失，却不断痛苦地敲击她。怎么办呢？好几小时过去，她一点儿拿不定主意。后来，正像胆小的人变得有胆量一样，蓦地，她下了决心。

“我要去，走着瞧！”

不过她先要把伞收拾好，让灾难是全面的，更容易坚持她的要求。她在壁炉台上拿了一根火柴，在两根伞骨之间烧了手掌大一块；然后她把剩下的绸面仔细卷好，用松紧带箍好，穿上披肩，戴上帽子，匆匆地朝保险公司所在的里沃利街走去。

但是，随着她走近，她放慢了脚步。她要说什么呢？别人会回答她什么呢？

她看了看门牌号，还有二十八个号。很好！她可以思索一下。她走得越来越慢。突然，她哆嗦一下。这是大门，门上闪耀着几个金字：“马泰奈尔火灾保险公司”。已经到了！她停住一下，忐忑不安，羞愧难当，走过去又走回来，再走过去，再走回来。

她终于心想：

“总得进去啊。早去比晚去好。”

但是，她走进去时，发觉自己的心怦怦地跳。

她走进一间宽敞的房间，四周都是小窗口；每个小窗口后面看得见一个人的脑袋，而身子被隔板挡住了。

来了一位捧着文件的先生。她停下来，小声怯气地问：

“对不起，先生，请问，东西烧毁要赔偿，应该去哪儿咨询？”

他声音洪亮地回答：

“二楼，左边，损失科。”

这句话使她越发害怕；她想溜走，什么也不说，牺牲十八法郎算了。可是，想到这笔款子，又恢复了一点儿勇气，她走上楼梯，喘着气，每一级都停一下。

在二楼，她看到一扇门，敲了几下。一个清脆的声音喊道：

“进来！”

她走了进去，来到一个大房间，有三位先生佩戴着勋章，一本正经地站着谈话。

其中一个问她：

“太太，您要办什么事？”

她找不到要说的话，支支吾吾地说：

“我来……我来……为了……为了一笔损失。”

那位先生彬彬有礼地指着一个座椅说：

“劳驾坐一下，我过一会儿就给您服务。”

他朝另外两位先生回过身去，继续谈话。

“两位先生，敝公司认为对你们承担的责任不能超过四十万法郎。你们要求我们多付十万法郎，我们无法答应。再说，评估……”

两人中的一位打断了他的话：

“够了，先生，法庭会做出裁决。我们就此告辞。”

他们按礼节连连行礼，然后走了出去。

噢！如果她敢跟他们一起走，她早已这样做了；她会放弃一切溜掉！可是她能这样做吗？那位先生回来了，鞠了个躬：

“太太，有什么事需要为您效劳？”

她很难说出口：

“我来是为了……为了这个。”

经理惊诧莫名，目光朝下望着她递给他看的东西。

她竭力用哆嗦的手解开松紧带。她费了一点儿劲才解开，猛然撑开破烂雨伞的骨架。

那人用同情的口吻说：

“我看损坏得够呛。”

她犹豫地说：

“我花了二十法郎。”

他很惊讶：

“当真！这么贵？[①]”

“是的，原来是很好的伞。我想给您看看损坏的情况。”

“很好，我看到了。很好。可是我不明白这事跟我有什么关系。”

她有点儿不安。也许这个公司对小物品是不赔偿的，于是她说：

“不过……它是被烧坏的……”

这位先生不否认：

“我看得很清楚。”

她张口结舌，再也不知道说什么；突然，她明白，她忘了说该说的话，便迫不及待地说：

“我是奥雷伊太太。我们在马泰奈尔保险公司保了火险；我是来向你们要求赔偿这笔损失的。”

她担心遭到正式拒绝，赶紧又补充了一句：

“我只要求你们换一个伞面。”

经理感到尴尬，说道：

“可是……太太……我们不是卖伞的。我们无法承接这类修补工作。”

小个子女人感到恢复镇定了。必须争一下。于是她就争了！她不再胆怯，她说：

“我只要求修理费。我会找人修理的。”

这位先生看来很窘：

“太太，钱确实很少。但从来没有人要求我们对这样无足轻重的意外事件进行赔偿。要知道，手帕、手套、扫帚、旧鞋……所有每天都有火险的小物品，我们无法赔偿。”

她脸涨得通红，感到怒火中烧：

“可是，先生，去年十二月，我们的烟囱着火，给我们造成至少五百法郎的损失；奥雷伊先生并没有向公司要求任何赔偿；因此，今天

① 1882年末，一把英国哔叽、色彩艳丽的伞，只值6.75法郎。

要求公司赔偿我的雨伞损失是正当合理的。”

经理猜到了是谎言，微笑着说：

“太太，您得承认，奥雷伊先生没有要求赔偿五百法郎的损失，却来为一把伞要求五六法郎的修补费，岂非咄咄怪事。”

她一点儿也不慌乱，反驳说：

“对不起，先生，五百法郎的损失只关系到奥雷伊先生的钱包，而十八法郎的损失关系到奥雷伊太太的钱包，这不是一码事。”

他看出无法脱身，要浪费这一天了，便忍着性子问道：

“那么，请告诉我事情是怎么发生的。”

她感到胜利在望，开始讲起来：

“是这样的，先生，在我的前厅里，有一件青铜器具，用来插雨伞和手杖。那一天，回家时我把伞插进去。应该告诉您，上面正好有一块小木板，用来放蜡烛和火柴。我伸手拿了四根火柴。我擦了一根，灭了。我又擦一根，火柴点着了，马上又灭了。我擦第三根又是一样。”

经理打断她，插入一句俏皮话：

“这么说是政府专卖的火柴啰！[①]”

她不明白，继续说：

“可能是吧。第四根总算点着了，我点上蜡烛；然后我回到房里睡觉。一刻钟以后，我似乎闻到烧焦的味道。我呀，我总是害怕着火。噢！如果我们家真有火灾，那不会是我的过错！尤其在对您说过的那场烟囱着火以后，我活得不安心。于是我爬起来，走出卧室四处寻找，像一头猎犬到处闻气味，最后我发现我的伞烧着了。兴许是一根火柴掉在里面。您看把伞烧成什么样了……”

经理已经打定主意，他问：

“您估计赔多少钱？”

---

① 从1875年1月18日起，法国化学火柴的制造和销售由国家垄断，于是出现了弊端：在法国本土地下制造的火柴，从国外秘密进口的火柴胜过“政府制造”的火柴。大家抱怨不迭，怀念从瑞典进口火柴的年代。

她沉默不语，不敢确定一个数目。然后，她想表示大方，说道：

“您让人去修理吧。我就托付给您了。”

他拒绝：

“不行，太太，我办不了。告诉我，您要多少钱吧。”

“可是……我觉得……您看，先生，我也不想占您的便宜……我们这么办吧。我把伞送到制伞店去，换上好绸、经久耐用的绸面，我再把发票给您送来。这样行吗？”

“很好，太太；一言为定。这是给出纳员的一个条子，他会把您的花费还给您。”

他递给奥雷伊太太一张名片，她接住了，站起身，一面道谢一面往外走，匆匆来到外边，生怕他改变主意。

如今她在街上迈着轻快的步子，寻找一家她认为体面的伞店。她找到一家气派华丽的商店，走了进去，用说一不二的口气吩咐：

“这把伞要换一个绸面，头等的绸面。用上你们最好的绸缎。价钱我不在乎。”

（郑克鲁　译）

深坑

“殴伤致命。”这就是地毯商莱奥波尔·列那尔先生受到传唤，上刑事法庭的主要罪状。

主要证人就在他周围，有受害者的遗孀弗拉麦什太太、一个名叫路易·拉杜罗的细木工人、一个名叫约翰·杜尔当的白铁工。

罪犯的妻子就在他身旁，那女人个头儿矮小，长相丑陋，穿着一身黑衣裙，活似一只穿上太太服装的雌猴。

下面就是列那尔（莱奥波尔）讲述的这场悲剧：

我的上帝，这个不幸事件，我始终是头一个受害者，而发生这种事根本不是我本人的意愿。庭长先生，事实本身自有定论。我是个正派人，靠劳动生活，在同一条街开地毯商店长达十六年；大家都认识我，喜欢我，尊敬和看重我，正如街坊邻里，甚至那个不苟言笑的女门房所证实的那样。我崇尚勤劳，崇尚节俭，喜爱正派人和正当的娱乐。这反而害了我，算我倒霉，但是这同我的意愿无关，我仍然自爱自重。

五年以来，我和在场的妻子，每逢星期天都到普瓦西度过。且不说我们爱钓鱼，到那里还可以呼吸新鲜空气。太喜欢钓鱼了，还是梅莉[1]让我着迷的，这个恶婆，她比我还迷恋，这个害人精，我这么说，是因为这起案子完全是她的罪过，您听听下面讲述的情况就会明白。

我这个人，身体强壮，但是性情温和，不会为鸡毛蒜皮的小事逞凶。可是她呢，哎呀呀，看样子没有什么，个子又矮，身体又瘦，干起

① 梅莉：指列那尔太太。——编者注

坏事来，比榉貂[1]还厉害。我并不否认她有些长处，而且，对于一个商人来说，她的长处还很重要。可是，她那脾气！您问问周围的人，甚至可以问问刚才为我做证无罪的女门房，她会给您讲出一大堆来。

梅莉天天责备我对人太宽厚了："这件事，别人休想摆布我！那件事，别人休想摆布我！"我若是听她的，庭长先生，每个月至少要动手跟人打上三场架……

列那尔太太打断他的话："你就胡诌八扯吧！谁笑到最后才笑得最好。"

丈夫转过身去，天真地对她说："那好吧，既然这个案子没你的事，我就可以把罪责安到你头上……"

接着，他又面向庭长：

好吧，我接着说下去。我们就是这样，每逢星期六，傍晚就去普瓦西，以便次日天一亮好能去钓鱼。这已经是我们的一种习惯，如常言所说，变成了我们的第二天性。我发现了一个位置，到今年夏天已有三个年头，哎呀呀，真是个好位置！在阴凉处，有一个大坑，水深少说八尺，也许有十尺，在河岸下形成一个个漩涡，那是一个真正的鱼窝，垂钓者的天堂。这个深坑，庭长先生，我可以当作归我所有，就因为我是发现者，是这个位置的克里斯托夫·哥伦布。当地人人都知道，也没人表示过反对。大家都说："这地儿，这是列那尔的位置。"谁也不会去占我的位置，就连抢占别人的位置出了名的普吕莫先生也不会，我这样讲无意伤害他。

因此，我对这个地方把握十足，每次都作为主人去钓鱼。每个星期六，一到达当地，我就和妻子登上"大利拉号"。"大利拉号"是我的游艇，是我在富尔内兹船厂定做的一条船，又轻便又安全。——我说到我们登上"大利拉号"，划过去下鱼饵。以饵诱鱼，只有我在行，那些钓

① 榉貂：又名石貂、岩貂。哺乳纲，食肉目，鼬科。体细长，但体毛长，尾毛蓬松，显得较粗壮。——编者注

鱼伙伴都了解这一点。您可能要问，我下的是什么鱼饵？这个我不能回答。这与这个事件毫无关系，我不能回答，这是我的秘密。——两百多人都问过我，还有人请我喝小酒，吃炸鱼、水手鱼块，都要来套我的话！瞧瞧吧，雅罗鱼是不是上钩。哦！是啊，都来套近乎，要了解我的秘诀……只有我妻子掌握……不过，她的嘴跟我同样紧……对吧，梅莉？……

庭长打断他的话："请尽快谈事实。"

被告接着说道：

马上谈到了，马上谈到了。七月八日，星期六那天，我们乘坐下午五点二十五分的火车出发，还像每个星期六那样，赶在晚饭前去下鱼饵。看样子天气会很好，我对梅莉说："棒极了，明天肯定棒极了！"她回答说："看样子没错。"我们在一起从来没有这么多话。

下完鱼饵，我们回来吃晚饭。我心情愉快，口也渴了。这是整个事件的起因，庭长先生。我对梅莉说："对了，梅莉，天儿这么好，我喝一瓶'睡帽'怎么样？"我说的是一种土法酿的白葡萄酒，我们这种叫法，是因为喝过量了就睡不着觉，代替了睡帽。您一定明白。

梅莉回答我说："你想怎么就怎么吧，不过，你又该找不自在了，明天早晨起不来床了。"这是实在话，我承认，这话很明智，既谨慎，又有远见。然而，我控制不了自己，要了一瓶白葡萄酒喝下去。整个事件就是这引起的。

喝了酒，我就睡不着觉了。活见鬼！这顶浸透葡萄汁的"睡帽"，我一直戴到深夜两点钟。后来，忽悠一下，我就睡过去了，睡得死死的，连最后审判时天使的吼声都听不见了。

总而言之，到了六点钟，还是我妻子把我叫醒的。我跳下床，慌忙穿好短裤和短上衣，洗一把脸，我们就跳上"大利拉号"。太迟了。等我赶到时，深坑那个位置已经让人给占了！这种情况从未发生过，庭长先生，三年来从未发生过！这个意外对我产生的效果，就如同有人在我眼皮底下洗劫我一样。我连声说道："见鬼，见鬼，活见鬼！"我妻子就开始数落我了："哼！你这一瓶酒下去，戴上睡帽了！你就灌吧，酒鬼！这回你高兴了吧，大傻瓜？"

我什么也不说，整个这件事，也确实如此。

我还是在原地附近下了船，想尽量捡漏儿。那个人也许一无所获，最后走掉了。

那个人瘦小枯干，穿一身白斜纹布衣裳，戴一顶大草帽。他妻子也来了，那是个肥胖的女人，正在他身后做绒绣活儿。

那女人看见我们要在那位置附近安顿下来，便咕哝道："这条河岸，难道就没有别的位置了吗？"

我妻子一听，怒不可遏，当即回敬道："有教养的人，先打听清楚当地的习惯，再去占别人预留的地点。"

我不想惹麻烦，便对妻子说道："少说两句，梅莉。算了，算了。走着瞧吧。"

"大利拉号"停靠在柳树下，我们上了岸。我和梅莉，我们并排坐下，开始钓鱼，就紧挨着那两个人。

讲到这里，庭长先生，我就必须说详细一些了。

我们到那儿还不过五分钟，旁边那人的钓鱼线就甩下去两次，三次；接着，他就钓上来一条，还是雅罗鱼，有我大腿粗，也许稍微细一点儿，但是差不了多少！我呢，心怦怦跳起来，太阳穴也沁出了汗珠。梅莉又在一旁损我："嘿，醉鬼，你看到了吧，那条大鱼！"

就在这当口，普瓦西的杂货食品商，爱好钓鲟鱼的布鲁先生划船经过，对我说道："怎么，有人占了您的地盘，列那尔先生？"我回答他说："可不是嘛，布鲁先生，在这个世界上，就是有人欠点儿德行，不懂得规矩。"

穿一身斜纹布衣服的那个矬子，就在我旁边，好像没听见，他那胖婆娘也同样装聋作哑。什么玩意儿，简直是一条大懒虫！

庭长第二次打断他的话："说话要注意！你侮辱了在场的这位太太，弗拉麦什的遗孀。"

列那尔立刻道歉："对不起，对不起，我冲动起来了。"

接着，还不到一刻钟，那个身穿斜纹布衣服的矬子又钓上一条雅罗鱼；几乎紧接着又钓上来一条，五分钟之后，又钓上来一条。

我受不了了，眼眶涌出泪水。而且，我觉得列那尔太太也躁动起来，她不断甩话给我听："哼！倒大霉啦！你认为，他是在偷你的鱼吧？你是这么认为的吗？你呢，一条也钓不上来，连只青蛙也钓不到，什么也钓不着，什么也钓不着。跟你说，我只要一想这事，手上就冒火。"

我心里在打算："等到中午吧。这个偷钓的家伙，准要去吃午饭，我就可以重新占上我的位置。"我这样考虑，庭长先生，是因为每个星期天，我都就地用午餐：我们在"大利拉号"游艇上带了食物。

哼！想得好。十二点钟敲响了！那个坏蛋，在报纸里包了一只烧鸡。他啃鸡的工夫，还钓上来一条雅罗鱼！

我和梅莉失魂落魄，就站着匆忙吃点儿东西，几乎没吃下去什么。

这工夫，为了消化食物，我就拿起订阅的报纸，每个星期天都如此，在水边阴凉地儿读《吉尔·布拉斯报》。这是"鸽笼比娜[①]"撰文的日子，您完全了解，"鸽笼比娜"专给《吉尔·布拉斯报》写文章。我总好声称认识"鸽笼比娜"那位女郎，把列那尔太太气得要命。没那回事，我并不认识她，也从未见过，这无所谓，她文章就是写得好；而且，作为一个女人，难得讲事情一针见血，出言不逊。她这类人并不多见，蛮对我的胃口。

我就是以这种方式，开始撩拨我妻子；她立刻就恼火了，还让人吃不消。因此我默不作声了。

恰好这时，这两位证人，拉杜罗先生和杜尔当先生到达河对岸。我

① 鸽笼比娜：女性笔名，实为一男子写手亨利·富齐埃的化名。《吉尔·布拉斯报》的编辑时而也用这个笔名。

们彼此都面熟。

那矬子又开始钓鱼，钓起了好几条，气得我浑身发抖。他老婆有话说了："这位置太好了，德兹雷，以后咱们总来这儿。"

我一听这话，就感到脊背一阵发凉。列那尔太太又在一旁不断地数落："你不是个男子汉，你不是个男子汉。你血管里流的是鸡血。"

我突然对她说："真的，我宁愿走开，要不然，我会干出蠢事来。"

她还要拱火，好像拿一把烧红的烙铁举到我鼻子下面："你不是个男子汉。现在可倒好，位置拱手让人，自己要溜了！你就走吧，巴赞①！"

听了这话，我受了触动。不过，我还是稳住不动。

不料那家伙又钓起一条欧鳊鱼，噢！我还从未见过那么大一条，从未见过！

我老婆心里怎么想的，就开始大声说出来。您由此就能看出来这招有多妙。她说道："这种行为，就可以叫作偷鱼，是我们先在这地方下了鱼饵的，至少应该偿还给我们鱼饵的花费。"

穿斜纹布衣服那家伙的胖婆娘，这时开始接话了："您这是在怪我们吗，太太？"

"我是在怪偷鱼的贼，利用别人花费的钱。"

"您是管我们叫偷鱼的贼吗？"

于是，两个女人你一句我一句，话赶话便争吵起来。好家伙，泼妇吵架，显示嘴皮子功夫，能吵出花样来。她们吵得太凶，连河对岸的两个见证人也打趣地嚷道："喂！那边消停点儿，你们都妨碍你们老公钓鱼了。"事实上，那个身穿斜纹布衣服的矬子和我，我们都一动不动，像两根树桩子似的戳在那儿，低着脑袋注视水面，就当什么也没有听见。

好家伙，鬼见鬼了，我们还是听到了："你就是个扯谎妇！——你就是个荡妇！——你就是个婊子！——你就是个败类。"真来劲儿，真

① 巴赞：法国将军，在1870年爆发的普法战争中战败投降。——编者注

来劲儿。一名水手也骂不出这花样来。

猛然间，我听见身后啪啪的声响，急忙转过身去。原来是那个胖婆娘用阳伞击打我老婆。啪！啪！梅莉挨了两下。梅莉暴跳如雷，而她一暴跳如雷，就要动手打人。她一把揪住胖婆娘的头发，噼里啪啦，像接连从树上掉下李子一般，扇了胖婆娘好几个耳光。

我呢，本来就想由她们闹去。女人对付女人，男人对付男人。打架也不应该乱掺和。可是，那个穿斜纹布衣服的矬子，跟个魔鬼似的站起来，要扑向我老婆。嗳！不成！嗳！不成！不能这么干，伙计。这个鸟人，我用拳头接住了他，嘭嘭就是两拳，一拳打中鼻子，一拳打在肚子上。他扬起胳臂，抬起腿，仰面跌进河水中，恰好掉进那个深坑里。

庭长先生，当时如果有时间的话，我肯定能把他捞上来。然而，就在这节骨眼儿上，胖婆娘占了上风，手脚并用，痛打梅莉。我当然明白，那家伙要淹死的时候，我不该去救助梅莉。可是，我绝对想不到他会淹死，当时心中暗道："哼！就让他洗个凉水澡吧！"

我跑过去，要把两个女人拉开，也挨了耳光，挨了指甲抓、牙齿咬。活见鬼，这些女人真凶狠！

总而言之，我足足花了五分钟，也许有十分钟，才把两个厮打在一起的女人拉开。

等我再转过身去，什么也不见了。平静的河面宛若湖面。河对岸的那两个人喊道："快把他救上来，快把他救上来。"

说得倒轻巧，但是我不会游泳，潜水就更不用说了！

最后，水坝管理员来了，带来两个手持挠钩的先生。他们打捞了足足一刻钟，才在深坑里，正如我前面讲的，在八尺多深的水下，找到了那个穿斜纹布衣服的矬子！

我在这里发誓，以上讲的全是事实。我以名誉担保，我是无辜的。

两名证人证明被告所讲属实，被告则被判无罪释放。

（李玉民　译）

阅读规划进度及自我测评

01 计划阅读时间

02 实际阅读时间

03 完成度（%）

04 阅读兴趣

感兴趣□　　一般□　　没兴趣□

原因：

问题：

05 回忆一下阅读的小说，看看能否回答出这些问题

1. 高雅的生活情趣是许多人的追求，但《晚会》中向往高雅的萨瓦尔先生却令人觉得可笑。这是为何？请结合小说情节回答。

2. 对《项链》的结局，人们有着两种看法。有人认为应该删去结尾处玛蒂尔德与弗雷斯杰太太相遇并得知真相的片段，让结局戛然而止，这样小说更富有韵味；也有人觉得保留这个结尾才能表达莫泊桑的写作意图。你是怎么看待这两种不同观点的呢？

3.《嫁妆》以勒布吕芒卷走科尔迪埃小姐的巨额嫁妆，而后者茫然不知所措结尾。但细读小说，你会发现勒布吕芒的欺骗其实早有踪迹可循。请你回顾小说，找找莫泊桑通过哪些语句暗示了勒布吕芒的阴险意图。

4.《骑马》《项链》是两篇关于小资产阶级的经典小说，有着相似的主题，请结合具体内容谈谈莫泊桑对玛蒂尔德和埃克托的态度有何异同。

06 说说有意思（感兴趣、引人深思）的人或事，与他人分享

中小资产阶级群体是莫泊桑作品中的常客，他对这一群体的感情很复杂，既同情，又厌恶。以写资产阶级群体著称的还有巴尔扎克。两人对资产阶级的描述有些不一样，你可以翻看《高老头》《欧也妮·葛朗台》等作品，比较两位作家对资产阶级描写的异同。

07 摘抄，积累

本阶段的不少阅读篇目都有相当出彩的环境描写，把你认为好的语句或段落摘抄下来，积累更多的语言素材吧！

莫泊桑小时曾随母亲在乡间生活，那段经历给予了他文学创作的土壤。他写了许多以农村为背景的故事，创造了一系列经典形象，其中既有吝啬的农夫，又有以宗教为幌子的投机分子，也有辛勤劳作、认真生活的人……莫泊桑以娴熟的技巧，讲述了乡村里或黑暗，或温情的故事。

一个诺曼底人

——献给保尔·阿莱克西

我们出了鲁昂城，驶上通往瑞米耶日的大道，轻便马车就飞驰起来，穿过一片片牧场，直到爬康特勒坡冈时，马儿才放慢了速度。

眼前的景色，是这世间最为壮美的了。身后便是鲁昂城，林立的教堂和哥特式钟楼建造精美，宛若象牙工艺品。对面则是圣瑟韦工厂区，矗立着无数烟囱，向天空喷射着烟云，与老城区无数神圣的钟楼遥相呼应。

这边，大教堂的尖顶，是人类建筑丰碑的制高点；那边，作为竞争对手，“霹雳”的“火泵”几乎也高不可测，甚至比埃及最巨大的金字塔还要高出一米。

前面，流淌的塞纳河水波光粼粼，河中散布着岛屿。右岸白色的峭壁上覆盖着一片森林；左岸草场连着草场，一望无际，延展到远处，很远处才被另一片森林阻断。

一个诺曼底人

沿着宽阔大河的陡岸，停泊着一些大船。只见三艘巨型汽轮，鱼贯朝勒阿弗尔方向驶去。另有一组船队，首尾相连的一只三桅船、两只双桅纵帆船和一只双桅横帆船，由一艘吐着滚滚黑云的小拖轮牵曳着，逆流驶向鲁昂。

我的同伴是当地人，看也不看这片令人惊叹的景色，不过，他一直在微笑，似乎在窃笑。猛然间，他朗声说道：

“啊哈！等一下您就会看到一样特逗的东西，马蒂厄老爹的小礼拜堂。老兄啊，那才够味呢！”

我不免惊讶地看着他。他又说道：“我要让您闻一闻诺曼底的一种气味，它会留在您鼻孔里久久不散。马蒂厄老爹是全省最值得称道的诺曼底人，他那小教堂，也算这世间一个不大不小的奇观。关于这一点，我得先给您解释几句。”

马蒂厄老爹，人称“酒坛子”老爹，原是个退伍还乡的上士，他身上以精妙的比例，完美地结合了兵痞的调侃戏谑和诺曼底人的奸诈油滑。他回到家乡，依仗多方面的照拂，以及他本人不可思议的手段，当上了一座很灵验的小教堂的管理员。那座教堂受圣母的护佑，经常有前来求神膜拜的人，主要是那些怀了孕的少女。他还给教堂里显灵的神像取了个名字——“大肚子圣母”，而且对这位圣母也比较随便，总好说三道四，但是绝不敢失敬。他为他那“好心肠的童贞圣母”专门写了一篇祈祷文，还送去印刷出来。这篇杰作充满无意的嘲讽、诺曼底式的幽默风趣，冷嘲热讽中还掺进了对神的敬畏，对神秘的灵验所怀有的迷信的敬畏。他不大相信他这位保护神，不过出于谨慎，他还是相信一点点，从策略上考虑，他也得小心点侍候。

他这篇令人咋舌的祷文是这样开头的：

我们慈悲的童贞圣母玛利亚，本地以及整个大地未婚母亲天经地义的保护神，请您保护我这因一时疏忽而失足的女仆吧。

……

祷文是这样结尾的：

> 千万代我问候您的神圣丈夫，并代我向天父求情，让他赐给我一个类似您那夫君的好丈夫吧。

这篇祷文遭受本地神职人员的封杀，马蒂厄老爹就暗中出售，据说那些虔诚诵祷的女人，无不受益匪浅。

总而言之，他谈起仁慈的圣母，就像一名贴身仆人谈论他的主人——一位令人敬畏的王爷，抖出他熟知的主人的所有隐私。他也了解圣母的底细，跟朋友在一起时，几杯酒下肚，他就压低声音，当作一大堆笑话讲出来。

等一下，您亲自见识见识吧。

光靠圣母这位保护神，收入似乎根本不够他花的，于是，除了圣母这边的主业之外，他又搞了点儿副业，做起圣徒像的生意。所有圣徒，几乎，或者尽在他的掌握之中。小教堂里摆不下了，他就将圣徒像放到柴房里，一有信徒前来请圣徒，他就立刻把圣徒像搬出来。这些小木雕像都是他亲手制作的，一副副模样滑稽极了。恰好有一年，有人来给他油漆房子，他就让人家顺手把圣徒像从头到脚全漆成了绿色。您也知道，圣徒都会治病，但是各有专长，绝不能搞混了，也不能弄错了。况且，他们都像蹩脚的演员那样，彼此嫉妒得要命。

那些老太婆怕拜错圣徒，常来请教马蒂厄。

“耳朵出毛病，请哪一位圣徒最灵？”

“当然是奥西姆圣徒最灵了，还有圣庞菲尔也不错。”

马蒂厄的乐子远不止这些。

他总有空闲时间，也就总喝酒，不过，他喝酒可是讲艺术的，诚心诚意，因而每天晚上都照例喝醉。他喝醉了，心里却明白，而且明白得很，每天都能记录下来醉酒的精确度。这是他的主要营生，教堂的差使倒排在第二位。

还有，他发明了——您听好，可得坐稳了——他发明了醉酒测量计。

测量仪器并不存在，但是，马蒂厄的观测，就跟数学家一样精确。

您能听见他反复这样说：

“从星期一起，我就超过了四十五度。”

或者这么讲：

“我处于五十二度至五十八度之间。”

再不然：

“我总有六十六度至七十度了。”

再不然：

“浑蛋，我本以为醉到五十度，现在发觉到了七十五度了！”

他一说一个准儿，从不出错。

他断定没有达到过一百度，不过他也承认，一超过九十度，他的观测就不准了，因此不能绝对相信他的话。

马蒂厄一旦承认过了九十度，那您就放心吧，他可是真的酩酊大醉了。

每逢醉成这样子，他老婆梅莉就气得发疯。那婆娘也是个活宝，她堵在门口，见马蒂厄回来，就破口大骂：

“你还回来，混账东西、臭猪、醉鬼！”

马蒂厄一听，就收起笑脸，面对他老婆站定，口气严厉地说道：

“闭嘴，梅莉，这会儿不是谈话的时候，等明天再说吧。”

假如她还不依不饶，他干脆逼近一步，声音颤抖着说道：

“快闭起你那嘴，我可是醉到九十度了，掌握不好分寸了！你要当心，我想揍人啦！”

梅莉这才收兵退下。

到了第二天，假如她又要重提这件事，马蒂厄就冲她嘿嘿一笑，回答说：

“算了吧，算了吧，说得够多了，事情已经过去。如果还没有喝高，那也不碍什么事。如果真的喝高了呢，那我向你保证今后改正，说话算数！”

我们的马车已经爬上山冈，驶进鲁马尔这片壮美的森林。

秋天，绚烂的秋天，在残存的鲜绿色之中，掺进了金黄色和紫红色，就好像太阳熔化了，一滴滴从天上流进了茂密的树林。

马车穿过杜克莱尔，我的朋友就驾车离开瑞米耶日大路，朝左拐上一条近道，驶进一片灌木林。

不大工夫，马车就爬上一座大山冈，我们重又发现风光旖旎的塞纳河谷，以及在我们脚下蜿蜒流淌的河水。

路右侧，有一座小建筑物，青石板屋顶，上面突兀立起一个钟楼，宛若撑起一把阳伞。建筑物的后身，是一所漂亮房子，安有绿色百叶窗，墙壁爬满了忍冬藤条和蔷薇枝蔓。

一副粗嗓门儿嚷道：

“来朋友啦！”

马蒂厄闻声出现在门口。他年已六旬，瘦瘦的身材，蓄留一绺山羊胡子、两撇全白了的长长的髭须。

我的同伴与他握手，又把我介绍给他。马蒂厄把我们让进一间清爽的屋子，是厨房兼作客厅。他解释道：

“我呢，先生，我没有高雅的住宅。我不愿意远离吃的东西。您瞧，这些锅碗瓢盆，都陪伴着我。”

他随即转身，问我的朋友：

“您干吗赶在星期四来呢？您明明知道，这是我的保护神的门诊日。今天下午我出不了门。”

说着，他跑到门口，大吼了一嗓子："梅莉——伊！"吼声大极了，想必一直传到河谷，塞纳河上来往船只的水手都会抬头张望。

梅莉没有应声。

于是，马蒂厄狡黠地眨了眨眼睛，说道：

"她跟我赌气呢，要知道，昨天我喝高了，到了九十度。"

我的同伴笑起来：

"到了九十度，马蒂厄！您怎么搞成这样？"

马蒂厄答道：

"跟您说吧，是这么回事。去年，我只收获了二十拉齐埃尔[①]的杏黄苹果。这是个小年，不过，酿苹果酒倒是够了。于是，我酿了一大桶，昨天才开启。玉液琼浆，就是玉液琼浆，你们尝尝就知道了。当时波利特在我这儿。我们俩喝了一杯，接着又喝下一杯，总不过瘾，真能一直喝到第二天。一杯接着一杯，喝得我的胃里凉飕飕的。我就对波利特说：'再来杯白兰地暖暖身子该有多好哇！'他立刻赞成。可是，白兰地喝下去，全身又发火了，结果还得换回来，再喝苹果酒。就这样一凉一热，又一热一凉，我发觉自己醉到九十度了。波利特离一百度也不远了。"

房门猛然打开，梅莉走进来，还未向我们问好，就先来了一句：

"……蠢猪，你们两个都足有一百度了。"

马蒂厄这下可火了：

"不许胡说，梅莉，不许胡说，我从来就没有醉到过一百度。"

主人请我们吃了一顿美味的午餐。餐桌就摆在门前的两棵椴树下，旁边是"大肚子圣母"小教堂，面对着开阔的美景。马蒂厄给我们讲了一些不可思议的显灵的故事，他那嘲笑的口气中却含有几分轻信，这倒是出人意料。

苹果酒清凉可口，甜丝丝又有点儿辛辣，容易醉人，我们喝了好多，比起别的酒来，马蒂厄更爱喝这种酒。饭后，我们就骑在椅子上抽

① 拉齐埃尔：法国古容量单位，1拉齐埃尔约合50升。

烟斗，忽见来了两个老太婆。

两个人都够老的，佝偻着身子，骨瘦如柴。她们问了好，就说是来求圣布朗的。马蒂厄冲我们眨了眨眼睛，回答说：

“我这就给你们取来。”

他说着，就钻进了柴房。

他待在柴房足足有五分钟，出来时一脸沮丧，双臂往上一举，说道：

“不知他跑哪儿去了，没找到，但是我肯定有。”

说罢，他双手合成喇叭状，对着嘴又大声吼叫：“梅莉——伊！”他老婆在院子后面应声道：

“什么事？”

“圣布朗在哪儿呢？我在柴房没找见。”

于是，梅莉这样解答：

“上星期，你拿去堵兔子窝的洞，是不是用了那一个？”

马蒂厄不由得打了个寒战：

“雷劈的，真可能就是！”

接着，他对两个老太婆说道：

“请跟我来。”

她们跟在后面。我们也跟上去看热闹，已经笑得岔了气儿。

果然，圣布朗像就插在地上，沾满了污泥脏物，被当作普通木桩撑着兔子窝的边角。

两个老太婆一见圣徒像，就急忙跪倒在地，又画十字，又咕哝着祈祷。可是，马蒂厄却赶紧阻拦：

“稍等一下，你们跪到粪土里了，我去给你们抱捆麦秸来。”

他去抱来一捆麦秸，好歹垫上当作祈祷的跪凳。接着，他瞧着满身污秽的圣徒像，想必是担心有损他生意的信誉，就补充了一句：

“我来把他给你们弄干净点儿。”

他拎来一桶水，拿刷子开始用力刷洗这个木偶，而这工夫，两个老太婆却一直在祈祷。

刷洗完毕，他又补充说道：

“这下子就没得说了。”

于是，他又带我们回去喝一杯。他的酒杯刚送到嘴边，忽然停住，有点儿不好意思地说道：

“不错，我是拿圣布朗像堵兔子窝了，原以为他赚不来钱了，这两年就一直没人来求他。然而，您也瞧见了，圣徒就是圣徒，永远也不过时。”

他喝下杯中酒，接着说道：

“来，咱们再干一杯，朋友一起喝酒，怎么也得醉到五十度，现在咱们还不到三十八度呢。”

（李玉民　译）

皮埃罗

——赠给亨利·鲁荣

勒费弗尔太太是一位乡下富户太太，已然孀居，算是半个农妇，衣裙爱饰花边，帽子爱缀着粗俗的小玩意儿，说话常犯词语连读的错误，在大庭广众之中，总爱摆出一副盛气凌人的样子。总之，这类女人花枝招展、滑稽俗气的打扮，掩饰着一个野蛮虚荣的灵魂，正如她们的丝线手套里，躲藏着一双通红的大手。

她有个用人，名叫萝丝，是个头脑简单、老实厚道的乡下女人。

两个女人住在诺曼底科区[1]的中部，临马路的小房安有绿色的百叶窗。

屋前有一小块窄条园子，她们就栽种了一些蔬菜。

不料一天夜里，有人偷走十二棵洋葱。

萝丝一发现失窃，就慌忙跑去报告太太。在家还穿着呢裙的勒费弗尔太太赶紧下楼来。一场浩劫，太恐怖了！居然有人偷东西，偷到勒费弗尔太太头上！看来，这地方有盗贼，一次得手还会再来。

两个女人惊慌失措，仔细观察留下的脚印，还喋喋不休，猜测各种情况：

“瞧，他们就是从那儿进来的，登上墙头，再跳进菜畦里。”

想到往后的日子，她们越想越胆战心惊，今后还怎么睡安稳觉呢！

失窃的消息传开了。邻居都跑来看现场，也同样议论探讨。每次来个人，两个女人都要把她们的观察和想法重叙一遍。

---

① 科区：位于诺曼底大区滨海塞纳省。——编者注

住在附近的一个农场主给她们出了个主意：

“你们就该养一条狗。”

这话倒是在理，她们应该养一条狗，有情况哪怕叫两声也好。不过，老天在上，不能养大狗！她们养条大狗干什么？吃也能把她们吃穷了。只能养一条小狗（在诺曼底称作quin），一只汪汪叫的小家伙。

等人全走了，勒费弗尔太太就跟萝丝商量养狗的事，商量了许久。她几番思索下来，能找出上千条理由反对养狗，一想到满碗的狗食，就面如土色，须知她是乡下富户太太中精打细算的那路人，口袋里总装着几个小铜子，凭着施舍招摇过市，给路上的穷人和星期天付教堂的募捐。

萝丝喜爱动物，就摆出自己的理由，巧妙地为动物辩解。最后总算决定下来，养一条极小的狗。

于是，她们就开始寻求，但是看到的全是大狗，那些吃货食量吓死人。罗勒维尔村的食品杂货店老板倒是养了一条个头儿极小的狗，不过他索要两法郎的饲养费。勒费弗尔太太声明，她的确想养一条小狗，但是决不会花钱去买。

一家面包房老板得知这事的前因后果，一大早就用他的车拉来一只小怪兽：全身黄毛，四条腿短得跟没有似的，身子像鳄鱼，脑袋如狐狸，尾巴长似身子，像军帽的羽翎高高翘起。它的主人，面包房的一位主顾不想要它了。一个子儿不花，太太就觉得这条小脏狗挺好看。萝丝拥抱它，随后就问狗叫什么名字。面包师回答：“皮埃罗。”

小狗就安置在一个旧肥皂箱里。先给它水，它喝了，再给它一块面包，它也吃了。刚喂一次，勒费弗尔太太就犯嘀咕：

“等它在家待熟了，就可以放出去随便跑。它在附近转悠，总能找到吃的。”

小狗果然放出去了，可是它仍旧免不了饥饿。而且，只有要吃的时候，它才汪汪叫，还一声紧似一声。

谁都可以进园子里来。每次新来个人，皮埃罗就上前亲热，绝不叫唤一声。

日子一长，勒费弗尔太太逐渐习惯了，甚至有点儿喜欢这小狗了，还亲手喂它几口蘸了菜汤的面包。

然而，她根本就没有想到养狗还要交税，收税员登门向她要八法郎："八法郎，夫人！"她一听，大叫一声，差点儿昏过去。就这么一条小破狗，连叫都不会叫，要交这么多钱！

她当即决定，把皮埃罗送人。可是谁也不要。方圆四十公里，每家住户都拒不收养。万般无奈，只好决定让它去"啃石头"。

所谓"啃石头"，就是"吃泥灰岩"。凡是不要的狗，全打发去"啃石头"。

在一大片开阔地上，能看到一种草房，说得准确些，就是盖在地面上的小小的茅草棚。盖住的就是泥灰岩矿井的坑口。这种矿井垂直挖到地下二十来米深，下面连着通向矿层的长长的坑道。

一年一度，要给田地施加泥灰石时，才有人下井挖掘。平时，这种矿井别无他用，只是充当遗弃狗的坟场。谁从坑口附近走过，都能听见那些哀号、狂吠或绝望的呼号、凄惨的求救之声。

猎犬和牧羊犬，都惊恐地逃避这种哀鸣的深洞。有谁俯身探看，立刻就能闻到一股腐烂的恶臭冲上来。

在黑洞洞的矿井里，发生了多少惨剧。

一条狗扔下去，仅靠先前被遗弃的狗残存的腐尸为食，活个七天八天，眼看就要饿死，忽然又扔下来一条狗，当然个头儿更大，也更强壮。矿井里两条饿狗，眼睛放光，相互窥视着，相互跟随，都还犹豫不决，焦灼不安。然而，饥饿在催逼它们，它们开始相互攻击，撕咬得非常激烈，斗了很久。最后，强者吃掉弱者，活活吃掉了。

一旦决定让皮埃罗去"啃石头"，就得物色一个执行人。有个护路工人跑这趟要十苏辛苦费。勒费弗尔太太认为这是漫天要价。一个在附近打短工的，倒是给五苏就干，可是太太还是嫌太贵。萝丝则表明看法，最好还是由她们亲自送去，这样的话，皮埃罗一路上就不会受虐待，对自己的厄运也就不会有所警觉。于是主仆二人决定，天一黑她们就前往。

这天傍晚，特意给皮埃罗烧了一盒香肠，还加了一点儿黄油。皮埃罗大口吃下去，舔得一滴不剩。趁它正满意地摇着尾巴，萝丝一把抓住它，将它裹在围裙里。

她们大步流星，穿越开阔地，就好像两个偷庄稼的贼。不大工夫，她们就瞧见泥灰岩矿井。到了坑口，勒费弗尔太太俯身听听是否有狗的哀鸣。没有，矿井下没有狗。皮埃罗下去也只有它一条。这时，萝丝流下眼泪，抱着它吻了吻，然后就往洞里一扔。接着，两个女人又俯下身去，侧耳细听。

先是听见一声闷响，随即是动物受伤时的惨叫，接着又是连声哀鸣，再后就是绝望的呼唤，是狗仰头望着洞口，苦苦哀求救助的声音。

它汪汪叫起来，噢！这会儿它才汪汪叫了！

两个女人忽然感到后悔，感到恐惧，不知为何怕得要命，于是慌忙逃离现场。萝丝跑得快些，勒费弗尔太太跟在后面直喊：

“等等我，萝丝，等等我！”

这天夜里，她们受噩梦纠缠，场景十分恐怖。

勒费弗尔太太梦见自己坐在餐桌前准备吃饭，一掀开汤盆盖子，皮埃罗就从盆里蹿出来，一口咬住她的鼻子。

她惊醒了，仿佛还听见小狗的汪汪叫声。她又侧耳听了听，才明白是错觉。

她再次入睡，又梦见自己走在一条大路上，路漫无尽头。猛然间，她瞧见路中央有只篮子，是农村用的大篮子，丢在那里无人管，而那篮子令她心惊胆战。

不过，她最后还是忍不住揭开了篮子盖，皮埃罗正蜷缩在里面，一口咬住她的手不放。于是，她就拼命逃跑，而小狗咬住她不放，就吊在她的手臂上。

天蒙蒙亮她就起床，几乎疯了一样跑向那口泥灰岩矿井。

皮埃罗还在汪汪叫，就这样汪汪叫了一整夜。太太失声痛哭，用各种各样亲昵的称呼叫它。皮埃罗一一回应，狗叫声也那么哀婉温柔。

于是，太太又要把小狗救出来，决定让它快乐一生。

她跑去找一个开采泥灰岩的矿工，把她的情况叙述了一遍。那人只是听着，并不插言，等她讲完了，才说道：

“您还想要您那只小狗吧？那就付四法郎。”

太太大吃一惊，她的全部痛苦顿时风流云散。

“四法郎！您就不怕撑死！四法郎！”

那矿工便回答说：

“您以为怎么着？我要带上绳索、绞车，到那儿架起来，还得带上我儿子去，保不准我还会让您那该死的小狗咬上一口，您以为我这么折腾就为讨您高兴？当初就不该扔下去。”

太太气冲冲走了。——哼，四法郎！

她一回到家，就叫来萝丝，告诉她那矿工如何漫天要价。萝丝一向百依百顺，也附和道：

“四法郎！这可是钱啊，太太。”

接着，她又补充说道：

“要是给可怜的皮埃罗扔吃的东西，不让它饿不行吗？”

勒费弗尔太太满心欢喜地同意了。于是，两个女人带上一大块黄油面包，又去了那个矿井。

她们把面包切成小块儿，一块一块丢下去，还轮流跟皮埃罗说话。那小狗吃完一块，就立刻汪汪叫，又讨下一块。

傍晚她们又来了。第二天照旧，后来天天如此，只不过每天只跑一趟了。

不料有一天早晨，她们要投下第一块面包时，忽然听见井下一声巨吼。里面有两条狗了！又有一条狗被丢进矿井，还是条大狗！

萝丝呼唤一声：“皮埃罗！”皮埃罗就汪汪答应。这样，她们就开始往下投食物，然而每扔下一块，就清晰地听见井下激烈的抢夺声，接着又听见皮埃罗被同伴咬疼的哀号。另一条狗强壮，把面包全抢着吃了。

她们再怎么声明“这是给你的，皮埃罗”也毫不顶用。显然皮埃罗一口也没有吃到。

两个女人面面相觑，没了主张。勒费弗尔太太口气尖刻地说道：

“所有丢进井里的狗，总不能全由我来喂养吧。只好放弃不管了。”

她一想到井下所有的狗，全要靠她花钱养活，心口就堵得慌，于是扬长而去，连剩下的面包也带走了，并且边走边吃起来。

萝丝一边跟在主人身后，一边用蓝围裙的一角擦拭眼泪。

（李玉民　译）

魔 鬼

这个农民面对大夫，站在临终的女人的床前。床上的老太婆很平静，她认命了，但神志还清醒，望着两个男人，听他们交谈。她快要死了，但并不抗争，她已经活到九十二岁了，她的寿数已尽。

七月的阳光，从敞开的门窗投射进来，烈焰倾泻在棕褐色的地面上。这凹凸不平的地面，经四代农民的木屐踩踏愈加硬实了。田野的气味，也随着灼热的熏风涌进屋里，这是在正午烈日烧烤下的牧草、小麦和树叶的气味。

蝈蝈嘶鸣，清亮的喧声充斥田野，类似在集市上卖给孩子的蝗虫的叫声。

大夫提高嗓门儿说道：

“奥诺雷，您不能丢下您母亲一个人，她这种状态，随时都可能过去！”

这农民愁眉苦脸，反复说道：

“可我还得把麦子收回来，撂在地里的时间太长了。现在正逢好天气。你说呢，妈妈？”

这个垂死的老太婆，还受诺曼底人的吝啬所钳制，用眼神和额头称“是”，让她儿子去收回麦子，丢下她一个人死就死了。

可是，大夫却火了，跺着脚说道：

“你真是个畜生，你给我听着，我不准你这么干，明白吧！如果今天，你非得收回小麦不可，那就请拉佩太太来，必须如此！让她来看护你母亲。我要你这样安排，明白吗？！如果你不听我的话，以后等你生病的时候，我就不管，让你像狗一样死去，明白吗？”

这个农民又高又瘦，动作迟缓，心里正七上八下，拿不定主意。他既害怕大夫，又酷爱节俭，因而犹豫再三，反复盘算，结结巴巴地说道："让拉佩家的来看护，要花多少钱？"

大夫嚷道：

"问我，我怎么知道？这要看你请她干多长时间了。活见鬼，你和她商量去呗！不过，我要求过一个钟头，她就得来这儿，明白吗？"

这个男人打定了主意：

"我这就去，我这就去，您别发火，大夫先生。"

医生离去，边走边嚷道：

"您得知道，您得知道，千万当心，我一发火，可不是闹着玩的！"

等屋里只有母子二人了，农民转向母亲，以无可奈何的声调说道：

"我得去找拉佩家的老太婆，是大夫要这样的。你别急，等我回来。"

于是，他也出门了。

拉佩太太是个老太婆，专给人熨衣服，还为本村和周围一带人家看守死者或临终的人。她将顾客缝进再也出不来的殓单之后，便马上回家，又操起熨斗给活人熨烫内衣。她像头年的苹果，满脸皱纹，而生性狠毒，嫉妒心重，吝啬得离谱，整个身子佝偻着，就仿佛垫着布料被熨斗无休止地来回熨烫过，结果压弯了腰。她对人的临终时刻，就好像有一种十分残忍又恬不知耻的喜爱。她开口闭口，总讲她亲眼看着死亡的人，目睹过的千奇百怪的死亡场景，而且讲得特别细，不过细节总是雷同，就像猎人讲述他每次的射击。

奥诺雷·本唐走进她家，见她正在调靛蓝水，好为村里的妇女染细布皱领。

他招呼一声：

"嘿！您好，拉佩大妈，一切都如意吧？"

大妈朝他转过头去，答道：

"还可以吧。您家呢，都好吧？"

"哦！我嘛，倒挺顺心的，可是我母亲，快要不行了。"

“您母亲不行了？”

“对，我母亲不行了。”

“您母亲怎么啦？”

“她快翻白眼儿了！”

老太婆从水桶里抽出手，蓝汪汪的透明水珠一直滑到指尖，再滴落回桶里。

她突然以同情的语气问道：

“怎么到了这一步了？”

“大夫说她挺不过下午。”

“那她肯定就不行了！”

奥诺雷还犹豫不决。开头他要闲扯几句，好为他的提议打打铺垫。可是，他想不出要说什么，就干脆开门见山：

“您去守护我母亲一直到咽气，您向我要多少钱？您也清楚，我根本不是有钱的主儿，连一个女佣的工钱都付不起。正因为这样，我那可怜的母亲太操劳，太累了，才卧床不起。别看她九十二岁了，干起活儿来还像个十岁的孩子。她那身子骨，谁也比不了！……”

拉佩太太一本正经地解释：

“有两种价钱：若是有钱人家，那就白天四十苏，夜晚三法郎；其他人家，白天二十苏，夜晚四十苏。您就给我二十苏和四十苏吧。”

这个农民心里嘀咕起来。他非常了解自己的母亲，知道她特别禁折腾，特别能吃苦耐劳。大夫说她不行了，可她还可能挺上一个星期。

他果断地说道：

“不，我还是愿意您要个一口价，守护到我母亲咽气的价钱。咱们双方都碰碰运气。大夫说她眼看就不行了。如果真是这样，您就算捡了便宜，我就算吃了亏。如果她还能拖到明天，或者拖更长时间，那便宜了我，您倒了霉！”

看护十分惊诧，注视着这个男人。以这种承包的方式给人送终，她还从来没有先例，不免犹豫不决，但她倒真想碰碰运气。继而，她又怀疑对方想要耍弄她。

“我还没有见到您母亲，这之前我还不能说什么。”老太婆回答说。

“那就去我家看看她。”

老太婆擦了擦手，随即跟他走了。

路上，二人谁也不讲话。老太婆走路脚步很急促，而这个农民则拉开大步，就好像他每走一步，都要跨过一条小溪似的。

几头奶牛卧在田野上，都热得受不了，它们吃力地抬起头，向两个过路人微弱地叫两声，要讨新鲜的草吃。

快要到他家时，奥诺雷·本唐咕哝道：

“也有可能，万一她死了呢？”

他那无意识的盼望，倒是从他这话的声调中流露出来了。

然而，老太婆并没有死。她仰卧在破床上，放在紫色印花被单上的双手干枯得吓人，布满筋结，好似怪物，如同螃蟹，而且，由于风湿病、劳累、似乎积了百年的劳作，这双手蜷缩起来了。

拉佩太太走到床前，仔细察看要死的女人，号号她的脉，摸摸她的胸口，听听她的喘息，还询问询问，听听她说话，接着，又审视她半晌，这才走出屋子——她已经判定，老太婆挺不过今天夜晚。奥诺雷也跟着出来，问道：

“怎么样？”

看护婆答道：

“怎么样，她要拖两天，或许三天，全算上，您就付我六法郎吧。”

“六法郎！六法郎！您敢情疯了？我跟您说了，我母亲这样，只有五六个钟头了，不会再长了！”

两个人讨价还价，激烈争论了好久。看护婆要回去，时间白白过去，而小麦又不会自动收回来，奥诺雷终于同意了，说道：

“好吧，就这么定了，六法郎，全算上，直到入殓。”

“说定了，六法郎。”

他顶着烈日，大步流星走向麦田。被大太阳催熟的小麦，已经倒伏在地里。

看护婆回到屋里。

针线活儿已经带来了，看护临终的人或给死者守灵时，她总是不停地干活儿，有时给自己做东西，有时给雇用她的人家做活儿，干双份活儿就能多得些工钱。

忽然，她问道：

“本唐大妈，圣事起码给您做了吧？”

老农妇摇了摇头。拉佩太太很虔诚，她霍地站起来，说道：

“我主上帝啊，这怎么可能！我得去找本堂神甫先生。”

她急匆匆奔向本堂神甫的住宅，走得那么快，就连广场上的孩子见她一路小跑，都认为谁家又死人了。

神甫立刻就来了，他身穿白色宽袖法衣，前边由唱诗童子摇着铃铛开道，通告天主要经过这片灼热而静谧的田野。一些在远处干活儿的农夫，都摘下帽子，站在原地不动，等待白色法衣消失在某座农舍的后面。拾麦穗的女人也纷纷直起腰，画了个十字。几只黑母鸡受了惊吓，沿着沟渠摇摇晃晃地逃窜，一直逃到它们熟知的洞穴，突然隐匿不见了。拴在草地上的一匹马驹，一见白色法衣便惊了，开始在绳子一端兜圈子，还不停尥蹶子。穿红裙子的唱诗童子走得很快，而神甫跟在后面，他戴着一顶四角黑方帽，头则偏向一侧肩膀，边走边念念有词。拉佩太太走在最后，她深度弯腰，仿佛要跪着行走，还像在教堂中那样双手合十。

奥诺雷远远望见他们走过，便问道：

“我们的本堂神甫这是去哪儿呀？”

他的雇工脑袋灵活，回答说：

“他把仁慈的上帝送给你母亲，这还用问！”

这农民并不惊讶，又说道：

“这倒是很有可能。”

说罢，他又接着干活儿。

本唐大妈做了忏悔，得到了赎罪，又领了圣体，神甫这才丢下两个女人，离开了蒸笼一般的茅草房。

于是，拉佩太太又开始观察临终的老太婆，心里琢磨她会不会拖很长时间。

太阳快落了，风一阵紧似一阵，也凉快多了，吹动用两个图钉按在墙上的一幅厄比纳尔民间画。从前是白色的小窗帘，现在已经发黄，布满了斑点，在风中挣扎，仿佛要飞走，像老太婆的灵魂那样要离去。

老太婆一动不动，眼睛睁得老大，仿佛满不在乎地等待近在咫尺却又迟迟不到的死神。她的呼吸短促，发紧的嗓子眼儿发出嗞嗞的声音。一会儿就可能停止呼吸，世间又少了一个女人，但是没有人哀悼。

夜幕降临，奥诺雷回来，走到床前，看看母亲还活着，就问了一声：

“怎么样？”

就像从前母亲身体不舒服时那样问道。

然后，他打发拉佩太太回去，还叮嘱一句：

“明天，五点钟。”

她回答道：

“明天五点钟。”

天刚亮，她果然就来了。

奥诺雷自己做了汤，喝完好下地。

看护婆问道：

“怎么样，您母亲过去了吗？”

他眼角狡黠地眨一下，回答说：

“倒是稍微见好。”

说罢，他就走了。

拉佩太太心头一紧，不安起来，到床前瞧了瞧，看到垂危的老太婆还是老样子，呼吸困难，面无表情，睁着眼睛，双手蜷缩着放在被单上。

看护婆心下明白，这种状态还可能延续两天、四天，乃至一星期。于是，一阵惊恐突袭了她这个吝啬鬼的心，她不由得怒火中烧，怨恨这个耍弄了她的狡猾的家伙，也怨恨这个不肯咽气的老太婆。

她还是干起活计，等待着，眼睛一直盯住本唐大妈皱皱巴巴的脸。

奥诺雷回家吃午饭，他那样子挺高兴，几乎带点儿嘲笑的意味。吃完饭，他又去干活儿了。显而易见，他的麦子都收回来了，收得干净利落。

拉佩太太真是气急败坏，现在每过一分钟，都好像是窃取她的时间，也就等于窃取她的金钱。她渴望，疯狂地渴望掐住这头老母驴、这个老顽固、这个老犟婆子的脖子，只要稍微卡紧些，就能制止住窃取她的时间、窃取她的金钱的这股微弱而急促的气息。

接着，她考虑到这样干的危险，于是头脑里又闪现出别的念头。她又凑至床前。

她问道：

"您见过魔鬼吗？"

本唐大妈咕哝道：

"没有。"

于是，看护婆便讲起来，给生命垂危的老太婆讲故事，以便恫吓她那虚弱的灵魂。

"人在断气的前几分钟，"看护婆说道，"魔鬼就出现了，出现在所有要死的人面前。魔鬼手中拿一把扫帚，头顶一口锅，还大喊大叫。谁一看见他，那就完了，活不了多大一会儿了。"她还列举了这一年当中，都有哪些人见到了魔鬼，就是约瑟凡·卢瓦泽尔、厄拉利·拉蒂埃·索菲、帕达纽、塞拉菲娜·格罗皮埃。

本唐大妈终于慌了神儿，她骚动起来，手也乱抓起来，想要转过头去瞧屋里面。

拉佩太太忽然在床脚消失了。她从大衣柜取出一条床单，裹住身子，将一口锅反扣在头上，那三只弯弯的支脚恰似竖起的三根角；她又用右手抓起一把扫帚，左手提起一只白铁桶往上抛，落下来时好发出巨大声响。

铁桶砸到地面，响动特别大。这时，看护婆又爬上一把椅子，撩起垂到床下的幔帐，便出现在垂危的老太婆面前。反扣的铁锅正好遮住面孔，她在锅里尖声叫喊，还手舞足蹈，像木偶戏中的魔鬼那样，挥动扫帚威胁奄奄一息的老农妇。

垂危的老人惊慌失措，眼神惶恐，使出超人的力气想要爬起来逃走。她的双臂和胸口甚至都挪出了被窝，接着她却长叹一声，倒了下去。人已经咽气了。

拉佩太太则不慌不忙，把所有东西放回原处——扫帚放到大衣柜旁边的角落，床单收进柜子里，铁锅再放到炉灶上，铁桶还放回木板上，椅子则挪回到墙根。然后，她以专业的动作合上死者圆睁的眼睛，又拿一只盘子放到床头，倒进圣水，把挂在五斗橱上的圣枝取下来，浸到圣水里，这才跪下虔诚地为死者祈祷，背诵她因职业而烂熟于心的经文。

奥诺雷回到家，已是傍晚时分，他看到拉佩老太婆在祷告，立即算出她多赚了二十苏，因为她只看守了三天一夜，一共应付五法郎，而他又不得不给她六法郎。

（李玉民　译）

归 来

大海用单调的短浪，抽打着岸边。朵朵白云就如鸟雀，被疾风吹走，飞快地掠过湛蓝的长空。村子坐落在向大海倾斜的峡谷中，正沐浴着温暖的阳光。

马尔丹-勒韦斯克的房子，是一进村的头一家，孤零零地立在大路边上。这是渔民住的一座小房，墙壁是用黏土夯的，茅屋顶上还开了一簇簇蓝色的蝴蝶花。门前有一座小园子，方方正正，园中长着一些葱头、几棵白菜、香菜和香叶芹。沿着路边有一道绿篱围住园子。

男人下海打鱼去了，女人则在屋前修补一张棕色的大渔网。挂在墙上的渔网，就像一面无比巨大的蜘蛛网。一个十四岁的女孩，坐在园子门口的一把草垫椅子上，身子微微后仰，背靠在栅门上，她正在缝补衣物，那是穷人穿的旧衣衫，已经补丁摞补丁了。还有一个女孩，约莫小一岁，怀里抱着一个还不会走也不会说话的小男孩。另外两个孩子，也只有两三岁，面对面坐在地上，他们正用笨拙的小手，抓起一把把土，朝对方的脸扔去。

谁也不讲话，只有被那女孩哄着入睡的婴儿，还不住地哭闹，声音微弱，又尖又细。一只猫在窗台上睡觉。墙根有几株盛开的紫罗兰，好似用白花做成的一个漂亮的圆垫，招来一大群蜂蝇。

坐在门口补衣衫的女孩突然叫了一声：

“妈妈！”

母亲应声：

“干什么？”

“那人又来了。”

归 来

从早晨起，她们就担惊受怕，因为有个男人在房子周围转悠。那是个老头儿，看样子很穷。她们送父亲上船下海时，就发现他了。他就坐在栅门对面的水沟边上。她们从海边回来，看见他还在那里，眼睛直勾勾地注视着这座房子。

他那样子病恹恹的，十分可怜。一个多小时过去，他动也没动地方。后来，他看出人家把他当成坏人，便站起身，拖着沉重的脚步走开了。

然而时过不久，她们看见他迈着缓慢而疲惫的步子，重又回来坐下，不过这次离得稍远些，仿佛就是要窥伺她们的举动。

母亲和两个女儿都很害怕，尤其母亲，生来就胆小，而且她男人勒韦斯克，要到天黑才能从海上回家，因此她六神无主。

她丈夫叫勒韦斯克，而她呢，本来叫马尔丹，两人结婚之后，别人就称他们马尔丹-勒韦斯克。这其中自有缘故。她头婚嫁给一个水手，名叫马尔丹。每年夏天鳕鱼汛期，他都要去纽芬兰[1]。

结婚两年之后，她给马尔丹生了个女孩。在她丈夫乘坐迪埃普的三桅帆船“两姊妹号”失事时，她已有了六个月的身孕。

那条帆船始终音讯皆无，船上的水手也无一人生还。因此，大家都认为全船人遇难，货物也损失殆尽了。

马尔丹家的等丈夫归来，一等就是十年，生活十分艰难，好歹把两个孩子拉扯大了。后来，当地有个叫勒韦斯克的渔民，打了光棍，带着一个男孩，他见马尔丹是个坚强而善良的女人，就向她求婚了。她嫁给勒韦斯克，三年之间又生了两个孩子。

他们生活艰苦，但是很勤奋。面包对他们来说就已经相当贵了，家里的餐桌上几乎见不到肉食。到了冬季，在狂风怒吼的几个月，他们有时还得去面包铺赊账。不过，孩子们长得都很结实。人们都说：

“马尔丹-勒韦斯克夫妇嘛，都是老实厚道的人。马尔丹女人能吃苦

---

① 纽芬兰：加拿大岛屿，海岸曲折，东南岸外大西洋上的纽芬兰浅滩为世界最大渔场之一。——编者注

耐劳，勒韦斯克在打鱼这行可是没人能比的。”

坐在栅门旁的女孩又说道：

“他好像认识咱们。没准儿是从艾普维尔或者奥兹博斯克来的穷人。”

可是，母亲不会看错。不对，不对，他不是本地人，肯定不是。

那人如同木桩，一动也不动，只是眼睛死死盯住马尔丹–勒韦斯克家的房子。女人气急败坏，因恐惧而变得勇敢，她抄起一把铁锹，走到门外，冲那流浪汉吼道：

“您在那儿干什么？”

那人声音沙哑，回答道：

“还用问，我在这儿乘凉呗！我妨碍您什么了吗？”

女人又问道：

“您干吗总对着我们家张望？”

那男人反驳道：

“我又妨碍不着哪个人。怎么，在路边坐一坐，难道都不行了吗？”

女人没话说了，只好回家去。

这一天时间过得特别慢。中午时分，那男人不见了。然而，快到五点钟的时候，他又从这里过了一趟。傍晚这段时间，就再也没有见他的人影儿。

天黑的时候，勒韦斯克回来了。家里人向他讲了这件事。他下了结论：

“这个人嘛，不是要管什么闲事，就是打什么坏主意。”

他倒是毫不担心，安稳地睡下了，可是他的女人还在想那个流浪汉，觉得那人注视她时，眼神特别奇怪。

天亮时刮起大风，水手看到不能出海了，就待在家里帮妻子补渔网。

约莫九点钟，马尔丹家的大女儿去买面包，她是跑回来的，神色惊慌，嚷道：

“妈，那人又来了！”

母亲异常紧张，脸色煞白，对她男人说道：

“勒韦斯克，你去对他说，不要再这样偷看我们了，这样偷看搅得人心烦意乱。”

勒韦斯克是个子高大的渔民，肌肤呈砖红色，红胡子长得很密实，蓝眼睛上打了个黑点，粗壮的脖子上总围着毛线围巾，出海时好能遮风挡雨。这时，他从容地走出家门，走到流浪汉跟前。

二人开始交谈。

母亲和孩子们远远望着，都心惊胆战，焦急不安。

忽然，那陌生人站起身，随着勒韦斯克朝房子走来。

女人吓坏了，连连往后退，她男人对她说：

“给他拿块面包，倒一杯苹果酒来，从前天到现在，他什么也没有吃。”

两个男人走进屋里，女人和孩子们则跟在后面。流浪汉坐下来，开始吃东西，众目睽睽之下，他低下了脑袋。

母亲站在一旁，注意打量他。马尔丹家的两个大女儿，身子靠着门板，其中一个抱着最小的孩子，她们俩目光专注，也都盯着那人看。两个男孩坐在炉灰堆里，这时也停止玩那口黑锅了，仿佛也要观看那个陌生人。

勒韦斯克坐到一把椅子上，问道：

“这么说，您是从很远的地方来的？”

“从塞特①来的。”

“就这么走来的？”

“对，走来的。身上没钱，就只好如此。”

“那么，您要去什么地方呢？”

“就是到这里。”

“这里有您认识的什么人吗？”

① 塞特：法国南部城市，临地中海。

“这很有可能。”

二人都不讲话了。那人虽然饿得要命，还是吃得很慢，但每咬一口面包，就喝一口苹果酒。他面容苍老，布满皱纹，无处不塌陷，看样子受了许多磨难。

勒韦斯克猛然问他：

“您叫什么名字？”

那人头也不抬，答道：

“我叫马尔丹。”

不知何故，母亲打了个寒战，她跨上前一步，似乎要凑近了瞧瞧这个流浪汉，就在他对面站定，两条胳膊耷拉下去，嘴大张着。谁也没有再说话。最后，还是勒韦斯克又开了口，问道：

“您是本地人吗？”

那人回答：

“我是本地人。”

这时，他终于抬起头，女人的目光同他的目光相遇，便凝滞不动，交织起来，仿佛彼此勾在一起了。

她突然说话了，声调都变了，低沉而发颤：

“是你吗，我的男人？”

那人字字真切，慢悠悠答道：

“对，正是我。”

他一动未动，还继续嚼着面包。

勒韦斯克不免激动，更是惊讶，他结结巴巴地问道：

“是你吗，马尔丹？”

对方回答也很干脆：

“对，正是我。”

第二个丈夫又问道：

“你到底是从哪儿来的呀？”

第一个丈夫便讲述道：

“是从非洲海岸来的。当年，我们的船触礁沉没了，只有皮卡尔、瓦蒂奈尔和我，我们三人幸免于难。后来，我们被野蛮人抓了去，扣留了十二年。皮卡尔和瓦蒂奈尔都死了。是一位英国旅行家经过那里，把我带走，一直送到塞特。就是这样，我回来了。”

女人用围裙捂住脸，呜呜哭起来。

勒韦斯克则说道：

“现在，咱们该怎么办呢？”

马尔丹问道：

“你是她的男人吗？”

勒韦斯克回答：

“对，我是的。”

他们面面相觑，都沉默无语了。

这时，马尔丹打量着围着他站了一圈的孩子，扬头指了指两个女孩，问道：

“这两个是我的吗？”

勒韦斯克答道：

“是你的。”

马尔丹没有站起来，也没有去拥吻她们，仅仅感叹一句：

“上帝呀，都长这么大了！”

勒韦斯克又重复问道：

“咱们该怎么办呢？”

马尔丹面有难色，也不知如何是好。最后，他狠了狠心，说道：“我呢，就照你的意思办。我不想损害你什么。不过还是让人为难，有房子的事。孩子好说，我有两个，你有三个，各归各的。他们的妈，归我还是归你呢？你高兴怎样我也同意。但是这房子，它是我的，是我父亲传给我的，我也是在这里出生的，公证人那里有字据。”

女人一直在哭，但是用蓝围裙捂住嘴，小声抽咽。两个大女孩凑到跟前，神情不安地看着她们的父亲。

他终于吃完了，也同样问道：

“咱们该怎么办呢？”

勒韦斯克有了个主意：

“还是应当去找本堂神甫，由他来决定。”

马尔丹站起身，朝他妻子走去，妻子便扑到他的怀里，呜咽着说道：

“我的男人啊！你可回来了！马尔丹，我可怜的马尔丹，你可回来了！”

刹那间，旧日的恩爱、二十妙龄与最初拥抱的记忆，一齐涌上心头，她激动万分，双臂紧紧搂住马尔丹。

马尔丹也很激动，亲吻了她的帽子。在炉灶前的两个孩子听见妈妈的哭声，就一齐号叫起来。马尔丹的二女儿抱着的那个最小的孩子，也像支走调的笛子那样，扯着尖细的嗓门儿，投入这场喧闹。

勒韦斯克站在一旁等待，这时说道：

“好了，好了，事情一定得安排妥当。”

马尔丹放开他妻子，又看着两个女儿，于是母亲便对她们说：

“怎么也得亲亲你们的爸爸呀。”

她俩一起走上前，眼里没有眼泪，只有惊奇，还有点儿畏怯之色。马尔丹挨个儿拥抱她们，像乡下人那样，在她们脸蛋儿上重重地亲了两口。最小的孩子见到这个陌生人靠近，便尖声叫起来，几乎岔了气儿。

然后，两个男人一起出去了。

他们经过商贸咖啡馆时，勒韦斯克问道：

“还是进去喝点儿，好不好？”

“我说，好哇。”

他们走进还空荡荡的咖啡馆，勒韦斯克嚷道：

“喂！希科，两杯六条杠烧酒，要好的，这是马尔丹，马尔丹回来了，我老婆的男人，你清楚，失事的‘两姊妹号’船的马尔丹。”

归 来

小酒馆老板走过来，一只手拿着三只杯子，另一只手拿着长颈大肚酒瓶，只见他大腹便便，浑身滚圆，脸颊红赤赤的。他一副若无其事的样子，问道：

“哦！你回来了，马尔丹？”

马尔丹答道：“我回来了！……”

（李玉民 译）

西蒙的爸爸

响午的钟声刚刚敲过，小学校的大门就打开了。孩子们蜂拥冲向校门，你推我搡，都要争先挤出去。不过，他们并不像平日那样马上走散，各自回家吃饭，而是走出几步就站住了，聚成几堆，开始窃窃议论。

原来，这天早晨，白朗绍特大姐的儿子西蒙入学了。

这些孩子在家里都听大人谈过白朗绍特大姐。虽然在公开场合，大家很敬重她，可是在私下里，他们的母亲提起她，怜惜中总有几分轻蔑。他们受到这种态度的感染，却根本不知道是什么缘故。

人们对西蒙母亲的称呼是“大姐”而非“夫人”，并且私下态度轻蔑，可以猜到白朗绍特是未婚生子。作者在此隐晦地交代了人物的身份。

西蒙呢，他从不出门，也没有在街上或者河边上同他们一道玩过。因此，他们不认识他，也谈不上喜欢他，只是听了一个十四五岁的大孩子说的一句话，又惊又喜，立刻就传开了。

“要知道……西蒙……哼，他没有爸爸。”

那个大孩子讲这句话时挤眉弄眼，一副狡黠的神情，表明他知道老底。

白朗绍特大姐的儿子，也走到校门口了。

他有七八岁，脸色略显苍白，穿戴挺整洁，样子腼腆，几乎有点儿拘谨。

那几堆同学还一直交头接耳，用狡猾而残忍的目光盯着西蒙，正像要搞恶作剧的孩子那样，就在他走出校门要回家的当儿，他们慢慢地围上来，终于把他团团围住。西蒙站在圈子中央，又惊讶又惶惑，不明白他们要干什么。那个散布消息的大孩子一看得逞了，就十分得意，问西蒙：

“喂，你叫什么？”

“西蒙。”他答道。

“西蒙什么呀？”对方又追问。

这孩子给问得蒙头转向，又说了一遍：“西蒙。”

大孩子冲他嚷道：“名叫西蒙，还得有点儿什么……西蒙，这不是姓……”

孩子眼泪都快要流下来，他第三次回答：

“我就是叫西蒙。”

那些淘气鬼哄堂大笑，那个大孩子更是得意忘形，提高嗓门儿说：

“大家都瞧见了吧，他没有爸爸。”

简单的对话既交代了冲突的起因，又推动了情节的发展。

一时鸦雀无声。孩子们都惊呆了，小孩子居然没有爸爸，这件事真离奇，太怪了，简直不可能。他们把他视为怪物，视为违反天理的人，同时他们也感到，自己母亲对白朗绍特大姐的那种始终无法理解的轻蔑，在他们心里增加了。

西蒙则靠到一棵树上，以免瘫倒，他呆立在那里，仿佛被一场无法弥补的灾难打懵了。他想辩解，但又无言以对，驳不倒他没有爸爸这可怕的事实。他面无血色，最后索性冲他们嚷道：“不对，我有爸爸。”

“他在哪儿？”大孩子问道。

西蒙没话说了，他的确不知道。孩子们兴高采烈，哈哈笑起来。这帮乡下孩子近乎禽兽，这时产生一种残忍的欲望，就像同窝母鸡中，一旦有哪只受了伤，别的母鸡就会群起而攻之，将其鸽[①]死。西蒙忽然瞧见邻家寡妇的一个孩子，而且他一直看着那孩子同自己一样，也是孤儿寡母过日子。

“你也一样，没有爸爸。”西蒙说了一句。

“胡说，我有爸爸。”那孩子回答。

“他在哪儿？”西蒙反驳道。

“他死了，”那孩子不无骄傲地高声说，“我爸爸，他在墓地里。”

这帮淘气鬼中间，立刻升起一片赞许的嗡嗡声，就好像爸爸葬在墓地里，就抬高了这个同学的身份，从而压垮那个没有爸爸的同学。这些顽童的父亲，大多都是恶棍、酒鬼、窃贼，都虐待妻子。现在，这些合法的孩子推推搡搡，越挤越紧，仿佛要把这个非法的孩子挤死似的。

作者对顽童们父亲身份的交代，是对他们这种荒谬的优越感的嗤笑。

有一个孩子站在西蒙对面，这时突然伸出舌头嘲弄他，嚷着：

“没爸爸！没爸爸！”

西蒙扑上去，双手揪住他的头发，并且连连踢他的腿，那孩子反过来也狠狠咬了西蒙的脸蛋儿。场面一片混乱，等两个交手的孩子被拉开，西蒙已经挨了揍，被打得鼻青脸肿，撕破了衣裳，倒在地上，而那些淘气鬼则围着鼓掌喝彩。他爬起来，下意识地拍拍沾满尘土的小罩衫，这时又有人冲他嚷一句：

“去告诉你爸爸好了。”

西蒙一听这话，心里就完全泄气了。他们比他强壮，揍了他，而他确实感到自己真的没爸爸，根本没

① 鸽（qiān）：（尖嘴的鸟）啄。——编者注

法儿回答他们。他的自尊心很强，竭力忍住涌上来的眼泪，忍了几秒钟，实在憋不住了，这才哭起来，浑身急促地抽动，但就是不哭出声来。

敌人都幸灾乐祸，欢欣雀跃，就像野人狂喜那样，很自然地手拉起手，围着他边跳边重复喊叫："没爸爸！没爸爸！"

然而，西蒙猛地停止哭泣，他怒不可遏，正好脚下有石子儿，他就拾起来，狠命朝折磨他的人掷去。有两三个挨了石子儿，嗷嗷叫着逃跑了。他的样子十分可怕，其他孩子也都惊慌失措了，吓得纷纷抱头鼠窜，如同乌合之众，一碰到情急拼命的人，就全变成懦夫了。

现在，只剩下这个无父的小孩子了，他撒腿朝田野跑去，因为他想起了一件事，随之便发了狠心：他要投河自杀。

原来，他想起一周之前，有一个靠乞讨为生的穷鬼，因为没有钱而投了河。此人被捞起来的时候，西蒙也在场。他平时觉得，那个可怜的家伙又脏又丑，十分悲惨，现在死了，面无血色，长胡子湿淋淋的，眼睛平静地睁着，神态很安详，这给他留下了深刻的印象。围观的人说："他死了。"有个人却补充说："现在他多幸福啊。"西蒙也要投河，那个可怜的人没有钱，而他没有爸爸。

在故事的主线之外交代西蒙决定轻生的原因，让叙事更有逻辑，更真实合理。

他走到河边，注视着流水。河水清澈，只见几条鱼追逐嬉戏，有时轻轻跃起，捉食在水面上盘旋的飞虫。他只顾看鱼，就不再哭了，觉得鱼儿捕食的技巧很有意思。不过，风暴平静了，有时还会狂风骤起，吹得树木咯咯作响，然后消失在天边；同样，"我没有爸爸，我要投河”这个念头，还不时浮现，给他带来强烈的痛苦。

天空晴朗，气温很高。暖烘烘的阳光照在草地上。西蒙流过眼泪，一时感到惬意和倦怠，很想躺在暖洋洋的草地上睡一觉。

一只小青蛙跳到他脚下，他想捉住，却让它逃脱了。他追上去，扑了三回都没有捉到，最后总算抓住它的两只后爪尖，看着小动物要挣脱的样子，他不禁笑起来。小青蛙收拢两条后腿，再猛力一蹬，两腿突然绷直，如同两根棍子，而金眼圈的眼睛鼓得溜圆，前爪则像两只小手一样舞动。这令他想起用细长条的小木片钉成斜角的玩具，也是这样用力一拉，就牵动钉在上面的小兵操练。于是，他又想起家，想起母亲，心里非常难过，又哭起来，浑身一阵阵颤抖。然后，他跪到地上，像临睡前那样祷告，但是抽泣得太急，又太厉害，他完全受其控制，无法祷告下去。他什么也不想，周围什么也看不见，心思完全放在哭上。

以“突然”一词简洁自然地完成转折，引出新人物。

突然，一只沉甸甸的手按在他的肩头，一个粗嗓门儿问他：“你有什么事这么伤心啊，小家伙？”

西蒙回头一看，只见一个留着小胡子、满头卷曲黑发的高个子工人和蔼地瞧着他。西蒙的眼睛里、嗓子眼儿里充满泪水，答道：

“他们打我……就因为……我……我……我没爸爸……没有爸爸。”

“什么？”那人微笑着说，“可是，人人都有爸爸呀。”

孩子还在伤心地抽泣，又吃力地说道：“我……

我……我没有。”

那工人听了，神色严肃起来，他认出这是白朗绍特大姐的儿子。他虽然到这地方不久，但是模模糊糊地知道她的身世。

“好啦，”他说道，“别伤心了，孩子，跟我回去找你妈妈吧。会给你……一个爸爸的。”

两人一道走了，大人拉着小孩的手。那人脸上又浮现微笑，能见见那个白朗绍特，倒也不错，据说她是当地数得着的漂亮姑娘，也许他内心深处还这么想：一个失身的姑娘，很可能再次失身。

他们走到一所非常洁净的白色小房子门前。

“到啦，”孩子说，接着又叫了一声，“妈妈！”

一个女人走了出来。工人立刻收敛笑容，他一眼就看出来了，同这个面色苍白的高个儿姑娘，是绝不能开玩笑的：只见姑娘一脸正色，立在门口，似乎不准男人跨进门槛，走进这个她已经被男人骗过一次的房屋。于是他怯阵了，摘下鸭舌帽，结结巴巴地说：

“喏，太太，我把您孩子送回来了，他在河边迷了路。”

西蒙急不可待，扑上去搂住母亲的脖子，刚开口说话就又哭了：

“不是迷路，妈妈，我想投河，因为其他孩子打我……打我……因为我没爸爸。”

年轻女子满脸烧得通红，心头有如刀绞，她紧紧搂住儿子，眼泪止不住簌簌往下流。那人站在一旁，也为之动情，一时不好走开。不料，西蒙突然跑过来，问他：

以工人的视角侧面描写白朗绍特这一人物，工人的反应说明了她的美好、正直；“太太”的称呼展现了工人对白朗绍特的尊重，他怯场的反应也证明其不失朴实、善良。

“您愿意做我爸爸吗？”

一阵冷场。白朗绍特大姐倚着墙，双手按在胸口，沉默不语，忍受着羞耻的折磨。孩子见那人不答应，又说道：

“您若是不愿意，我还要去投河。”

那工人便把这事当作笑谈，笑着答道：

“好哇，我非常愿意。”

“您叫什么名字？”孩子又问道，“等别人再问起来，我好回答他们。”

西蒙的行为看似幼稚且无理取闹，却符合人物性格与年龄，工人的反应则进一步展现了他的善良。

“菲利浦。”那人回答。

西蒙沉默了一会儿，要把这个名字刻在脑子里，然后才心满意足，伸出手臂，说道：

“好吧！菲利浦，你是我爸爸了。”

那工人把孩子举起来，突然亲了他的脸蛋儿，随即大步流星匆匆走开了。

第二天上学，迎接西蒙的又是一阵嘲笑。放学的时候，那个大孩子又要故技重演，可是西蒙像投石子儿似的，将这句话劈头甩给他：“我爸爸，他叫菲利浦。”

周围的同学都高兴得狂呼乱叫：

“哪个菲利浦？……什么菲利浦？……菲利浦，算个啥呀？……你那个菲利浦，是从哪儿弄来的？”

西蒙不再搭理，他怀着不可动摇的信念，以挑战的目光注视他们，宁愿皮肉吃苦，也不肯在他们面前逃走。还是老师给他解了围，他才回家。

一连三个月，高个子工人菲利浦经常从白朗绍特家门前经过，有时看见她在窗前做衣服，就鼓起勇气上前搭讪。姑娘则客客气气地回答，但始终一本正经，不苟言笑，也绝不让他进屋。然而，他同所有男人一样，总好自鸣得意，以为姑娘同他说话时，脸色往往要比平时红一点儿。

可是，名声一旦扫地，就再难恢复，动辄遭人非议。尽管如今的白朗绍特处处检点，倍加小心，可当地已经有闲言碎语了。

西蒙倒是非常喜欢他的新爸爸，几乎每天傍晚等新爸爸忙完了活儿，他都同新爸爸一道散步。他也按时上学，从同学中间穿过时神气十足，根本不理睬他们。

不料有一天，那个带头攻击他的大孩子对他说：

“你撒谎，你没有一个叫菲利浦的爸爸。”

“怎么没有？”西蒙非常冲动地问道。

那个大孩子搓着手，又说道：

“因为，你若是有爸爸，那他就该是你妈妈的丈夫。”

这个推理很正确，西蒙心慌了，不过他还是回答：“反正他是我爸爸。”

“这有可能，”大孩子嘿嘿冷笑，说道，“不过，他还不完全是你爸爸。”

白朗绍特的儿子垂下头，他边走边想，去菲利浦干活儿的地方，卢瓦宗老头儿的铁匠铺。

铁匠铺就像完全被树木遮住一样，里面很暗，只有大炉子的红火光一闪一闪，映照着五个赤臂打铁的铁匠，而砧铁发出震耳欲聋的声响。那五条汉子站在那里，像满身火焰的魔鬼，眼睛紧紧盯着他们捶打的烧红的铁块，而他们迟钝的思想则随着大锤起落。

这是西蒙与欺负他的大孩子的第二次言语交锋，他再次陷入困境。这回的结果会和上次一样吗？可以猜测一下故事的走向。

西蒙走进去时没人瞧见，他轻轻拉了拉他的朋友。他朋友回过头来，活儿立时停了，所有人都仔细地打量他，就在这不寻常的寂静中，响起了西蒙细弱的嗓音：

"告诉你，菲利浦，刚才米修德家的那个大小子对我说，你不完全是我爸爸。"

"怎么这样说呢？"工人问道。

孩子满是天真地回答：

"因为你不是我妈的丈夫。"

谁也没有发笑。菲利浦站在原地一动不动，额头放在粗大的手背上，而手掌则撑着顶住砧铁的锤柄头。他在沉思。四名伙伴望着他，西蒙焦急地等待，他在这些巨人中间显得更小了。忽然，一名铁匠向菲利浦说出了大家的想法：

"不管怎么说，白朗绍特是个正经的好姑娘，虽然遭受不幸，但是很刚强，人又规规矩矩，若嫁给一个厚道的汉子，准能成为像样的媳妇。"

"这话一点儿不假。"另外三个附和道。

那个工人接着说道：

"不错，那位姑娘失过身，难道这能怪她吗？肯定是那人答应娶她。我就知道好些像她这种情况的姑娘，如今都受人敬重。"

"这话一点儿不假。"另外三人又异口同声地附和。

与"这话一点儿不假"类似的表述在文中出现了三次，作者是在强调什么呢？

那工人又说道："可怜的女人，靠自己把孩子拉扯大，吃了多少苦。从那事之后，她除了上教堂再也不出家门，又流了多少眼泪，也只有上帝知道。"

"这话也一点儿不假。"其他人应声说道。

随后，大家都沉默了，只听见风箱吹炉火的呼呼声。菲利浦猛然俯下身，对西蒙说：

“去告诉你妈，今晚我要去跟她谈谈。”

他推着孩子的肩膀，把他推出去。

他回头又干起活儿来，五只大锤，都准确落到砧铁上。他们就这样打铁，一直干到天黑，一个个强健有力，欢实活泼，都像够分量的大锤。不过，正如在节日里，主教堂的大钟比其余的钟敲得更响一样，菲利浦的锤声也压过伙伴们的锤声，他一下一下，不住地抡锤，打出震耳欲聋的声响。他眼睛闪闪发亮，站在四溅的火星中间，劲头十足地打铁。

他到白朗绍特家敲门的时候，已是满天星斗了。他换上新衬衫和过节时穿的外衣，胡子也修过了。年轻女人来到门口，面有难色，说道：“菲利浦先生，天都黑了，这时候来很不合适。”

菲利浦换衣、修胡子的细节描写表现出他对白朗绍特的尊重以及对这份感情的重视。

菲利浦想回答，但是张口结舌，在她面前不知说什么好。

她又说道：“您完全明白，不能再叫人议论我了。”

这时，菲利浦突然说道：

“只要您愿意做我的妻子，还怕什么议论呢！”

对方没有回答，不过，他似乎听见昏暗的屋里身体瘫倒的声响，就急忙进去。西蒙已经上床睡下了，他清晰地听见接吻声以及母亲悄悄说的几句话。接着，他突然感到被他朋友抱起来，他朋友巨人般的臂膀将他举起，大声对他说：

“再见到同学，你就告诉他们，你爸爸，就是铁匠菲利浦·雷米，谁再敢欺负你，他就拧谁的耳朵。”

第二天，学生都到校了，快上课的时候，小西蒙站起来，他脸色发白，嘴唇打战，用清亮的声音说道：“我爸爸，就是铁匠菲利浦·雷米。他说了，谁再敢欺负我，他就拧谁的耳朵。”

这回，谁也不笑了，因为，大家都认识那个铁匠菲利浦·雷米，有他当爸爸，哪个孩子都会感到自豪的。

（李玉民　译）

一名农场女佣的故事

一

天气晌晴，农场的雇工午饭比平时吃得快，吃完就下地去了。

宽敞的厨房里，仅剩下当用人的姑娘罗丝一人了。炉灶上的锅盛满了热水，炉膛里的余火也渐渐熄灭。她不时从锅中舀水，慢腾腾地洗着餐具，有时停下来，凝视射在长桌上的两块方形日影，而阳光透过窗户，将玻璃的残缺全映现在日影中了。

有三只母鸡胆子很大，跑到椅子下面寻找面包渣儿。家禽饲养场的气味、牲口棚里发酵的热气，从半开的房门飘进来。炎热的中午十分寂静，只听见公鸡的鸣声。

姑娘洗完餐具，擦干净桌子，清理好炉灶，将餐盘搬到里端，摆在嘀嗒声响的木壳钟旁边的高架上，这才喘了口气，不知怎么的，感到有点儿晕乎，有点儿气闷。她望了望发黑的土墙和熏黑的梁木，只见梁上挂着蜘蛛网、熏鲱鱼干和一串串洋葱。继而，她坐下来，只觉得气味难闻。长久以来，这被踏实的土地上洒了多少汤汤水水而后又干掉，在这样炎热的天气中，便蒸发出一股陈腐的气味，还混杂着隔壁阴凉屋里乳制品凝结奶皮的酸味。不过，她还是按照老习惯，想做点儿针线活儿，只是浑身乏力，便到门口透透气。

于是，她接受灼热阳光的爱抚，感到一股甜美浸入心田，一种舒泰流遍肢体。

门前，那堆厩肥不断逸出薄薄而闪亮的蒸气。母鸡在粪堆上打滚，侧身躺着，还不时用一只爪子扒扒，寻找虫子。母鸡中间高傲地挺立着

厨房女佣 〔意〕朱塞佩·玛丽亚·克雷斯皮绘

一只公鸡，它随时都要选择一只母鸡，围着打转，并咕咕叫唤。那只母鸡便懒洋洋地站起来，若无其事地接待它，弯下腿，用翅膀托住它，然后抖抖羽毛上的尘土，重又躺在粪堆上，而公鸡则咯咯叫着，计数自己的胜利。与此同时，各个院落的所有公鸡此呼彼应，仿佛从各庄户相互发出爱情的挑战。

女佣望着鸡，头脑中什么也没有想。后来，她抬起头，看到像扑了粉的脑袋一般的白色苹果花，鲜亮鲜亮的，眼睛一下子就晃花了。

突然，一匹撒欢儿的马驹从她面前跑过，沿着栽了树的水沟跑了两趟，又戛然停住，扭头瞧瞧，仿佛奇怪只有它独自一个。

女佣也想跑跑，想活动活动，同时又渴望躺下，舒展四肢，在静止不动的暖烘烘的空气中休息。她走了几步，但游移不决，合上眼睛，通身感到一种本能的恬适。继而，她慢腾腾地走向鸡舍，拾了十三个蛋，拿回来，摆到碗橱里，闻到厨房的气味又感到不适，于是返身出去，到草地上坐一坐。

这座农场大院林木环绕，仿佛沉沉入睡了。青草很高，翠绿翠绿的，呈现春天崭新的绿色。草丛中黄色的蒲公英，犹如一盏盏亮晶晶的小灯。苹果树的影子在树脚下缩成一团，棚舍的房脊上长着刀形叶子的鸢尾，草顶微微冒着热气，仿佛是牲口棚和仓房里的潮气蒸发了。

女佣走进大棚，只见里边停放着各种车辆。大棚旁边有一个大坑，坑底一个绿色深洞里，长满了芬芳四溢的香堇菜。从沟沿望去，能看见广阔的田野，平展展的，长着庄稼，还有几片小树林，远处散布几伙干活儿的人，望去小得好似布娃娃，玩具一般的白马拉着儿童玩的犁，而扶犁的人也小得只有手指头高。

她从仓房抱来一捆干草，扔进坑底，坐在上面待了一会儿，又觉得不舒服，便打开捆绳，把草铺开，头枕两条胳膊，伸直双腿躺下来。

她渐渐合上眼睛，昏昏欲睡，沉浸在软绵绵的惬意中，在就要睡过去的时候，忽然感到有两只手在碰她，便猛地坐起来。原来是打工的雅克，这个小伙子个头儿高高的，是个健壮的庇卡底人，近来一直追求她。这天，他在羊圈里干活儿，看见姑娘到阴凉的坑里躺下，便敛声屏息，蹑手蹑脚溜过来，他两眼闪闪发亮，头发上还挂着草屑。

雅克要搂住姑娘亲一亲，但是姑娘跟他一样健壮，当即扇了他一记耳光。他心里打着鬼主意，却假装求饶。这样，二人并排坐下，随便聊天，谈到气候对庄稼有利，今年可望丰收，谈到他们的雇主，说他是个厚道人，然后又谈到邻居、这一带地方，还谈到他们自己、他们的村子、童年、往事，以及久别的、或许再也见不到的父母。罗丝想起这一切，心中百感交集，而小伙子则抱着坚定的念头，越靠越近，同姑娘挨挨摩摩。罗丝说道：

"好长时间没有见到妈妈了，总是这样分开，实在叫人受不了。"

她两眼出神地远眺，目光穿越空间向北飞驰，一直到她离弃了的遥远的村庄。

小伙子突然搂住她的脖子，又亲了她一口。姑娘朝他的脸狠狠一拳，打得他鼻口流血。他站起来走开，脑袋顶在一棵树干上。见此情景，姑娘心就软了，走到他身边，问道：

"打疼了吗？"

不料他却笑起来。不疼，小意思，只是一拳不歪不斜，打个正着。他咕哝着："真厉害！"不由得又赞赏又敬佩地看着姑娘，心中萌生异样的感情，对这个高个儿健壮的姑娘萌发了真正的爱。

血止住之后，小伙子提议去转一圈，怕这样挨着她待下去，又要挨她的重拳。这回，倒是姑娘主动挽上他的手臂，就像傍晚情侣在林荫道上散步一样。罗丝对他说：

"雅克，你这么瞧不起我，这可不像话呀。"

雅克极力否认。哪里，他不是瞧不起她，不过是爱上她罢了。

"那么，你愿意娶我吗？"姑娘问道。

小伙子犹豫起来，开始从侧面端详她，而姑娘则出神地望着远方。她鲜红的脸蛋儿圆滚滚的，宽宽的胸脯在印花棉布短褂里高高耸立，厚厚的嘴唇特别鲜艳，脖颈几乎全部裸露，沁出细小的汗珠。小伙子看着，把嘴凑到她耳边，低声说道：

“对，我愿意娶你。”

姑娘一听，双臂便搂住他的脖子，同他亲吻，这一吻持续好久，结果两个人都喘不上气来了。

从此，他们之间便开始了那永恒的爱情故事。二人在僻静的角落嬉戏，乘月色到草垛后面幽会，吃饭的时候，在饭桌下还你踢我，我踹你，铁掌大皮鞋给对方的腿上留下不少青紫瘢。

后来，雅克对她似乎渐渐厌腻了，总躲着她，几乎不再同她讲话，也不再跟她幽会了。因此，罗丝疑虑重重，心里十分难过，不久她发现自己怀孕了。

起初她很懊丧，转而又气愤，而且怒火与日俱增，因为雅克总是巧妙地躲避她，怎么也找不到了。

后来在一天夜里，农场的人都入睡之后，罗丝穿着短裙，光着脚，悄悄出屋，穿过院子，推开马棚的门。雅克就睡在几匹马上方一只铺满干草的木箱里，他听见罗丝进来，就假装打呼噜。但是，罗丝爬了上去，跪在旁边不停地推他，一直到他坐起来为止。

雅克坐起来，问道：“你要干什么呀？”

罗丝气得浑身直抖，咬牙切齿地说：“我要，我要你娶我，你答应过同我结婚。”

雅克笑起来，答道：“唉！要是把跟自己发生过关系的姑娘全娶了，那还了得！”

罗丝气极了，一把扼住他的喉咙，将他按倒，让他无法挣脱，边掐他的喉咙，边凑近他的脸，大声嚷道：“我肚子大啦！听清了吧，我肚子大啦！”

雅克喘不过气来，二人就在这寂静的夜里僵持不动，只听见一匹马从草料架上扯干草慢慢咀嚼的声响。

雅克明白她更有力气，便结结巴巴地说：

“那好吧，既然这样，我就娶你。”

可是，姑娘不再相信他的许诺了。

“马上，”她说道，“你马上就请教堂公布结婚预告。”

雅克答道：

“马上。”

“向天主发誓。”

雅克犹豫片刻，接着打定主意：

“我向天主发誓！”

罗丝这才放开手，再也没说什么就走了。

后来几天，她没有机会同雅克说话，马厩的门每天夜晚都上锁了，她还不敢声张，怕事情闹得不可收拾。

不料一天早晨，她看见进来吃饭的是一个新雇工，便问道：

“雅克走了吗？”

“走了，”那人答道，“我来代替他。”

罗丝听了，浑身抖起来，抖得特别厉害，连钩子上的汤锅都摘不下来了。等大家都去干活儿之后，她上楼回到自己房间，怕别人听见，就把脸埋在枕头里哭起来。

这一整天，她尽量打听消息，又避免引起怀疑。不过，她的头脑里总萦绕着自己的不幸，觉得她问到的人无不在窃笑。况且，她什么也打听不出来，只知道雅克一去不复返了。

二

于是，她开始了持续不断的磨难生活，像机器一样干活儿，而根本不想自己在干什么，头脑里只有一个念头：“让人知道就糟糕啦！”

这个念头时时困扰，摆脱不掉，她简直丧失了思考的能力，明明感到丢人的事日益迫近，无法挽赎，像死一样确切无疑，她也不想有什么法子可以避免。

每天，她起床比别人早得多，拿一块她梳头用的破镜子，固执地照着腰身察看，非常焦急地想知道今天会不会叫人看出来。

白天，她时常撂下活儿，从上往下看，瞧瞧大肚子是不是把围裙顶得太高了。

几个月过去了。她几乎不再开口讲话，别人问起什么事她也听不懂，总是惊慌失措，目光呆滞，双手打哆嗦。主人见她这样子，不免说道：

“我可怜的姑娘，这段时间，你怎么这样笨啊！”

她去教堂，也总躲在柱子后面，再也不敢去忏悔，特别怕碰见本堂神甫，以为他有超人的能力，会看透人的内心。

在饭桌上，伙伴的目光，现在令她惶惶不安。她总想象自己的事被小牛倌发现。那孩子懂事早，心眼儿特别鬼，一双发亮的眼睛盯住她不放。

一天早上，邮差给了她一封信。她从未接到过信件，因此心中十分慌乱，不得不坐下来。也许是雅克的信吧？可惜她不识字，对着满是墨迹的纸干着急，不住发抖，最后还是装进兜里，不敢向任何人透露自己的秘密。她干活儿的时候经常停下，对着这封信长时间发愣，看着这一行行间距相等、末尾有签名的字迹，隐约想象自己会突然发现其中的含义。她又焦急又担心，简直要疯了，终于去找小学教师。那人请她坐下，念道：

我亲爱的女儿：

这封信不为别事，专为告诉你我的病情很重。咱们的邻居唐蒂师傅代笔，如果可能，要你回来一趟。

你亲爱的母亲

塞萨尔·唐蒂代笔

罗丝一声未吭便走了。不过，她一看周围没人的时候，就瘫倒在路边上，双腿站不起来，在那儿一直待到天黑。

回去之后，她把家中的不幸告诉农场主。农场主让她回家，住多久都行，这里先临时雇个女佣，等她回来再辞掉。

她母亲生命垂危，就在她到家的当天去世了。次日，罗丝早产，生下一个怀胎七月的男婴。婴儿瘦得只有一副小骨头架，看了叫人打寒战，他似乎总是很难受，蟹爪似的枯瘦可怜的小手一直痛苦地抽搐。

然而，孩子活下来了。

罗丝说她已经结了婚，但是不能带孩子，便把孩子寄养在邻居家。人家答应她好好照看。

罗丝又回到农场。

不过，她久久受到伤害的心中，这时仿佛升起一线曙光，萌生了一种陌生的爱。她对留在家乡的那个弱小生命的爱，甚至成了一种新的痛苦，每时每刻都感受的痛苦，因为她和孩子分开了。

折磨她最厉害的，就是一种强烈的渴望，要拥抱和亲吻孩子，自己的身体要感受他那小身体的温暖。她整天想孩子，到了晚上，她一干完活儿，就坐在炉前凝视火焰，如同神思飞向远方的人那样。

周围的人甚至开始议论她，跟她开玩笑，说她一定有了爱人，并问她那小伙子相貌英俊不英俊，个头儿高不高，家里富不富，什么时候结婚，什么时候要孩子。这些问话像针扎进肉里一样，她受不了，常常跑掉，躲起来独自痛哭。

她要排解这些烦恼，就开始拼命干活儿。她念念不忘孩子，要想方设法为他多攒钱。

她决定卖力气干活儿，迫使雇主给她增加工钱。

于是，周围的活儿，她渐渐都揽过来，致使一名女佣被辞退了，既然她干活儿一个顶两个，那名女佣就多余了。而且，她处处节俭，无论是面包、食油、蜡烛，还是别人大手大脚喂鸡的谷物，或者难免要浪费一点儿的牲口饲料，无不精打细算。她花主人的钱，就像花自己的钱一样吝啬。她还善于讲价钱，能把农场的产品卖贵些，也能挫败农民出售产品时的伎俩，因此，农场里买进卖出、安排雇工劳动、计算食品等事，都由她一人承担了，不久她就成了农场离不开的人了。由于她兢兢业业，细心管理，农场特别兴旺发达。方圆几公里，大家都谈论“瓦兰师傅的女佣”。这位农场主也到处讲：“这个姑娘，真是千金难买啊！”

然而，时光流逝，她的工钱始终未变。她这样拼命干，仅仅被认为是一个忠心的女佣竭诚效力的表现。她有点儿伤心了。每月，她能给主人多攒下五十到一百埃居①，而她每年的工钱，不增不减，依然是二百四十法郎。

她决定要求提高工钱。有三回，她去找主人，可是又谈起别的事。她总不好意思开口要钱，就好像是件丢人的行为。终于有一天，她见主人独自一人在厨房吃饭，便十分尴尬地说想单独跟他谈谈。农场主吃惊地抬起头来，两只手撂在桌上，一只手刀尖朝上拿着刀子，另一只手拿着一小块面包，眼睛盯着女佣。罗丝被他看得心里发慌，就说自己不大舒服，要请一周的假回家一趟。

主人立刻准假，随即同样尴尬地补充一句：

“等你回来，我也要跟你谈谈。”

三

孩子快满八个月了，根本认不出来了。他长得白里透红，脸蛋儿圆滚滚的，浑身胖嘟嘟的，就像一小包肥油。那肉鼓鼓的合不拢的小手指慢慢地摇动，一看就知道他非常舒服得劲。罗丝猛扑上去，真像野兽捕食一般，吻得那么凶猛，吓得孩子哇哇哭起来。这时，她也流下眼泪，因为孩子不认得她了，而见到奶妈就立刻伸出双手。

不过，到了第二天，孩子习惯了她的面孔，见到她就笑了。她把孩子抱到田野，举在面前发疯一般奔跑，然后坐到树荫下，破天荒地打开心扉，尽管孩子根本听不懂，她还是向他倾诉自己的忧伤、劳动、烦恼和希望，同时爱抚又那么凶猛而激烈，简直不让孩子喘口气。

① 埃居：法国古代钱币名。

她用双手揉搓孩子，给他洗澡，给他穿衣裳，从中得到无穷的乐趣。甚至给孩子擦屎洗尿布，她都觉得幸福，就好像这种悉心照料才足以证实她是母亲。她端详着孩子，总奇怪这孩子竟是她的。她抱在怀里一边摇着，一边低声反复念叨："这是我的小乖乖，这是我的小乖乖。"

她一路哭哭啼啼回到农场，刚一到，主人就在屋里叫她。她进去见主人，不知为什么又惊讶又激动。

"坐这儿吧。"农场主说道。

罗丝坐下，二人就这样并排坐了好一会儿，都显得局促不安，胳臂耷拉着，不知往哪儿放，而且谁也不看谁，完全是乡下人见面的那种样子。

农场主有四十五岁，是个胖子，两次丧偶，性情又快活又倔强，此刻他一反往常，明显地感到很拘束。他终于决定开口了，但是吞吞吐吐，眼睛望着远处的田野，好像心不在焉的样子。

"罗丝，"他说道，"你就从来没有想有个家吗？"

罗丝的脸霎时惨白，像死人一般。农场主见她不说话，就继续说道：

"你是个诚实的姑娘，又规矩，又勤劳，又节俭。娶上你这样的老婆，准能发家。"

罗丝坐那儿一动不动，就好像大祸要临头，她眼神惶恐，思想一片混乱，甚至不想弄明白对方的意思。农场主停了一下，接着说道：

"要知道，一个农场没有女主人，总是不行的，哪怕有一个像你这样的女佣也好啊。"

他住了口，不知再说什么好。而罗丝惊恐万状，就好像面对一个杀人凶手，看对方稍有举动就赶紧逃跑。

五分钟过去了，他又问一句：

"怎么样，行吗？"

罗丝懵头懵脑地答道：

"什么，东家？"

于是，他突然说道：

“当然是嫁给我啦！”

罗丝忽地站起来，随即又瘫倒在椅子上，一动不动了，如同一个遭了大难的人。农场主终于不耐烦了：

“喂，快说，你究竟要怎么样啊？”

罗丝惊慌失措，一直望着他，继而，眼泪一下子涌上来，她哽咽着连说两遍：

“我办不到！我办不到！”

“为什么？”男人问道，“好啦，别犯傻了，我容你考虑到明天。”

他赶紧走掉。迈出了这最难的一步，他如释重负，确信到了次日，他的女佣准会接受。这桩婚事，对女方来说完全出乎意料，而对他来说，则是一桩好买卖，能永远拴住这个给他带来的收益要超过当地最好陪嫁的女人。

况且，也无须顾虑他们之间的门户之别，因为在乡下，差不多人人平等。农场主也像雇工一样干活儿，迟早雇工也会变为主人，同样，女佣随时可能当上女主人，但这丝毫也不会改变他们的生活和习惯。

罗丝通宵未眠。她精疲力竭，回屋就一屁股坐到床上，连哭的气力都没有了，呆呆地坐在那里，躯体丧失感觉，思想也散乱了，如同让人用弹羊毛床垫的工具给扯碎了。

破碎凌乱的思绪，偶尔也能聚拢一下，她一想到可能发生的事情，就吓得魂不附体。

她越来越恐惧，在小楼一片寂静中，厨房的大座钟每次慢悠悠地打点，都要吓得她出冷汗。她的头脑昏乱迷眩，噩梦一幕幕接连不断。蜡烛熄了，这时神志开始迷乱。这种不可捉摸的精神昏乱，是乡下人时常有的现象，他们以为遭了厄运，极想狂走，极想逃离，避开不幸，如同航船逃避风暴一样。

一只猫头鹰啼叫。她打了个寒战，站起身来，双手捂住脸，再插进头发里，又发疯似的抚摸全身，继而，她跟梦游一般，走下楼去。到了院子里，她就趴到地上，往前爬行，怕被出来闲走的雇工撞见，因为快要西沉的月亮还照亮着田野。她没有打开栅栏门，而是翻过沟沿儿出去，眼前便是一片田野，这才站起来离开。她一路小跑，直往前奔，不时下意识地尖叫一声。她那异乎寻常的巨影贴着地面，跟她一起奔逃。有时一只夜鸟飞过来，在她头上盘旋。农家院里的狗听见她经过，纷纷狂吠，有一条甚至跳过护院沟，追上来要咬她。她猛然掉过头去，冲狗吼叫，吓得它逃之夭夭，钻回窝里不敢吭声了。

有时，一窝小野兔在一块田里嬉戏，不过，这个疯女人一像谵妄的狄安娜①一样狂奔过来，这些胆小的动物便四处逃散。小兔和兔妈妈伏在垄沟里隐蔽，而兔爸爸则撒腿飞跑，它那竖起大耳朵蹿跳的身影，从西沉的月亮上闪过。此时，月亮已经到达世界的边陲，光线斜射在平野上，仿佛放在天边的一盏巨大的灯笼。

星辰在深邃的天空中隐没。几只鸟雀叽叽喳喳叫起来。天色渐渐亮了。姑娘喘息着，已经跑得筋疲力尽，在旭日冲破紫红色的朝霞时，她才停下脚步。

双脚肿了，再难移步。这时她望见一片水塘，那是一片死水，映着新的一天的霞光，血红血红的。她双手捂脸，一瘸一拐地小步走过去，要将两条腿浸入水中。

她坐到一丛草墩上，脱下满是尘土的笨重的鞋子，再脱下袜子，将发青的小腿浸入时而冒气泡的静止的水中。

一种惬意的清凉感从脚跟传至喉头，她眼神发直，凝视着这片深水塘，忽然感到一阵眩晕，产生一种强烈的愿望，要沉入这水底。沉入水中，痛苦就到头了，永远结束了。她不再考虑孩子，而是要安宁、要完完全全地休息，无休无止地长眠。于是她站起来，举起双臂，朝前走了两步，现在水没到大腿，她正往下冲，猛然感到踝骨剧烈的刺痛，又不由自主地往后跳一步，并惨叫一声，原来从她膝盖一直到脚尖，黑压压叮满了长蚂蟥，吸她的血而膨胀起来。她不敢触碰，只是恐怖地号叫，

① 狄安娜：罗马神话中的女神，即希腊神话中的阿耳忒弥斯。

这凄惨的叫声把一个在远处赶车的农民吸引了过来。他把蚂蟥一条条取下来，用草敷住伤口，再赶车把这姑娘送回她受雇的农场。

罗丝病倒了半个月，在能起床的那天早晨，她正坐在门口，农场主突然来了，站到她面前说道：

"怎么样，这事就算定了，对不对？"

罗丝没有立刻回答，可是他站在面前，眼睛盯住她不放，她才吃力地说道：

"不行，东家，我办不到。"

农场主一听就火了：

"你办不到，姑娘，你办不到，为什么？"

罗丝又哭起来，重复道：

"我办不到。"

农场主凝视她，劈面喊道：

"这么说，你有了情人？"

罗丝羞得发抖，结结巴巴地回答：

"也许是这样吧。"

这男人满脸涨得通红，气得舌头都不灵便了：

"哼！现在你承认了，浪货！那家伙是个什么东西？是个要饭花子，是个穷光蛋，是个流浪汉，是个饿死鬼？你说说，到底是个什么东西？"

他见姑娘不吭声，就接着说：

"哼！我是不愿意……我替你说出来吧，就是若望·博度吧？"

姑娘高声说：

"唉！不对，不是他！"

"那就是皮埃尔·马尔丹啦？"

"也不是，东家。"

一怒之下，他把当地的小伙子都数遍了，而罗丝精神颓丧，一一否认，不断用蓝围裙的角擦眼睛。然而，这汉子是个粗人，非常固执，一定要刨根问底，挖出她心中的秘密，如同猎狗闻到洞里野兽的气味，就一整天用爪子刨土，非要把野兽挖出来不可。突然间，他叫起来：

“哦！对了，是去年那个雇工雅克呀，怪不得别人说，他总跟你讲话，你们约定要结婚的。”

罗丝喘不上气来，热血涌上来，满脸涨红，而眼泪却突然枯竭了——泪珠挂在面颊上很快就干掉，犹如水珠落到烧红的铁块上。她高声否认：

“不对，不是他，不是他！”

“你这话有准儿吗？”这个狡猾的农民问道，显然他多少嗅到了一点儿真相。

罗丝赶紧回答：

“我向您发誓……我向您发誓……”

她考虑要指什么发誓，却又不敢端出神圣的事物。农场主打断她的话：

“可是，他总随你往偏僻的角落里钻，一到饭桌上，他那眼睛就要把你吃掉。说，你是不是答应他啦，嗯？”

这回，她看着东家的脸：

“不，绝没有，绝没有，我指着天主向您发誓，他今天就是向我来求婚，我也要拒绝。”

她那样子显得极为诚恳，倒叫农场主犹豫起来。他仿佛自言自语地又说道：

“这就怪了，怎么回事呢？你并没有发生什么不幸，否则大家都会知道。如果没有什么重大缘故，一名女佣是不会拒绝东家的。这里面肯定有什么名堂。”

罗丝再也不回答什么了，她惶恐得已经喘不上气来。

农场主又问了一声：“你一点儿也不愿意吗？”

罗丝叹道：“我办不到，东家。”农场主转身走掉了。

她以为总算摆脱了这件事，因而这一天过得相当平静，不过也感到疲惫不堪，浑身散了架，就好像她代替了那匹老白马，一大清早就上了套，拉着脱粒机转了一整天。

她早早上床，一躺下就睡着了。

半夜里，有两只手摸索她的床铺，把她弄醒了。她吓了一大跳，但是马上听出东家的声音。东家对她说：“不要怕，罗丝，是我，我来找你谈谈。”

罗丝先是感到诧异，然后很快就明白他的来意，于是浑身开始剧烈地颤抖。此刻她睡眼惺忪，感到在黑夜中孤立无援。她不情愿，这是肯定的，然而她也半推半就，须知她还要同天性淳朴的人那种特别强烈的本能搏斗，而她这种性情被动柔弱的人又优柔寡断，不能受到意志的有力保护。

他们一起生活了。

一天早上，农场主对她说：“我已经让教堂公布结婚预告，咱俩下个月办喜事。”

罗丝没有回答。她能说什么呢？她也毫不抵抗。她又能怎么做呢？

四

罗丝嫁给了东家，就觉得自己掉进够不到边沿儿的深坑里，永远也爬不出去，而各种各样的苦难祸殃，像巨石一般悬在头顶，随时都可能砸下来。她总觉得丈夫是她偷来的人，早晚有一天他会发觉。她也想到自己的孩子，那是她在人间整个不幸的源泉，但也是她全部幸福的源泉。

每年她去看孩子两次，每趟回来神情都更加忧郁。

不过，久而久之就习惯了，她的种种忧惧渐渐缓解，心情也平静下来，在生活中信心增加，只是心头还隐约飘浮着某种担忧。

日子一年一年过去，孩子长到六岁。现在，罗丝觉得相当幸福美满了，不料农场主的心情却突然恶化了。

这两三年他就好像担心什么，心头烦恼，一种隐忧逐渐滋长。吃过晚饭，他还久久待在那里，双手捧着头，愁眉苦脸，闷闷不乐，一颗心受着悲苦的啮噬。他讲话比以前急躁了，有时还很粗暴，好像对他妻子也有了成见，回答她的话时恶狠狠的，带着几分火气。

有一天，邻家的孩子来取鸡蛋，罗丝正忙着活儿，对孩子不大客气。她丈夫突然来到面前，没好气地对她说：

“这要是你的孩子，你就不会这样对待了。”

罗丝一时瞠目结舌，回答不上来，继而她回屋去，从前的种种忧惧都从心头醒来了。

吃晚饭时，丈夫不同她说话，连看也不看一眼，好像厌恶她，瞧不起她，好像他终于知道了什么情况似的。

罗丝不由得惊慌失措，吃完饭不敢和丈夫单独待在一起，就赶紧溜走，朝教堂跑去。

天黑了，狭窄的殿堂非常昏暗。不过，在一片寂静中，圣坛那边有脚步声，原来是圣器管理员去点燃圣体龛前的长明灯。那一豆大摇曳的灯光，虽然淹没在拱顶下的黑暗中，在罗丝看来却好似最后一线希望。她注视着那灯火，扑通一下跪倒在地。

随着一阵铁链声响，那盏幽幽的长明灯又被吊上半空。接着，石板地响起木底鞋的跳动声以及拖动绳子的窸窣声。那口小钟将夜晚的三钟经的幽鸣送进逐渐扩展的暮霭中。圣器管理员要出去的时候，罗丝追上去，说道：

“本堂神甫先生在他住所吗？”

那人答道：

“我想在的，他总是在敲三钟经时吃晚饭。”

于是，罗丝哆哆嗦嗦地推开神甫住宅的栅栏门。

神甫正在吃饭，他立刻请罗丝坐下，说道：

“是啊，是啊，我知道了，您的来意，您丈夫已经同我谈过了。”

可怜的女人几欲瘫倒，神甫又说道：

“您想怎么办呢，我的孩子？”

他一匙一匙快速地喝汤，汤水一滴滴落到被肚子顶起来的油污污的教袍上。

罗丝不敢再说什么，也不敢恳求和哀告，她起身要走。本堂神甫对她说：

“坚强点儿……”

罗丝离开了。

她回到农场，却不知道自己在干什么。东家等着她。在她出去这会儿，雇工们吃完饭走了。她扑通一声跪到他面前，泪如泉涌哀吟着问道：

“你究竟怪我什么呀？”

她丈夫骂骂咧咧地嚷道：

“怪你没生孩子！一个人娶老婆，可不是要这样孤孤单单，两个人守到死。我就是怪这个。母牛不下犊子，就一钱不值。女人不生孩子，同样一钱不值。”

她边哭边结结巴巴地重复道：

“这不是我的错！这不是我的错！”

丈夫的态度和缓一点儿，又说道：

“我也没说是你的错，不过，这总归叫人不痛快。”

五

从这天起，罗丝只有一个念头——生一个孩子，再生一个。她把这个愿望告诉了所有人。

街坊大嫂教她一个法子，每天晚上，给她丈夫喝一杯放一撮炉灰的清水。农场主照办了，然而，这个法子没有奏效。

夫妻二人商议：“也许还有别的秘方吧。”他们到处打听，又听说四十公里远住着一个老羊倌。有一天，农场主就套上两轮轻便马车，动身去向那人讨教。老羊倌给他一个画了符的面包。那个面包掺了草药，夫妻二人在夜里要各吃一小块。

面包吃光了还是毫无结果。

一位教师向他们透露乡下人不知道的秘方，并说绝对灵验。可是，一样也未见灵验。

本堂神甫建议去费冈朝拜圣血。罗丝去了，同一大群人在修道院里跪拜，她的心愿同那些农民心中发出的粗俗愿望搅在一起，恳求众人都哀告的那一位让她再怀一次孕。然而徒劳。于是她想象这是对她第一次错误的惩罚，心中随即产生了无限痛苦。

她忧心如焚，人也瘦了。她丈夫也见老了，随着希望一个个落空，精力渐渐衰竭，如同人们所说“耗费了心血”。

这样，夫妻间就开战了。丈夫骂妻子，打她，成天找她的碴儿。夜间上了床，他气喘吁吁，又咬牙切齿，侮辱和脏话劈面抛给妻子。

一天夜晚，他实在想不出新花样来折磨妻子，就吩咐她起床，到门外雨中站到天亮。罗丝不听，他就掐住她的脖子，用拳头捶她的脸。罗丝一声不吭，一动不动。他气急败坏，跳起来，用膝盖压住她的肚子，牙齿咬得嘎嘣响，气得发了疯，狠命打她。罗丝突然绝望地反抗，猛地一用力，把他推到墙上，她忽地坐起来，说话都变了调，声音嘶哑地说：

“我生了一个孩子，哼！我生过一个！是跟雅克生的，那个雅克你认识。他本来要娶我，可是他溜掉了。”

丈夫愕然，愣在那里，同他妻子一样万分冲动，他结结巴巴地说：

“你，你说什么？你说什么？”

这时，妻子痛哭流涕，泪如雨下，边哭边结结巴巴地说：

“就因为这个，我才不能嫁给你，就因为这个。当时我又不能跟你说，说了你会把我赶走，让我和孩子没饭吃。你就没有孩子，没有，你不懂做父母的苦衷，你不懂！”

丈夫越来越惊讶，机械地重复：

“你有个孩子？你有个孩子？”

妻子边哽咽边说：

“是你硬要跟我结婚的，我根本就不愿意嫁给你，你大概完全清楚了吧？”

这时，丈夫下了床，点亮蜡烛，背着手在屋里走来走去。妻子倒在床上，仍然在哭泣。他走到妻子面前，突然站住，说道：“这么说，我跟你没有孩子，应当怪我啦？”对方没有回答。

他又来回走动，继而重又站住，问道：

“你那小家伙几岁啦？”

罗丝咕哝道：

“快满六岁了。”

他又问道：

“你为什么不告诉我呢？”

罗丝呻吟道：

“我能告诉你吗？”

他站在原地不动。

“好吧，你起来。”他说道。

罗丝吃力地爬起来，靠着墙下了地。她丈夫突然哈哈大笑，笑声跟他在快活的日子里一样粗犷。他见妻子还是心慌意乱，这才补充说：

“好吧，既然咱们俩生不了孩子，那就去接那个孩子吧。”

罗丝一听，魂飞天外，要不是浑身绵软无力，她肯定会拔腿逃跑，可是，农场主却搓着双手，低声说道：

“本来我就想领一个，现在可有啦，现在可有啦。我还找过本堂神甫，要领个孤儿。”

他大笑不止，又亲亲妻子的两边脸蛋儿，见妻子泪流满面，痴呆呆的，就像怕她听不见似的，高声喊道：

“走哇，孩子他妈，去看看还有没有菜汤，有一锅我也能喝下去。”

罗丝穿上裙子，夫妇二人走到楼下。就在妻子跪着又点燃灶下的火时，丈夫心花怒放，在厨房继续大步流星地来回走，嘴里还反复念叨：

“嘿，老实说，这事真叫我高兴，我可不是嘴上说说，而是真高兴，我太高兴啦！”

（李玉民　译）

图瓦纳

一

周围十法里的人都认识图瓦纳老爹，胖子图瓦纳，“纯烧酒”图瓦纳，绰号“加糖烧酒”的安图瓦·马什布莱，旋风村的小酒店老板。

他使这个小村子出了名。村子深陷在山谷里；这山谷往下通到大海。可怜的小村庄由十户诺曼底的农家组成，周围是沟壑和树木。

这些房子蜷缩在杂草和荆豆丛生的山沟沟里，在一道弧形的山冈背后，旋风村的地名就是从这山冈来的。这些房子似乎在这个山沟里找到一个隐蔽处所，有如鸟儿在暴风雨的日子藏在垄沟里，躲避呼啸的海风——海湾带咸味的劲风，这风像火一样能啃啮和烧掉东西，又像冬天的霜冻一样能使东西干燥和毁掉。

但是，整个村子似乎是安东尼·马什布莱的产业。他的绰号是“加糖烧酒”，人们也时常管他叫图瓦纳或者“纯烧酒”图瓦纳，后者来自他不断使用的一句话：

“我的纯烧酒在法国要数第一。”

他的纯烧酒自然就是他的白兰地了。

二十年来，他以他的纯烧酒和加糖烧酒来解本地人的酒瘾，每当有人问他：

“图瓦纳老爹，咱们喝什么呀？”

他一成不变地回答：

“来杯加糖烧酒吧，我的姑爷，又暖肚，又清脑；对身体来说，没有更好的东西了。”

他习惯管所有人都叫“我的姑爷”，虽然他从来没有出嫁的女儿或待嫁的女儿。

啊！是的，大家都认识“加糖烧酒”图瓦纳，这个全乡甚至全区最肥胖的人。他的小房子仿佛嘲弄般地太狭窄、太低矮，容不下他。看到他整天站在门口，会纳闷他怎么能走进他的家。每当出现一个客人，他便进屋去，因为他有权受到邀请，在每个到他店里来的人所喝的酒中提取一小杯酒。

他的酒店招牌是“聚友居”，而他，图瓦纳老爹，也确是全乡之友。费康和蒙蒂维利埃的人来看他，听他讲话，乐上一乐，因为这个胖子能把一块墓碑逗笑。他有办法取笑人而不使他们生气，眨眨眼睛表达他没说出来的话，乐极时拍拍大腿，每次都引得你不由自主地笑痛肚子。单单看他喝酒，也是稀奇好玩的。只要有人给他喝酒，他都喝下去，并且什么酒都喝，狡猾的目光里含有快乐，来自双重乐趣的快乐，先是狂饮的乐趣，然后是喝了酒还可以捞钱的乐趣。

当地爱开玩笑的人问他：

“图瓦纳老爹，为什么你不把大海也喝下去？”

他回答：

“有两件事妨碍我：第一，海水是咸的；第二，必须把它装在瓶子里，因为我的肚子使我弯不下腰来，不能在这只杯子里喝！”

还有，可得听他跟他老婆吵架！简直是一出喜剧，花钱买票看也心甘情愿。他们结婚三十年来，天天都要拌嘴。只不过图瓦纳嘻嘻哈哈，他的老婆大动肝火。她是一个高大的农妇，走路迈着长脚鹬的大步子，瘦削而扁平的躯体上，扛着一只发怒的猫头鹰脑袋。她在酒店后面的小院子里养鸡，消磨时间，而且她以善于养肥家禽声名在外。

费康的大户人家请客，要让宴席值得一尝，就得吃上图瓦纳大妈喂养的一只母鸡。

但是她生来脾气坏，始终对一切都不满意。她对全世界有气，特别怨恨她的丈夫。她怨恨他的快活脾气，怨恨他有名声，怨恨他身体健康和肥胖。她把他看成废物，因为他什么事不做就赚钱；把他看成饭桶，因为他吃喝顶得上十个平常人。没有一天她不是怒气冲冲地说：

“像这样一头猪，撂在猪圈里不是更合适吗？这一身肥肉，看了叫人恶心。”

她冲着他的脸喊道：

“等着瞧，你等一等，咱们会看到出事的，咱们会看到的！这样虚胖，早晚会像种子口袋一样撑破完蛋。”

图瓦纳开怀大笑，拍着肚子，回答说：

“喂！母鸡大妈，我的薄板儿，设法把母鸡也养得这样肥吧。你倒试试看。”

他把袖子卷起，露出粗大的胳臂：

“瞧瞧这翅膀，大妈，瞧瞧这翅膀。”

顾客们用拳头捶着桌子，笑得前仰后合，用脚跺着地面，乐得发狂，往地上吐唾沫。

气急败坏的老女人又说：

“等着瞧……等着瞧……咱们会看到出事的……早晚像种子口袋一样撑破完蛋……”

在喝酒的人的笑声中，她怒不可遏地走开了。

图瓦纳确实令人看了吃惊，他变得这样臃肿、肥胖、红通通、气喘吁吁。他是这样一种大块头，死神似乎在他们身上寻开心，用诡计、戏谑、滑稽的恶毒言语，使它缓慢的毁灭工作有着令人抵挡不住的可笑。死神在别人身上从白发、瘦骨嶙峋、皱纹日益增长和体衰力弱中显现出来，这种衰弱令人打个寒噤说：“天哪！他容颜大变！”它对图瓦纳可不一样，它把他养肥，让他变得又可怕又逗人，给他涂上红蓝两色，把他吹胀，给他超人的健康的表面，以此为乐；它给所有其他人强加的变形，在他身上变成可笑滑稽，令人开心，而不是凄惨可怜。

“等着瞧，等着瞧，”图瓦纳大妈一再说，“咱们会看到出事的。”

二

图瓦纳果然中风了，瘫痪在床。人们让这个大胖子躺在酒店隔板后面的小房间里，这样他能听到隔壁人们说话，又能和朋友们交谈，因为他的脑子仍然是清醒的，而他的身体，巨大的身体，不可能移动，不可能抬起来，它已受到瘫痪的打击。开始，还希望他的粗腿会恢复一点儿活力，可是这种希望不久便消失了，“纯烧酒”图瓦纳日日夜夜都在床上度过，每星期拾掇一次床，靠了四个邻居的帮助，抓住他的四肢，将酒店老板抬起来，以便把他的草褥子翻个身。

然而他仍旧很乐观，不过是不同的乐观，较为胆怯，较为谦卑，面对妻子带着小孩的害怕。她整天叽叽喳喳地说：

“瞧瞧这个脏胖子，瞧瞧这个饭桶，这个懒汉，这个胖醉鬼！真脏，真脏！”

他不再回答。他仅仅在老女人的背后眨一眨眼，在床上翻个身，这是他唯一能做的动作。他管这个叫“往北走”或者“往南走”。

他如今最大的消遣是倾听酒店里的人谈话，当他认出朋友的声音时，隔着隔板和他们说话。他叫道：

“喂，我的姑爷，你是塞莱斯坦吗？”

塞莱斯坦·马卢瓦塞尔回答：

“是我，图瓦纳老爹。你又能跑了吗，胖兔子？”

“纯烧酒”回答：

“跑还不行呢。可是我一点儿没有见瘦，身子骨好着呢。”

不久，他把最亲密的几个人叫到他卧室里，他把他们当作伴儿，虽然他看到别人喝酒没有他的份儿，心里挺难受。他一再说：

“我的姑爷，不能尝尝我的纯烧酒，叫我难受死了，真他妈的。别的我还能有口福，但是，不能喝酒，叫我难受死了。”

图瓦纳大妈的猫头鹰脑袋出现在窗口。她叫道：

“瞧瞧他，瞧瞧他，在这种时候，这个懒胖子，还要养着他，还要给他洗，还要像头猪一样给他弄干净。”

老女人走开以后，有时候一只红羽毛的公鸡跳到窗口，睁着圆圆的、好奇的眼睛，张望屋内，然后发出响亮的打鸣声。也有时候，一两只母鸡一直飞到床脚下，在地上寻找面包屑。

不久，“纯烧酒”图瓦纳的朋友们不再坐在店堂里，每天下午都过来坐在大胖子的床边聊天。图瓦纳这个爱开玩笑的人，虽然躺卧在床，还能给他们逗乐。这个机灵鬼，说不定会逗笑魔鬼呢。这三个人天天出现：塞莱斯坦·马卢瓦塞尔，瘦高个儿，像苹果树干一样身子有点儿扭曲；普罗斯佩尔·奥拉维尔，矮小干瘦，长个老鼠鼻子，像狐狸一样狡猾诡诈；塞泽尔·波梅尔，从来不说话，可是仍然爱作乐。

他们从院子里搬来一块木板，架在床边，大家玩多米诺骨牌，见鬼，玩得兴致勃勃，从两点玩到六点。

但是图瓦纳大妈不久就变得忍耐不住了。她绝对不能容忍她的肥胖的懒惰丈夫在床上玩骨牌，继续消遣；每当她看到牌局开始了，便怒不可遏地冲进来，掀翻木板，抓起骨牌，拿回酒店，宣称养着这个什么事也不做的大胖子已经够受了，她不能看到他继续取乐，那就像在嘲弄整天干活儿的可怜人。

塞莱斯坦·马卢瓦塞尔和塞泽尔·波梅尔耷拉着头，而普罗斯佩尔·奥拉维尔却在刺激老女人，觉得她的怒气好玩。

有一天，看到她比平日更加怒气冲冲，他对她说：

“呃，大妈，您知道，如果我是您，我会做什么吗？”

她对他瞪着猫头鹰的眼睛，等待他做解释。

他又说：

“您的男人绝不下床，像炉子一样热烘烘的。要是我，我就叫他孵鸡蛋。”

她愣住了，心想他在跟她开玩笑，端详这个农民瘦削而狡猾的脸。他继续说：

“我会在他的一只胳膊底下放上五个，在另外一只胳膊底下也放上五个，同一天我让一只母鸡孵蛋。孵出来之后，我把您的男人孵出的小鸡抱给您的母鸡抚养，大妈，这就给您添上一窝家禽。”

老女人目瞪口呆，问道：

“这能行吗？”

那人回答：

“能行吗？干吗不行？既然在暖箱里也能孵出小鸡，也就可以放在一张床上孵啦。”

这番道理打动了她，她气消了，若有所思地走开。

一个星期以后，她兜着满满一围裙鸡蛋，走进图瓦纳的卧室。她说：

“我刚把黄母鸡和十个鸡蛋放进窝。这是给你的十个。尽量小心别压碎了。”

图瓦纳慌了神，问道：

“你要干吗？”

她回答：

“我要你孵鸡蛋，没用的家伙。”

他先是笑起来；由于她坚持，他生气了，抗拒不从，坚决不肯让人将这窝鸡蛋放到他肥胖的胳膊底下，借他的体温来孵化。

但是老女人火冒三丈，表示：

“你不肯孵小鸡，就甭想吃烩肉。咱们走着瞧吧。”

图瓦纳惶恐了，一声不吭。

他听到晌午的钟声敲响时，叫道：

“喂，老太婆，汤煮好了吗？”

老女人在厨房里喊道：

“没有你的汤，懒胖子。”

他以为她在开玩笑，等了一会儿，然后他恳求、哀告、咒骂，绝望地“往北走”和“往南走”地翻身，用拳头捶着墙壁，最后只得认命，让人把五个鸡蛋塞进被窝，贴着身子的左侧。然后他才有汤吃。

当他的朋友们来到时，他们以为他的病加重了，他显得非常古怪和不自在。

同每天一样，大家玩骨牌。可是图瓦纳似乎一点儿不感兴趣，手伸出去的时候慢吞吞的，小心翼翼。

“你的胳膊伸不开啦？”奥拉维尔问。

图瓦纳回答：

“我肩膀上似乎有东西坠着。”

突然，传来有人走进酒店的声音。玩牌的人沉默下来。

是村长和他的助理。他们要了两杯纯烧酒，开始谈起村里的事务。由于他们在低声说话，“加糖烧酒”图瓦纳想将耳朵贴在墙上，忘记了他的鸡蛋，他蓦地来了一个“往北走”，压在一摊鸡蛋上。

听到他的咒骂声，图瓦纳大妈跑来了，猜到出了事，一下子揭开被窝。面对贴在她男人肋部的黄膏药，她先是一动不动，气愤填膺，激动得透不过气来，以至于说不出话。

然后，她气得哆嗦，扑向瘫痪的人，一拳又一拳打在他的肚子上，恰如她在池塘边洗衣服那样。她的双手好像兔子击鼓时的两只爪子，一上一下快速起落，发出沉闷的响声。

图瓦纳的三个朋友笑得喘不过气来，又是咳嗽，又是打喷嚏，又是喊叫。惊慌失措的大胖子小心地抵挡老婆的攻击，以免再压碎身子另一边的五个鸡蛋。

三

图瓦纳被制服了。他只得孵鸡蛋，放弃玩多米诺骨牌，放弃一切活动，因为他每次压碎一个鸡蛋，老女人就凶狠地剥夺他的食物。

他平躺着，眼睛望着天花板，纹丝不动，两只胳膊像翅膀似的抬起，紧贴着白蛋壳，来烘里面的鸡胚胎。

他说话压低了声音，仿佛对声音也像对动作一样感到害怕，而且对那只在鸡窝里做着同他一样工作的黄母鸡很关心。

他问他的妻子：

“黄母鸡今儿个吃东西了吗？”

老女人看完了她的母鸡去看她的男人，看完了她的男人去看她的母鸡，像着迷一样，一心想着在床上和鸡窝里长成的小鸡。

知道这件事的当地人既好奇又认真，前来打听图瓦纳的消息。他们蹑手蹑脚地进来，就像走进病室，关切地问：

“怎么样，好不好？”

图瓦纳回答：

“好倒是好，不过我感到痒痒，烘烘热。皮肤上像有蚂蚁在爬。”

但一天早上，他的妻子很激动地走进来宣布：

“黄母鸡孵出了七只。有三个蛋是坏的。”

图瓦纳感到他的心怦怦地跳。——他呢，他能孵出几只？

他问：

“是不是快了？”说的时候带着就要做母亲的女人的焦急神态。

老女人担心不成功，气呼呼地回答：

“应该是吧！”

他们等待着。朋友们得到消息说时间临近了，不久都跑来了，也惴惴不安。

人们在家里谈论着这件事，还跑到邻居家打听消息。

将近三点钟，图瓦纳睡着了。现在他白天也要睡上半天。他突然被右臂底下一阵没有过的痒痒弄醒了。他赶紧用左手去摸，抓住了一只全身黄绒毛的动物，在他手里乱动。

他激动得喊叫起来，松开小鸡，小鸡在他的胸脯上奔跑。酒店挤满了人。酒客跑过来，冲进卧室，围成一圈，好像围住一个卖艺的人。老女人过来小心翼翼地捧起缩在丈夫胡子中的小动物。

谁也不说话了。这是四月里炎热的一天。从打开的窗子外传来黄母鸡召唤刚出生的小鸡的咯咯声。

图瓦纳激动、焦虑和不安得出汗，喃喃地说：

“这会儿在左臂底下又有一只。”

他的妻子把她干瘦的大手伸进被窝，以助产婆细心的动作捧出第二只小鸡。

乡亲们都想看看。大家把小鸡传来传去，仔细端详一番，仿佛这是一样稀罕的东西。

在二十分钟之内一只也没有再出生，然后四只小鸡同时破壳而出。

在场的人发出一阵喧闹声。图瓦纳在微笑，对自己的成功感到高兴，开始对这种奇特的父亲身份觉得自豪。毕竟不大见到像他那样的情况。他确实是个不同寻常的人！

他宣布：

“一共是六只。他妈的，洗礼可热闹了！”

大伙儿中间爆发出哄然大笑。店堂里挤满了人，还有人等在门口。他们互相打听：

“一共是几只呀？”

“六只。”

图瓦纳大妈将这一窝新生下的小鸡送到母鸡那里，母鸡狂叫起来，竖起羽毛，大张开翅膀，保护增大的子女队伍。

“又有一只！”图瓦纳嚷道。

他搞错了，是三只！大获成功！最后一只在晚上七点破壳而出。所有鸡蛋都是好的！图瓦纳快乐得发狂，得到解脱，感觉荣耀，吻着这只脆弱动物的背，差点儿用嘴唇把它闷死。他想把这一只留在床上，直到第二天；他对这个他给了生命的小生物，产生了一种母爱的柔情。但是老女人不顾她男人的恳求，像拿其他小鸡一样把它拿走了。

在场的人十分快活，走时猜测着后事如何。奥拉维尔留在最后走，问道：

“喂，图瓦纳老爹，烩第一只鸡的时候，你要邀请我呀。”

想到烩肉块，图瓦纳的脸放出光彩，大胖子回答：

“我一准请你，我的姑爷。”

（郑克鲁　译）

绳　子

——献给阿里·阿利斯

戈德维尔周围的每一条大路上，农民和他们的妻子都纷纷赶往这个村镇；因为这是集市开张之日。男人们迈着平稳的步子，长长的罗圈腿每跨一步，整个身子就向前探一下。腿变形是由于艰苦的劳动：压住犁的时候，使左肩耸起，同时歪着身子；割麦子要分开双腿，保持稳固的平衡；地里的活计既慢悠悠又很艰辛。他们的蓝布罩衫——上过浆，闪闪发亮，仿佛涂过清漆，领口和袖口用白线绣上小小的图案——罩在瘦骨嶙峋的上半身上，鼓胀着，仿佛一只要飞升的气球，从中伸出一个脑袋、两条手臂和两只脚。

有的人牵着一头母牛或者一头小牛。他们的妻子跟在牲口后面，用一根还带着叶子的树枝抽打牲口的腰部，催牲口快走。她们手臂上挎着大篮子，这边冒出几个鸡脑袋，那边冒出几个鸭脑袋。她们走路的步子比男人的小而快，干瘦的身子挺直，裹着一条窄小的披巾，用别针别在扁平的胸脯上；头上贴着头发裹着一块白布，再戴上一顶软便帽。

一辆带长凳的马车经过，小马一颠一颠地小跑，古怪地摇晃着并排坐的两个男人和一个坐在里面的女人，那个女人为了减轻剧烈的颠簸，抓住车沿。

在戈德维尔的广场上，有一大群人，人和牲口混杂在一起。牛角、富裕农民的长毛绒高帽子和农妇的便帽在人海中涌动。尖锐刺耳的喊叫声形成一片连续不断的粗声大气的喧嚣，有时，一个乐不可支的庄稼汉从健壮的胸膛发出的大笑，盖过了这嘈杂声，或者这嘈杂声中传来拴在墙边的一头母牛拖长的哞叫。

这儿的一切有着牲口棚、牛奶、厩肥、干草和汗水的气息，散发出人和牲口，特别是庄稼人身上难闻的酸臭味。

布雷奥泰村[①]的奥什科纳师傅刚刚到达戈德维尔，朝广场走去，这时他看到地上有一小段绳子。奥什科纳师傅是道地的诺曼底人，十分节俭，认为凡是有用的东西都应该捡起来；他艰难地弯下腰，因为他患风湿病。他从地上捡起那段细绳，正准备仔细地卷起来，这时他看见马具及皮件商人马朗丹在店门口望着他。他们以前为了一个笼头有过纠纷，他们俩都是记仇的人，彼此一直有气。奥什科纳师傅被仇人看见自己在烂泥地上寻找一段绳子，觉得丢脸。他赶紧把捡到的东西藏在罩衫底下，然后又藏在裤兜里；接着他假装在地上寻找什么东西，就是找不到，他脑袋朝前，由于疼痛，弯着腰，向市场走去。

他随即消失在喊叫着、慢慢移动、无休无止地讨价还价、激动异常的人流中。农民摸摸母牛，走后又回来，三心二意，总是担心受骗，始终拿不定主意，窥探卖主的眼神，不断地试图发现卖主的诡计和牲口的缺点。

女人们把大篮子放在脚边，从中取出眼神惊慌、头冠通红、双脚捆住的家禽，放在地上。

她们听了顾客的还价，神情古板，脸色冷漠，仍维持原价；或者突然决定同意还价，向慢慢走开的顾客喊道：

“就这样吧，昂蒂姆师傅。我卖给您了。”

广场上人渐渐少了，教堂敲响午祷钟声，住得太远的人分散住到客店里。

在儒尔丹的客店，大厅挤满了吃饭的人，宽敞的院子停满了各种车，有平板车、两轮篷车、带长凳马车、轻便双轮马车、叫不出名的车，沾满黄泥巴，变了形，修补过，车辕像两条胳臂朝天举起，鼻子着地，屁股对着空中。

---

① 布雷奥泰村：在戈德维尔（一个大镇）南面三公里处。

在坐下来吃饭的人旁边，巨大的壁炉火焰熊熊，将一股暖流投到右边一排人的背上。三只旋转铁叉，叉着仔鸡、鸽子和羊腿；烤肉和烧焦肉皮淌下油水的香味，从炉膛飘出，激起快乐情绪，使人馋涎欲滴。

乡下的上层人物都在儒尔丹老板那里吃饭，他又开客店，又当马贩子，是有些钱的机灵鬼。

菜肴端过来，像大杯的黄色苹果酒一样全被吃光。人人都谈生意和买卖。他们了解收成消息。天气对青草是适宜的，但对小麦来说就有点儿潮湿了。

突然，前面院子里敲起了铜鼓。除了几个无动于衷的人，大家都站了起来，跑到门口、窗前，嘴里塞满东西，手里拿着餐巾。

鼓声停止后，宣读公告的差役用断断续续的声音，不按节拍地宣读文告：

“现告知戈德维尔的居民，一般而言包括所有……赶集的人，今天上午，有人在伯兹维尔的大路[①]……九至十点钟之间，遗失了一个黑皮夹子，内装五百法郎和票据。恳请拾得者立即送至……镇政府或马纳维尔的福蒂内·乌尔布雷格师傅家里。将奉上酬金二十法郎。”

然后这个人走了。还可以再一次听到远处轻微的鼓声和差役微弱的声音。

于是大家谈论起这件事，列举乌尔布雷格师傅有多少机会找回他的皮夹子。

午饭吃完了。

正喝完咖啡的时候，宪兵班长出现在门口。

他问：

“布雷奥泰的奥什科纳师傅在这儿吗？”

奥什科纳师傅坐在桌子另一头，答应道：

“我在这儿。”

班长接着说：

① 奥什科纳从这儿经过。

“奥什科纳师傅，劳驾跟我到镇政府跑一趟。镇长想跟您谈话。”

这老乡感到惊讶和不安，一口喝完他的一小杯酒，腰比上午弯得更厉害，因为每次休息以后，走头几步路特别困难。他上路了，一面反复说：

“我在这儿，我在这儿。”

他跟着班长走。

镇长坐在一把扶手椅里等待他。这是当地的公证人，大块头，庄亘，用语夸张。

“奥什科纳师傅，”他说，“有人看见您上午在伯兹维尔的大路上捡到马纳维尔的乌尔布雷格师傅丢失的皮夹子。”

乡下人哑口无言地望着镇长，这个落在他头上的嫌疑使他惊讶莫名。

“我，我，我捡到了这个皮夹子？”

“是的，是您。”

“我以人格担保，我压根没有看见过。”

“有人看见您捡到的。”

“有人看见我捡到的？是谁，谁看见我捡到的？”

“马具及皮件商人马朗丹先生。”

于是老人想起来了，明白了，气得脸通红：

“啊！这个杀千刀的看见我捡到的啊！他看见我捡到的是这根绳子，瞧，镇长先生。”

他在裤兜里搜索，掏出那一小段绳子。

可是镇长不相信，摇摇头。

“奥什科纳师傅，您总不会要我相信，马朗丹先生作为一个值得信赖的人，把这根绳子看成一个皮夹子吧。”

乡下人气愤填膺，举起了手，向旁边吐了一口唾沫，表示以人格担保，又说了一遍：

“但这是事实，天主为证，神圣得无法否认，镇长先生。我以我的灵魂和我的得救再起一次誓。”

镇长又说：

“您捡到以后，甚至还在烂泥地里找了好久，看看有没有掉出来的钱。”

老人生气和害怕得透不过气来。

“怎么可以这样说！……怎么可以这样说！……这种谎话是为了诬陷一个老实人！怎么可以这样说！……”

他抗议也是白搭，对方不相信他。

马朗丹先生同他对质，再一次咬定自己的断言。他们对骂了一个钟头。按照奥什科纳师傅自己的要求，在他身上搜了一遍。什么也没有搜到。

最后，镇长非常困窘，把他打发走了，同时通知他要向检察院报告，听候吩咐。

消息不胫而走。老人离开镇政府时，受到人们好奇和嘲弄地包围和打听，但是其中没有一点儿打抱不平。他把绳子的故事讲了一遍。谁也不信，发出冷笑。

一路上，他被人截住，他又截住认识的人，没完没了地重新讲他的故事，提出他的抗议，把口袋翻出来给人看，证明他什么也没有。

别人对他说：

“老滑头，算了吧！”

他火冒三丈，气急败坏，情绪激动，因别人不相信他而感到遗憾，不知道该怎么办，一直讲述他的故事。

黑夜来临。该回家了。他和三个邻居一起上路，他给他们指出他捡到绳子的地方；一路上他讲着自己的遭遇。

晚上，他在布雷奥泰村转了一圈，为的是对每个人讲他的故事。他遇到的人都不相信他。

他一整夜病歪歪的。

第二天，下午一点钟左右，布勒东师傅的长工，在伊莫维尔种地的马里于斯·波梅尔将皮夹子和里面的东西交还给马纳维尔的乌尔布雷格师傅。

这个人说确实是在路上捡到的；但是他不识字，他带回家里，交给了东家。

消息传到了四乡。奥什科纳师傅听到了。他立马到各处转了一圈，讲述他的故事，将结局补上去。他胜利了。

“叫我丧气的，”他说，“倒不是事情本身，您明白吗，而是谎言。再没有什么比谎言更损人的了，你要受到大家的谴责。”

一整天，他都在说自己的遭遇，他在大路上对路过的人说，在小酒店里对喝酒的人说；到了星期天在教堂的出口对人说。他拦住不认识的人说。现在他心平气和了，然而有点儿东西使他不舒服，又说不准是什么。别人听他讲时，带着嘲讽的神态。看上去不像心悦诚服。他似乎觉得别人在他背后嘀咕什么。

下一个星期二，他又到戈德维尔的集市，仅仅出于讲他的故事的需要。

马朗丹站在店门口，看到他经过，笑了起来。为什么？

他同克里克托的一个农场主攀谈，农场主不等他说完，在他的胸口拍了一下，冲着他喊道：“大滑头，算了吧！”然后掉转脚跟走了。

奥什科纳师傅目瞪口呆，变得越来越不安。为什么别人叫他“大滑头”？

他坐在儒尔丹客店的桌旁，又开始解释这件事。

蒙蒂维利埃的一个马贩子对他喊道：

“得了，得了！老伙计，我可知道你那根绳子了！”

奥什科纳吃吃地说：

“那个皮夹子已经找到了呀！”

但是那个人又说：

“住口吧，我的老大爷，捡到的是一个人，送还的是另一个人。神不知鬼不觉嘛。”

这个农民语塞了。他终于恍然大悟。别人以为他支使一个伙伴、一个同谋把皮夹子交回去。

他想辩驳，桌边的人哈哈大笑起来。

他无法吃完饭，在一片嘲笑声中走了出去。

他回到家里，又羞赧又气愤，怒火和困窘憋得他透不过气来。尤其他具有诺曼底人的狡猾，他做得出别人指责他的事，甚至自诩手段高明，因此格外惊骇。他朦朦胧胧地觉得，由于他的狡猾人人皆知，他的清白无辜无法证明。他感到这种不白之冤给他心头狠狠一击。

于是他重新开始讲他的故事，每天把叙述拉长一些，每次增加新的理由、更加有力的抗辩、更加庄严的誓言，这些是他在孤独的时候想象和准备好了的，他的脑子只想着绳子的事。他的辩解越是复杂，他的论据越是周密，就越得不到信赖。

“这个嘛，这都是骗人的理由。”别人在他的背后说。

他感觉到了，忧心忡忡，白费精力，黔驴技穷。

眼看他憔悴下去。

如今，爱捉弄的人为了作乐，倒要他讲“绳子”的故事，仿佛要让打过仗的士兵讲参加过的战役。他的精神受到彻底的打击，日渐衰退。

将近十二月底，他病倒在床。

一月初，他撒手人寰，在临终谵语中，他还在证明自己的清白，一再说：

“一小段绳子……一小段绳子……瞧，就在这儿，镇长先生。”

（郑克鲁　译）

穷 鬼

别看他又穷又残废，他也经历过好日子。

十五岁那年，在瓦维尔的大路上，他的两条腿被大车压断了。从这时起，他便撑着拐棍，晃荡着身子，穿过路旁的农庄，一步步拖着去要饭；拐棍撑得久了，使得双肩高耸到耳边，脑袋也好像夹在两座山峰中间。

他本是比耶特的本堂神父在万灵节的前夕，从一条壕沟里捡到的弃儿，因此给他起了尼古拉·诸圣[①]的名字。他靠慈善布施长大，没有受过任何教育。村里的面包店老板给他喝了几杯烧酒，害得他成了残废，从此他变成了流浪汉，除了伸手求乞，不会干别的事。

从前，德·阿瓦里男爵夫人在古堡的农庄里紧挨一个鸡窝的旁边，给他让出一个铺上干草、类似狗窝的地方睡觉；饿得要命的日子，他总可以在厨房得到一块面包和一杯苹果酒。老太太还时常从台阶之上或者从她卧室的窗口扔给他几个铜子。如今她已经去世。

在村子里，人们不大给他东西吃；大家太了解他了；四十年来，看见他穿着破衣烂衫的畸形身体撑在两根木头拐棍上，从这间破屋走到那间破屋，已经感到厌烦了。他根本不愿走到别的地方，因为他除了这个地区，在世上不认识其他地方，他就在这三四个村子里转悠，过着悲惨的生活。他限定了要饭的区域，从来不会越出界限，他习惯不越过这雷池一步。

他不知道世界是否延伸到他目力所及的树木后面。他在心里不去思索这一点。老乡们厌倦了总是在田边或者壕沟边遇到他，向他喊道：

---

① 11月2日是天主教的万灵节，万灵节的前夕是诸圣瞻礼节。

“你干吗不到别的村子去，老在这儿撑着拐棍转悠？”

他不回答，走远了，心里有一种对陌生事物的隐约恐惧，有一种穷人对千百种东西模糊的恐惧，包括新面孔、咒骂、不认识他的人怀疑的目光、大路上成对走着的宪兵；宪兵会使他本能地钻进灌木丛里或者躲到石子堆后面。

当他远远看见阳光下亮闪闪的宪兵时，他总是突然变得特别敏捷，像野兽一样敏捷，躲到一个地方。他从拐棍上滑下来，像一块破布那样落在地下，蜷成一团，变得很小，仿佛龟缩在窝里的野兔一样趴着，隐没不见，褐色的破衣和泥土混成一片。

但他从来没跟宪兵有过麻烦。似乎他这种恐惧和这种花招来自他的父母，血液中就携带着，而他根本没有见过他的双亲。

他没有藏身地，没有家，没有茅屋，没有隐蔽处。夏天他席地而睡，冬天他绝顶灵活地钻进谷仓或者牲口圈里。他总是在被人发现前便溜之大吉。他知道有哪些窟窿能钻进房子；由于使用拐棍，他变得臂力惊人，他只消手腕的力量就能爬到放干草的屋子里，待在那里四五天不动，而这时他在转悠中已搜集到足够的食物。

他生活在人群中，却和树林中的野兽一样，不认识人，也不爱人，在农民中只引起一种冷漠的蔑视和忍住的敌意。人们给他起了个绰号叫“吊钟”，因为他在两根木头拐棍中晃荡，活脱脱像吊在木架中间的一口钟。

两天来他没吃过东西。没有人再给他东西了。终于谁也不怜惜他了。农妇们在门口看到他走过来，老远就对他喊叫：

“你走不走开，穷鬼！不到三天前，我给过你一块面包！”

他撑在木拐棍上掉转身，走向旁边一家，受到的是同样对待。

女人们从这一家到那一家表示：

“总不能整年养着这个懒汉。”

可是这个懒汉天天都要吃东西呀。

穷 鬼

他跑遍了圣伊莱尔[1]、瓦维尔和比耶特，讨不到一个铜子或者一块面包皮。他只剩下对图诺尔一地抱着希望了；可是，他要在大路上走两法里，肚子和衣袋都空空如也，他感到再也拖不动了。

他还是走起来。

眼下是十二月，寒风掠过田野，在光秃秃的树枝之间呼啸；彤云在低暗的天空中飞驰而过，匆匆地不知奔向何方。残废人慢吞吞地走着，费力地一前一后移动拐棍，身子支撑在剩下的一条扭曲的腿上，这条腿的末端是一只畸形的脚，裹着一块破布。

他时不时坐在壕沟边，休息几分钟。饥饿在他乱糟糟的昏沉沉的心灵里投下的是孤苦无望。他只有一个想法：吃东西。但是他不知道有什么办法搞到吃的。

他在漫长的路上跋涉了三个小时；他看到村里的树木时，加快了动作。

他遇到的第一个农民听到他乞讨时，回答说：

“你又来了，老顾客！我们永远摆脱不了你啦？”

“吊钟”走开了。一家家都粗暴地对待他，把他打发走，什么也不给他。然而他继续挨家去讨，耐心而执着。他讨不到一个铜子。

于是他到各个农庄去，穿越被雨水泡软的地面，筋疲力尽，再也提不起他的拐棍。到处都被人赶走。在这种寒冷而令人愁惨的天气里，人心中感到痛苦，头脑容易恼怒，心灵变得阴沉，不肯伸出手去施舍，也不肯去救助别人。

他去过所有认识的人家之后，倒在希盖师傅院子旁边一条壕沟的角上。他像人们所说的那样从钩上退下来，他从两根高拐棍上滑下，将它们夹在胳膊下面。他待在那里一动不动，受着饥饿的折磨，但是他太粗野不文，不能深入了解深不可测的贫困。

他等待着不知什么，这种朦胧的等待不断地存在于我们心中。他在这个院子的一角，在寒风中等待神秘的帮助，人们总是期望上天或别人

① 圣伊莱尔：奥德镇的村子，有葡萄园。

赐予这种神秘帮助，既不问怎么来的，为什么来，也不问能够通过谁来。一群黑母鸡经过，在养育着一切生物的土地上觅食。它们不时啄起一颗种子或者一只看不见的昆虫，缓慢而有把握地继续寻找。

“吊钟”望着它们，一无所想；然后，不如说是在肚子里，而不是在头脑里，产生一种感觉，而不是产生一种想法：弄一只这种家禽，在枯枝点着的火上烤来吃，倒是不错的。

对要犯偷窃罪的怀疑，没有掠过他的脑际。他伸手捡起一块石头，由于他非常灵活，他把石头扔出去，一下子就砸死了离他最近的一只鸡。这只家禽侧身倒下，还扇动着翅膀。其他鸡搬动细腿，摇摇晃晃逃走了。“吊钟”重新爬上他的拐棍，走过去捡他的猎物，动作跟那些母鸡一样摇摇晃晃。

正当他走到头上血迹斑斑的黑色小身体的旁边时，他的背上被人猛地一推，他的拐棍脱了手，他朝前滚了十步远。希盖师傅怒气冲冲，向小偷扑了过来，拳脚相加，发狂地打他，像一个被偷了东西的农民那样打残废人的身体，残废人无法自卫。

农庄的雇工也赶来了，开始同东家一起殴打乞丐。等他们打得累了，他们把他拉起来带走，关在柴房里，一面派人去叫宪兵。

“吊钟”半死不活，流着血，饿得要命，躺在地上。傍晚来临，然后黑夜来临，然后黎明来临。他始终没有吃东西。

将近晌午，宪兵出现了，小心地打开了门，等待着遇到抵抗，因为希盖师傅说是遭到穷鬼的攻击，好不容易才保住自己。

小队长吆喝道：

“喂，站起来！”

但是“吊钟”再也不能动弹，他竭力用拐棍支撑起来，却办不到。宪兵以为他在假装、耍花招，像做坏事的人想使刁，两个武装的人一面斥骂他，一面抓住他，硬把他撑在拐棍上。

他感到恐惧，这是天生对黄色军用肩带的恐惧，是猎物对猎人的恐惧，是老鼠面对猫的恐惧。他使出超人的努力，终于站稳了。

穷　鬼

“走！”小队长说。他走起来。农庄里所有人看着他离开。女人们向他伸出拳头；男人们讥笑他，咒骂他：终于把他抓起来了！这下可轻松啦。

他夹在两个宪兵中间走远了。有一股在绝望中产生的毅力支持着他，使他还能拖着走到黄昏，他昏头涨脑，不知道自己会发生什么事，惊恐万分，什么也不明白。

路上遇到的人都停下来，看他走过去，老乡们喃喃地说：

“是个贼！”

快到黑夜时，他们来到地区首府。他从来没有一直走到这里。他确实想象不出发生的事，也想象不出可能发生什么事。所有这些可怕的、意料不到的事，这些新面孔、这些新房子，都使他惊愕。

他一言不发，没有什么要说的，因为他一点儿都搞不清楚。况且这么多年他没对人说过话，他几乎失去了使用舌头的能力；他的思维也太混乱了，无法用话语表达出来。

他被关在镇上的监狱里。宪兵们想不到他需要吃东西，把他撂在那里，直到第二天。

但是，一清早过来提审他时，却看到他死在地上。多么令人吃惊啊！

（郑克鲁　译）

阅读规划进度及自我测评

01 计划阅读时间

02 实际阅读时间

03 完成度（%）

04 阅读兴趣

感兴趣□　　一般□　　没兴趣□

原因：

问题：

05 回忆一下阅读的小说，看看能否回答出这些问题

1.《一个诺曼底人》开篇先对教堂进行了描写，莫泊桑这样安排的用意是什么？此外，小说主要刻画了马蒂厄老爹这一形象，为什么不直接使用其名字做标题，而是用“一个诺曼底人”来代称他？谈谈你对此的看法。

2.《皮埃罗》讲述了乡村妇人对小狗皮埃罗“始乱终弃”的过程。请你结合相关情节，分析勒费弗尔太太及萝丝主仆二人在不同的阶段对皮埃罗的态度，感悟莫泊桑的写作意图。

3.《魔鬼》刻画了两个吝啬鬼的形象——奥诺雷、拉佩太太，精打细算的他们为钱财讨价还价的场面尤为精彩，请把其中的心理描写圈画出来，想一想莫泊桑是如何凸显“莫道君吝啬，更有吝啬人”的。

4. 通俗小说常用新欢旧爱的意外遭遇来制造矛盾与冲突，阅读《归来》中勒韦斯克、马尔丹这两个丈夫见面时的场景，思考莫泊桑是如何处理此类情节的，他让故事呈现出了怎样的表达效果。

5. 莫泊桑擅长讽刺的艺术，他的作品中不乏幽默之处，请结合《图瓦纳》的相关内容，分析莫泊桑是如何让讽刺的故事变得妙趣横生的。

06 说说有意思（感兴趣、引人深思）的人或事，与他人分享

在《一个诺曼底人》中，“我”的当地人同伴在路上向“我”讲述了马蒂厄老爹的故事，这种嵌套式（故事中的故事）的结构，在莫泊桑的作品中并不鲜见，例如《我的叔叔于勒》。嵌套式结构有其独特的韵味。如果你有兴趣的话，还可以翻阅《十日谈》《坎特伯雷故事集》《红房子旅馆》等作品。

07 摘抄，积累

把你认为精彩的语句或段落摘抄下来，积累更多的语言素材吧！

除了批判现实主义小说，莫泊桑还创作过许多其他类型的小说，这些作品有的带有神秘色彩，有的从人的内心切入，让人读罢感到些许恐惧……在接下来的阅读旅程中，我们能够看到一个不一样的莫泊桑，快快在他创作的全新世界里遨游吧！

火星人

我正在工作，忽见仆人来通报：

“先生，有一位先生要和您谈一谈。”

“请他进来。”

我看到进来一个身材矮小的男子，向我打了招呼。他架着一副眼镜，那样子就像一个干瘦的学监，躯干瘦小而衣服太肥大，逛里逛荡，没有一处合辙押韵。

他讷讷说道：

“请您原谅，先生，打扰您了，非常抱歉。”

我说道：

“您请坐，先生。”

他坐下之后，接着说道：

“我的上帝，先生，此次来访十分冒昧，我深感不安。但是无论如何，我得见一个人，又非您不可……非您不可……最终，我鼓起了勇气……不过老实说……一见面我就不敢了。”

“您放开胆子吧，先生。”

“是这样，先生，我只要一讲起来，您就会把我视为疯子了。”

“我的上帝，先生，这要看您对我讲些什么了。”

“说的是，先生，我要对您讲的，恰恰怪诞得很。不过求求您了，不要把我看成疯子，正因为我不疯，我才看到我向您透露的事多么奇特。”

“那好，先生，请讲吧。”

“不，先生，我并没有疯，不过我这样子，就属于疯疯癫癫的一类人。这类人只是比别人多思考一些，有点儿突破，稍微突破一点点平常思维的藩篱。您想想看，先生，在这个世界上，就根本没人在认真思考什么。人人都忙于自己的事务，都致力于自己发财致富，自己寻欢作乐，总之营造自己的生活，或者忙于那类愚蠢的小玩意儿，诸如戏剧、绘画、音乐；或者忙于政治，即无聊事之大观者；或者忙于处理工业问题。然而，有谁在思考呢？究竟有谁呢？没有一个人！噢！我太冲动了！对不起。我还是回到正题上来。

男子一直在强调自己不是疯子，这让人不禁疑惑他接下来要讲些什么。

“我来此地已有五年，先生。您不认识我，但是您，我却很熟悉……我从不光顾您的海滩和赌场，不同您的那些顾客混在一起。我生活在海岸的悬崖峭壁上，我着实喜爱埃特勒塔这种海岸悬崖，不知道还有没有比这更美、更有益于健康的了。我是说有益于思想健康。这悬崖是海天之间的光辉大道，一条绿茵大道，从这雪白岩石的高大墙壁上直通过去，能把您引到世界的尽头，大地的边陲，大洋的上方。我最幸福的日子，就是躺在海浪百米之上的青草坡上，晒着明媚的阳光，畅快地幻想。您能理解我吗，先生？”

“是的，先生，完全理解。”

“现在，您能允许我向您提一个问题吗?

“您认为其他星球上也有人居住吗？”

我毫不犹豫，也毫无惊讶的神色，就回答道：

“我当然认为有人居住。”

他喜出望外，显得异常激动，忽地站起来，重又坐下，显然是想过来拥抱我。他高声说道：

连用五个感叹号表达男子遇见观点相同者时内心强烈的喜悦之情。

“哈！哈！真有运气！真有福气啊！我总算松一口气了！不过，我怎么能怀疑您呢？一个人不相信其他星球有人，那就是弱智。恐怕只有傻瓜、笨蛋、白痴、愚昧的人，才会以为亿万个星球发光，运转，仅仅是为了让人这个愚蠢的昆虫开心和惊叹，恐怕只有他们才不明白，在大千世界中，地球只不过是一粒看不见的灰尘，而我们的行星体系，只不过是天体生命的几个分子，不久即将消亡。您瞧瞧，无上的银河，这条星球的长河，您想想，它在无限宇宙中，只不过是一个亮点。您就此哪怕只想上十分钟，也就能明白，为什么我们什么也不知道，什么也推测不出来，什么也不理解。我们只认识一个点，在这一点之外、之上的任何处，我们都一无所知，而我们还认为这个如何如何，又肯定那个怎样怎样。哈！哈！！哈！！！假如突然之间，有人向我们揭示这个地球之外伟大生命的奥秘，那该多么令人惊讶啊！然而不可能……绝不可能……我也同样是个傻瓜，这个奥秘，我们根本就不可能理解，只因我们的头脑是仅为理解地球的事物而生出来的，也就不可能往更远扩展，它同我们的生命一样受此局限，完全锁在这个负载我们的小小圆球上。我们的头脑判断一切事物，都是通过比较。您瞧瞧吧，先生，我们所有人，无一例外，有多么愚蠢，多么狭隘，居然对我们的智力深信不疑。我们的智力，其实比动物的本能强不了多少。我们甚至看不透自身的弱点，我们生来，也只能了解奶油和小麦的价钱，充其量也只能争一争两匹马、两艘船的价值，争一争两位部长，或者两名艺术家的身价如何。

“仅此而已。我们也刚好适于耕种土地，并笨拙地利用土地生长的作物来填饱肚皮。我们也不过刚刚制造出能行走的机器。每有一种发现，我们就像孩子一样大惊小怪，而其实，我们若是高级动物的话，那么多少世纪之前就该发现了。我们仍然被未知事物所包围，甚至直到如今，才推测出电的存在，这居然花费了几千年的智力生命。我们看法一致吧？”

我笑着回答：

“对，先生。”

“这就太好了。那么，先生，您有时候也关注火星吧？”

“关注火星？”

“对，就是那颗行星。”

“没有，先生。”

“您对它一无所知吗？”

“对，先生。”

“您能允许我向您介绍几句吗？”

“当然了，先生，我很感兴趣。”

“我们这个体系，我们这个小小家庭的星球，是由环状的原始气体凝结而成的，并且一个接着一个脱离太阳星云团，这您一定知道吧？”

终于提及与“火星”相关的内容，不过前期漫长的铺垫并非累赘，它具有一定理性色彩，让人忍不住好奇男子所谓的“疯”到底是什么。

"知道，先生。"

"因此，脱离后最远的星球，也就是最古老的，从而也就应当是最文明的行星。按其生成的时间，排列如下：天王星、土星、木星、火星、地球、金星、水星。您是不是认为，这些星球也像地球一样，有人居住呢？"

"当然有人居住。为什么认为地球是个例外呢？"

"很好。火星人既然比地球人更为古老……我操之过急了。我要首先向您证明火星上有人。呈现在我们眼前的火星，同火星上观察者眼中的地球，大概相差无几。不过在火星上，海洋的面积要小，也比较分散。看那深颜色的条块便知是海洋，因为水吸收光线，而陆地则反光。火星上地理变化频繁，证明它的生命还有活力。火星也类似我们地球，有季节之分，两极有积雪，能望得见那上面的积雪随季节而消长。火星一年的时间要长些，等于地球上六百八十七天，在火星上则计为六百六十八天，四季的天数划分如下：春季一百九十一天，夏季一百八十一天，秋季一百四十九天，冬季一百四十七天。火星上的云层，看得出比地球少，因而比起地球来，冬季更寒冷，夏季更炎热。"

符合现实观测的理论，立体地塑造了男子的学究形象，提升了男子话语的可信度。

我打断他的话：

"对不起，先生，既然火星距太阳比我们远得多，那么我觉得，那里的气候四季都应该更加寒冷。"

我这位怪异的来客大声说道，口气十分激烈：

"错了，先生！错了，绝对错了！我们地球，夏季比冬季距离太阳要远。勃朗峰[1]顶较之山脚下要寒冷得多。我还可以请您参照亥姆霍兹[2]、斯基亚帕雷利[3]的热能机械理论。地表的温度，主要取决于水蒸气在大气中的含量。原因就在于此：一个水蒸气分子吸热的能力，要比一个干燥空气分子吸热的能力大一万六千倍。因此，水蒸气就是我们的制热工厂。火星云层稀薄，因而比地球更加寒冷，也更加炎热。”

“对此我没有异议了。”

“好极了。现在，先生，我请您格外听仔细了。”

“我正洗耳恭听呢，先生。”

“斯基亚帕雷利先生于一八八四年发现的那些著名运河，您听说过吗？”

“很少听说。”

“这怎么可能啊！要知道，一八八四年那时候，火星运行到恰好与我们相对的位置，仅仅相距两千四百万法里，而本世纪最杰出的天文学家，最有把握的观测家斯基亚帕雷利先生，忽然发现火星上有大量的黑色线条，有的笔直，有的折成几何图形，一条条穿过陆地，汇入火星的海洋中！是的，是的，先生，那些呈直线或几何图形的运河，从头至尾宽度相等，正是火星人开凿的运河呀！是的，先生，这就证明火星上有人居住，他们在那上面生活，在那上面思考，在那上面劳作，也在那上面观望我们。您明白吗？您明白吗？

“二十六个月之后，火星再度正对着我们的时候，

你觉得“火星运河”能论证“火星上有人居住”的论点吗？

① 勃朗峰：横亘于法国、意大利边境，海拔4810米，为阿尔卑斯山脉最高峰，也是西欧第一高峰。——编者注
② 亥姆霍兹：德国物理学家、生理学家。
③ 斯基亚帕雷利：意大利天文学家。

人们又看到了那些运河，数量比上次增多了，真的，先生，那些运河无比巨大，宽度不下一百公里。”

我微笑着回答：

“一百公里宽。那开凿起来，可真够工人拼命干的。”

“嗳，先生，您何出此言？看来您不知道，在火星上，这种劳动，不知比在地球上轻松多少，只因火星物质结构的密度只有地球物质的六十九分之一，重力的强度也只抵地球上的三十七分之一。

“一千克水，在火星上称重，只有三百七十克！”

通过举例让抽象的概念变得具体可感。

他向我抛来这些数字时，那么把握十足，那么自信，赛过一个了解数目价值的商人。我忍俊不禁，便大笑起来，真想问问他，糖和奶油在火星上该是什么重量。

他摇了摇头。

“您觉得好笑，先生。您先是把我当成疯子，现在又把我视为傻瓜。我向您列举的这些数字，其实您在所有天文学专著中都能查到。火星的直径约是地球的一半，面积约是地球的两千六百分之一，体积是地球的六分之一多，而它的两个卫星运行的速度也能证明，它的重量仅为地球的十分之一。不过，先生，重力的大小取决于物体的质量与体积，换言之，取决于物体重量和物体中心到表面的距离，由此得出的结论不容置疑：在那个行星上，物体都轻得多，生活也就完全不同，机械运动便遵循我们所陌生的规则，占主导的一定是生有翅膀的生物。是的，先生，火星上称王的生物都长着翅膀。

“火星人散步，就从一个大陆飞到另一个大陆，就像精灵那样，在自己的天地游荡。不过，大气层把他们同那个世界连在一起，他们无法穿越，尽管……

“总而言之，先生，您能想象出那个星球吗？火星上覆盖着各种植物和树木，那上面活动的动物，我们连形体都猜测不出来，那上面的人都长着翅膀，如同我们在绘画中见到的天使那样。我仿佛看见他们在平原和城市的上空，盘旋飞舞在金色的空气中。人们从前认为，火星上的大气是红色的，地球上的大气则是蓝色的。其实，那上面的大气是黄色的，先生，一种非常美丽的金黄色。

作者对火星人的描绘充满了想象力，富有科幻意味。

“那些人能开凿出一百公里宽的运河，您现在听了很奇怪吧？然而，您可以想一想，一个世纪以来，我们这里的科学所取得的成就……一个世纪以来……而且，也可以说，火星的居民恐怕比我们要高级……”

他忽然住了口，垂下眼睛，继而声音又极低地咕哝道：

“现在，我若是告诉您……有一天晚上……我差一点儿看见他们，您就非把我当成疯子不可了。您知道，或者您并不知道，现在正是流星多发季节。尤其是十八日至十九日的夜间，每年都会看到大量流星。在那种时刻，我们很可能就从一颗彗星的残骸余尘中走过。

“当时，我正坐在马纳门上，也就是悬崖迈进大海里的那条大腿上面，眺望我头顶如霏霏细雨的无数星辰。先生，那比放烟花更有趣，更美观。猛然间，我发现离头顶很近的地方，有一个发光透明的球体，周围鼓动着巨大的翅膀，至少在朦胧的夜色中，我以

照应前文男子“生活在海岸的悬崖峭壁上”的介绍。

为看见了翅膀。那大圆球好似一只受伤的鸟儿，乱飞乱撞，还一直打转，发出一种巨大而神秘的声响，仿佛在喘息，濒临死亡了。它从我眼前过去，就好像一个无比巨大的水晶球，满载着惊慌失措的人，看上去影影绰绰，如同一艘遇难船上的水手那样骚动，眼见船失去控制，在惊涛骇浪中漂荡。接着，那个怪球画了一条大弧线，坠入远处的海中，我听见轰隆一声放炮似的巨响。

“而且，在那一带的所有人，当时都听见了那声巨响，还以为是一声炸雷。唯独我看见了……看见了……假如他们掉在我附近的岸边，我们就会认识火星的居民了。您一句话也不要讲，先生，想一想吧，多多想一想，然后等哪天您若是愿意，就向别人讲讲这件事。是的，我看见了……我看见了……第一艘太空船，第一艘星际航船，是由有思想的人发射到茫茫宇宙的……除非我目睹的场景，仅仅是地球接收的一颗死亡的流星。因为，您不会不知道，先生，各个星球也都在驱赶在太空游荡的星体，完全像我们这里驱赶流浪汉一样。地球本身很轻，也很虚弱，在茫茫宇宙的行程中，只能搭载极小的过客。”

他情绪激动，语无伦次，还站起身来，张开双臂，要比画比画天体的运行。

“先生，彗星，就在大星云边缘游荡，而我们不过是这星云的凝结体。彗星，那些自由而发光的鸟儿，从遥深的茫茫宇宙，飞向太阳。

运用了比喻的写作手法，生动地描写了彗星的运行。

“彗星拖着长长的光亮的尾巴，向着光芒四射的太阳飞去，而且速度越飞越快，无法控制，听见有星球呼唤也不能去拜访，只好擦肩而过，被自身坠落的高速所裹挟，穿越我们的空间。

“然而，它们在神奇的旅行中，假如从一颗强大的星球旁边经过，假如受到那星球不可抗拒的引力的影响，偏离了自己的道路，那么它们就要归顺新主人，成为新主人的俘虏。它们运行的无限的抛物线，也就变成一条闭合的弧线了，从而我们也就能计算出周期性彗星返回的时间了。木星有八个奴隶，土星有一个，海王星也有一个，它的外星体同样有一个，还有一支流星部队……当时……当时……我听到、见到的，也许仅仅是地球截获的一个小流星体……

“再见，先生，您一句也不必回答我，思考一下，思考一下吧，等哪天您愿意，再向别人讲述这些……”

事情到此为止。这个神神道道的人，在我看来，还不像一个普通吃年金的人那么愚蠢。

（李玉民　译）

小说采取对话体的方式展开，以其中一人的叙述为主导，“我”在文中只是起到了引导作用，戛然而止的结尾引人深思。

奥尔拉

五月八日——多么美妙的一天！整个上午，我乘着阴凉，就躺在房前的草地上：巨大的梧桐树浓荫密布，遮护了整座房舍。我爱这地方，爱在这里生活，只因我的根须，细长的根须深深扎下去。这种深根，能将一个人同他祖先世代生息的土地连在一起，同这片土地上人们所思和所食连在一起，同饮食习惯、方言、农民腔调、泥土香、村庄气味乃至空气的味道连在一起。

我喜欢这座房子，我在这里长大。从窗口望得见塞纳河，在大路后面，流经我的花园，几乎就在我家旁边；宽宽的大河，是鲁昂流向勒阿弗尔的塞纳河段，河面上的船只往来如梭。

向左边望去，那是鲁昂，一座阔大的城市，一色蓝屋顶，耸立着众多尖尖的哥特式钟楼，数不胜数，或细或粗。更有主教堂的铸铁尖顶，鹤立鸡群，凌空高耸，并挂满大钟，在这明媚清晨的碧空里，鸣声悠扬淡远。由清风送到我的耳畔，随着风起风止，听来时强时弱。

今天早上真舒畅。

将近十一点钟，长长一列船队，由一只拖船牵引，从我的铁栅门前驶过。那只拖轮很小，吐着浓烟，费力地喘息。

又驶过两条英国双桅纵帆帆船，只见那红色旗帜迎风飘动。随后驶来一条巴西三桅帆船，那洁白的船身一尘不染，晶莹闪亮。我看着特别赏心悦目，也不知为什么，起身向那只桅帆船致敬。

五月十二日——近几天来，我有点儿发烧，感到身体不舒服，确切地说，心中有些惆怅。

受什么神秘力量的影响，我们由欢喜转向沮丧，由信心十足转向极度忧伤呢？就好像空气，看不见的空气充满不可知的强力，冥冥中接触了我们。我醒来时兴致勃勃，真想引吭高歌。——为什么？——我走下河边，稍微散了一会儿步，回来时情绪就低落，就好像有什么祸事在家中等候我。——为什么？——莫非是一个寒战，拂过我的肌肤，牵动我的神经，给我的心灵蒙上阴影？莫非是云彩的形状、日光的色彩、物体的色彩，千变万化，映入我的眼帘，扰乱了我的思想？谁知道呢？我们周围的一切，我们视而不见的一切，我们贴近而不认识的一切，我们触碰而又摸不着的一切，我们遭遇而又无法辨别的一切，恐怕对我们，对我们的器官，并通过器官对我们的思想，甚至对我们的心灵，无不迅疾地产生惊人而无法解释的作用吧！

看不见之物的这种奥秘，实在深不可测！我们无法以可怜的感官来探测：我们肉眼既看不见极小，也看不见极大；既看不见极近，也看不见极远；既看不见一个星球上的居民，也看不见一滴水中的居民……耳朵也欺骗我们，将空气的震颤转化为响亮的音符。耳朵是创造这种奇迹的仙女，将空气的振动转化为声响，并通过这种变化催生了音乐，而正是音乐，赋予大自然的默默骚动以美妙的乐声……我们的嗅觉远不如狗那么灵敏……同样，我们的味觉，也只能勉勉强强辨别一种红葡萄酒的年龄。

唉！我们若是有别种器官，能实现别样的奇迹，那么我们还能在周围发现多少事物啊！

五月十六日——毫无疑问，我生病了！上个月，我身体还那么健康！我发烧了，烧得特别厉害，确切地说，是一种发烧性神经质，精神和肉体都同样难受！我总有这种恐惧感，受一种危险的威胁：大祸要降临，或者死亡正逼近。这种预感无疑表明患上一种尚不认识的疾病，同时在血液里和肉体中萌生。

五月十八日——我刚去看过医生，因为我失眠了。医生认为我的脉搏过速，瞳孔放大，神经紧张，但是没有任何能令人惊慌的症状。我应该洗淋浴，服用溴化钾。

五月二十五日——毫无变化！我的状况确实怪异。随着夜晚临近，我的心头便袭来一种莫名的不安，就好像黑夜掩藏着对我的一种可怕威胁。我匆忙吃了晚饭，试图看看书；可是，我看不懂词语，连字母几乎都勉强辨认。于是，我就开始在客厅里来回踱步，总感到自己笼罩在一种模糊的、无法抗拒的恐惧之中，害怕睡眠，也害怕床铺。

将近十点钟，我上楼回卧室，一进屋就拧了两圈锁，还插上门闩。我害怕……怕什么呢？……迄今为止，我还没有惧怕过什么……我打开衣柜，还查看一下床底；我倾听……倾听……什么呢？怎么，一点儿轻微的不适，也许是循环系统的一点儿紊乱，一根神经过敏，一点点充血，我们这极不完善、极其脆弱的肌体出现一丁点儿功能障碍，就能把最欢乐的人变成一个忧郁者，把最勇敢的人变成懦夫，这不是咄咄怪事吗？走了一阵之后，我才上床睡觉，等待睡意就像等待刽子手一般。我等待却又恐惧睡意降临，只觉得心怦怦乱跳，两腿发抖，在热被窝里浑身哆嗦，直到猝不及防，我一下子跌进梦乡，就仿佛要自杀而投进死水深潭。这次睡眠十分狡诈，不似往常那样让我感到渐行渐近，而是躲在身边窥伺我，猛然抓住我的头，闭合我的眼睛，将我化为乌有。

我睡了——很久——两三个小时吧——继而做了个梦——不——是噩梦攫住了我。我明明感到自己躺下了，睡觉了……我既有感觉，也明明知道……我也感到有个人走到近前，注视我，触摸我，还上了床，跪在我的胸膛上，双手卡住我的脖子，收紧……收紧……用尽全力，要把我掐死。

我呢，我就挣扎，可是手脚瘫软无力，动弹不得，就像在梦中那样。我想喊叫——却叫不出声；我要活动——却活动不了。我呼呼喘着粗气，拼命要翻个身，想把那个死死压住，让我喘不上气来的人甩掉——可是做不到！

猛然，我醒了，惊恐万状，满身流汗。我点亮蜡烛，看看屋里，只有我一个人。

这种惶怖的场景每夜重复发生，然后我才终于入睡，安稳地一直睡到天亮。

六月二日——我的病情又加重了。我究竟怎么了？溴化钾毫无疗效，淋浴也毫无作用。我的身体已经疲惫不堪，有时还想再累一累，就去鲁马尔森林里兜一圈。空气清新温润，弥漫着青草树叶的芳香。一开始我以为，这种空气往我的脉管里注入了新的血液，往我的心中注入了新的力量。我走上狩猎专用的林荫大道，然后拐上一条小径，前往拉布伊村，只见两边的参天大树，交织成厚厚的、绿得发黑的顶，将我与天空隔开。

忽然，我一阵战栗，不是寒战，而是由于惶恐而异常的战栗。

我加快脚步，因独自走在这密林中而忐忑不安，身处幽深的孤寂中，毫无道理地惊恐，未免愚蠢可笑。突然，我就觉得有人尾随，离得非常近，几乎碰到我了。

我猛一回身，后面没人，只有那条笔直而宽敞的路，高树夹护。空荡荡的，空荡得令人毛骨悚然。再往前看，完全是同样的景象，这条路也无限延展，令人胆战心寒。

我闭上眼睛。为什么？我是一只脚跟着地，开始像陀螺一样旋转，速度非常快，险些跌倒。我又睁开眼睛：树木在跳舞，大地在漂荡。我只好坐到地上。接下来，噢！我弄不清自己是从哪边来的了！怪异的念头！怪异的念头！怪异的念头！我全然不知道了。干脆朝右边走，刚巧走上把我引进密林的那条路，便顺利回了家。

六月三日——昨夜太可怕了。我要离家几周，安排一次短期旅行，我就能恢复健康。

七月二日——我回来了。我痊愈了。这次出游很惬意，参观了我还未曾去过的圣米歇尔山。

黄昏时分，抵达阿弗朗什，眼前的景象多么壮观！小城就建在一座山丘上。我由人带着，走进城边的一座公园，不禁惊呼起来！一片浩瀚的海湾，一望无际，展现在我面前，而两边海岸十分开阔，隐没在远处的薄雾中。在这片辽阔的黄色海湾中央，在漫漫黄沙之间，突起一座奇异的暗色尖峰，直指明亮的金色天空。太阳刚刚落下，天边仍然一片火红，更加鲜明地衬出这座神奇的岩山，以及山顶那座奇妙的建筑。

天一拂晓，我便朝岩山走去。同头天晚上一样，海水已经退潮。我渐走渐近，只见那座令人惊叹的修道院在我面前越来越高耸了。走了好几个小时，终于抵达巨石的岩山脚下。山顶的教堂俯瞰山上的小城，我从陡峭的窄街攀登，走进令人大为赞叹的哥特式教堂。这是在大地上为上帝所建造的圣殿，宽敞如一座城市，布满了拱顶低矮的厅室和纤细圆柱支撑的高高回廊。这是巧夺天工的花岗岩巨型雕刻，轻巧宛如花边。教堂上面有好几座塔楼和修长的小钟楼，向白昼的蓝天和黑夜的星空抛去怪物、魔鬼、奇兽、花神的奇形怪状而毛发竖立的脑袋，而这些雕像全由精工细作的拱形装饰连接起来。

我登上钟楼，对陪同我的修道士说道：“神甫，您在这里生活，想必非常惬意吧。”

修道士答道：“这里总是刮风，先生。”接着，我们一边交谈起来，一边观看涨潮。只见潮水在沙滩上奔驰，给沙滩披上钢铁的盔甲。

修道士给我讲故事，讲当地的老故事，全是传说。

其中有个传说对我震动很大。据当地人——这座山上的居民说，夜晚听见沙滩上有人说话，接着又听见两只羊叫，一只粗声大气，另一只细声细语。不相信的人就说那是海鸟的鸣叫，听起来有时像羊叫，有时像人在呻吟。然而，迟归的渔民却发誓说他们遇见过一个老牧羊人，全身裹着大衣，始终没有露出头来，他赶在退潮的时候，在这座远离尘世的小城周围的沙丘上转悠，带着一只长着男人面孔的公山羊、一只长着女人面孔的母山羊；两只山羊都披着长长的白发，不停地说话争吵，使用一种陌生的语言，继而突然停止吵闹，又扯着嗓子咩咩大叫。

我问修道士："这故事您相信吗？"

修道士喃喃答道："我也说不好。"

我接着说道："在这大地上，除了我们人类，如果还存在别种人，这么久了我们怎么根本不了解呢？而您，怎么就没有见到呢？我也同样，怎么就没有见到呢？"

他回答道："世间存在的事物，我们能看见十万分之一吗？喏，这是风，是自然界最强大的力量，能把人刮倒，能把建筑物掀翻，把树木连根拔起，在海上能掀起山一样的巨浪，冲毁悬崖，将大船抛向岩礁。喏，风在杀戮，在呼啸，在哀吟，在咆哮。然而，您看见风了吗？您看得见吗？可是风确实存在。"

面对这样简单的推理，我哑口无言。这个人是位智者，或者是个蠢货，我无法判定，但是我保持沉默。他讲的这番话，我早就时常想过。

七月三日——我没有睡好觉，我的车夫跟我犯同样的毛病，看来这里有不好的影响，让人焦躁不安。我昨天回到家，就注意到他的脸色特别苍白。

"你这是怎么了，约翰？"我问他。

"我就没法儿休息了，先生！我的夜晚消耗了我的白天。自从先生走后，我就陷入这种魔圈。"

不过，其他仆人身体都很好，而我倒是特别害怕旧病复发。

七月四日——果不其然，旧病复发了：原先的噩梦又卷土重来。昨夜里，我总感到有个人蹲在我身上，嘴对嘴吮吸我的生命。不错，他深入我的喉咙吮吸生命，活似一个吸血鬼。他吸饱了才站起身，而我惊醒了，只觉得浑身像散了架，精疲力竭，动弹不得。照这样下去，再有几天，我非得再次出行不可。

七月五日——莫非我丧失了理智？昨夜发生的情况，我所看到的情景，简直太怪异了，只要一回想，头脑就会错乱！

现在每晚都一样，我锁上房门，口渴了喝半杯水，不经意看到玻璃水瓶满满的，水一直到玻璃瓶塞。

然后我上床休息，并沉沉入睡，掉进恐怖的梦境中；大约睡了两个小时，我被更加骇人的震动惊醒了。

当时的情景可以想见：一个人睡觉时遭人谋杀，醒来发现胸口插着一把刀，满身是血，嘶哑地捯着气儿，气息奄奄，眼看要死了，却弄不明白是怎么回事。

我终于完全清醒过来，又感到口渴，于是点亮一支蜡烛，走到放水瓶的桌前。我拿起水瓶倒水，一滴也没有倒出来。——水瓶空了！完全空了！一开头，我不禁莫名其妙；继而，我突然大惊失色，一屁股坐下，确切地说跌坐到一张椅子上！接着，我又跳了起来，扫视周围，随即又坐下，瞪眼看着透明的水瓶，又惊诧又恐惧，一时蒙了头，极力猜测出了什么事。我的双手瑟瑟发抖！看起来，有人喝了这瓶水？是谁？是我吗？一定是我吧！只能是我吧！这么说，我是梦游者，在不知不觉中，过着这种神秘的双重生活！我们不免怀疑，自身是不是有两个人，或者说，我们的心灵进入无意识状态时，是不是有个陌生者，一个不可知而又看不见的人，不时操控我们的躯体；而我们的躯体受到这种控制，就听命于这个陌生者，同样甚至超过听命于我们自己。

噢！这种折磨我的焦虑，谁能够理解呢？一个头脑健全、完全理智又非常清醒的人，恐惧地注视着在他睡觉时水消失殆尽留下的空玻璃瓶，这谁又能够理解呢？我对着水瓶一直待到天亮，不敢再上床睡觉了。

七月六日——我真疯了。昨夜里，我倒进水瓶里的水，又让人喝净了，抑或是我自己喝掉的。

不过，真是我吗？真是我吗？究竟是谁呢？是谁？噢！上帝啊！我真疯了吧？谁能救我呢？

七月十日——（这几天）我做过几次令人吃惊的试验。

我肯定是疯了！然而又非同一般！

七月六日——我上床睡觉之前，往桌子上放了葡萄酒、牛奶、水、面包和草莓。

有人喝了——我喝了一整瓶的水和一些牛奶；但是，葡萄酒、面包和草莓，哪样也没有碰。

七月七日——我再次做了同样的试验，得到同样的结果。

七月八日——桌上没有放水和牛奶。其余的东西没人碰。

七月九日——最后这次试验，我重又往桌子上放水和牛奶，只放水和牛奶，并用白细布仔细包好两只玻璃瓶，还用绳捆住瓶塞。然后，我用石墨涂了嘴唇、胡须和双手，这才躺下睡觉。

不可抗拒的睡意攫住了我，但是随后惊醒，状态极惨。我睡觉时一动未动，我的被罩也没有印痕。我冲向桌子，看到包裹玻璃瓶的细布原样未动，洁白如初。我解开绳子，心里惴惴不安。瓶里水全喝干了！牛奶也全喝掉了！噢！我的上帝啊！……

过一会儿我就动身去巴黎。

七月十二日——巴黎。这几天我恐怕是昏了头，想必我成为自己神经质想象力的玩物，除非我的的确确是个梦游者，或者受所谓的催眠暗示的影响，即某种真实存在而又无法解释的现象。不管怎样，我的惊慌近乎疯狂，而来到巴黎二十四小时，我就重又镇定下来。

昨日，奔波参观了一整天，就觉得心中注入了给人活力的新气息，晚上我去了法兰西剧院，看了小仲马的一出戏：这种才智，非常风趣又极有感染力，终于把我治愈了。对于忙于工作的聪明人来说，孤独当然是很危险的。我们周围必须有人思考，在说话；我们形只影单的时间一长，就会用幽灵来填满周围的空虚。

我心情非常愉快，沿着大马路走回旅馆，在熙熙攘攘的行人中摩肩擦背，我不无自嘲地回想自己上周的情景：当时那么恐惧，做出种种猜测，以为家里住着一个隐形人。我们的头脑多么脆弱，一受到一件不能理解的小事的打击，立刻就惊慌失措，误入歧途！

我们往往不能用这样简单的话得出结论——“我不明其故，因而不理解”，反而随即臆想出种种骇人的神怪和超自然的力量。

七月十四日——共和国国庆。我在街上漫步。爆竹声声，国旗飘飘，我像孩子一样开心。然而，政府颁布法令，国民在规定的日子欢乐，这本是一件非常愚蠢的事。民众是群氓，有时傻乎乎地逆来顺受，有时又凶恶地起来反抗。有人对他们说：“开心吧。”他们就寻开心。有人又对他们说：“去战斗，攻打邻国。”他们就去打仗。有人对他们说：“投皇帝一票吧。”他们就投票赞成皇帝。后来，又有人对他们说：“投共和国一票吧。”于是，他们就投票赞成共和国。

领导民众的人也都是蠢货，不过，他们服从的不是人，而是原则；正因为是原则，就必然是幼稚的、贫乏而虚假的。也就是说，在这个什么也不可信的世界上，原则就被誉为确定无疑而一成不变的思想了，既然光是一种幻想，声响也是一种幻想。

七月十六日——昨天我经历的一些事情，大大扰乱了我的心智。

我去表姐萨布莱夫人家用晚餐；表姐夫是位军官，指挥驻利摩日的第七十六轻装兵团。做客的还有两位年轻女郎，其中一位嫁给了医生——帕朗博士，他专门研究神经疾病和异常症状；针对这类病症，此刻正兴起催眠术和心理暗示的试验。

帕朗医生详详细细向我们讲述英国学者和南锡学派的医生在这方面所取得的巨大成果。

他所列举的事例，我觉得十分奇特，当场就表示我根本不信。

“目前，”帕朗医生说道，“我们正一步一步发现自然界一个重大秘密，我是指地球上一个最重要的秘密，因为在别的星球上，自然界显然还有别种意义上的重要秘密。人类自从能够思考，自从能够说出并写出自己的思想以来，就感到有种神秘的东西伴随着我们，只是我们的感官太粗糙、不完善，也就无法识破这种神秘的存在，于是，就力图发挥智力，以弥补感官的不足。可是从前，人的智力还处于原始状态，因而面对隐形现象，这种焦虑，便采取了庸俗的吓人形式，从而产生了民众对超自然物的信仰，产生了有关幽灵、仙女、地精、鬼魂的传说，甚至有关上帝的传说。因为，我们构想的这位造物主工匠，无论从哪一种宗教出发，都是我们人的受惊的大脑所能创造出来的最平庸、最愚蠢、最不可接受的形象。伏尔泰的这句话再真实不过了：‘上帝按照自己的形象创造了人，而人对上帝也如法炮制。’

“然而，近一个多世纪以来，人似乎预感到存在某种新东西。梅斯梅尔等人将我们引上一条出人意料的新路，特别是这四五年来，我们在这条路上还真取得了惊人的成果。”

表姐也根本不信，一脸怀疑的微笑。帕朗医生便对她说道：“夫人，我来试试让您入睡好不好？”

“好啊，非常乐意。”

表姐坐到一张安乐椅上，帕朗医生开始凝视并慑服她。我见此情景，突然感到有点儿心慌，喉咙发紧，心怦怦直跳。我看见萨布莱夫人眼皮垂下去，嘴唇绷紧，胸口起伏不定。

十分钟之后，她就睡着了。

“请您坐到她的身后。”医生对我说道。

我走到表姐身后坐下。医生将一张名片放到她两只手上，对她说道：“这是一面镜子，您在镜子里看到了什么？”

萨布莱夫人回答：“看见我的表弟了。”

“他在做什么？”

“他在捻着小胡子。”

“现在呢？”

“他从兜里掏出一张照片。”

“是谁的照片？”

“他本人的。”

千真万确！这张照片，正是傍晚我在旅馆刚刚收到的。

“他在这张照片上是什么姿态？”

“他站着，手上拿着帽子。”

如此说来，她看这张名片，这张白色硬纸片，就好像看着一面镜子。

两位年轻女郎大惊失色，赶紧说：“够了！够了！够了！”

然而，医生还是发出指令：“明天，您早上八点钟起床，然后去旅馆找您的表弟，向他借五千法郎，是您丈夫急需，为他下次旅行之用。”

发完指令，医生才将她唤醒。

在返回旅馆的路上，我总是想刚才发生的奇特场景，不免疑惑重重。倒不是怀疑表姐，我从小就把她当成亲姐姐，十分了解，确信她绝对诚实，不容置疑。医生反而值得怀疑，莫不是他耍了什么花招，手里藏了一面镜子，向被他催眠的少妇展示名片时，也展示了那面镜子？就是更为奇特的事情，职业魔术家也能玩出来。

我回到旅馆便睡下了。

今天早晨，约莫八点半钟，贴身仆人唤醒我，说道：“萨布莱夫人来了，请求立刻见先生。”

我急忙穿好衣服，接待表姐。

她坐下来，神色慌遽，两眼低垂，连面纱都没顾得上摘下，就对我说道：“亲爱的表弟，我要求您帮个忙。”

“做什么事，表姐？”

“这事实难开口，但又不能不说。我需要，急需五千法郎。”

“算了吧，您还缺钱？”

“是啊，我需要，确切地说，是我丈夫要我准备这笔钱。”

我万分惊愕，答话也支吾起来，心想，实际上她是不是伙同帕朗医生跟我开玩笑，而这只不过是一场精心策划、表演出色的闹剧呢？

可是，我再仔细观察表姐，一切怀疑便全部消释了。她走这一步，内心十分痛苦，焦急得浑身有些颤抖，声音哽咽也不难理解。

我知道她非常富有，于是又说道："怎么！您丈夫手头连五千法郎都没有！喏，您还是想一想，您能肯定是他让您向我借五千法郎吗？"

她犹豫了几秒钟，仿佛在极力搜寻记忆，然后说道："嗯……嗯……可以肯定。"

"他给您写信了吗？"

她又犹豫起来，开始思索。我能猜得出她在冥思苦索。她并不知道写了什么信，仅仅知道她必须为她丈夫向我借五千法郎。为此不惜说谎。

"是的，他给我写信了。"

"什么时候啊？昨天您可一句也没有对我提起过。"

"今天早晨才收到他的信。"

"能拿出来给我看看吗？"

"不……不……不……信里的内容是夫妻间的事……完全是私事……信我就……我就烧掉了。"

"这么说，是您丈夫负了债。"

她再次犹豫，然后讷讷说道："我不知道。"

我突然正色说道："眼下，我手头也拿不出五千法郎，亲爱的表姐。"

她发出一声类似痛苦的喊叫。

"噢！噢！求求您了，求求您了，想法弄到吧。"

她冲动起来，双手合十，仿佛向我祈求，说话的声调都变了，只听她带着哭腔，哽哽噎噎，完全被她接受的无法抗拒的指令所控制了。

"噢！噢！我恳求您了……您哪里知道我多么为难……今天我就得拿到这笔钱。"

我不免可怜她了。

“一会儿就让您拿到，我向您保证。”

她高声说道：“啊！多谢！多谢！您心肠真好！”

我又问道：“昨天晚上在您家发生的情况，您还记得吗？”

“记得。”

“还记得帕朗医生给您催了眠吗？”

“记得。”

“那好，是他命令您今早来向我借五千法郎，而此刻您正在执行这个指令。”

她思索了几秒钟，才答道：“既然我丈夫需要这笔钱。”

我试图说服她，耗了一小时也毫无效果。

等表姐一走，我就跑去见帕朗医生。他正巧要出门，微笑着听我讲完，然后问道：“现在，您相信了吗？”

“是啊，不信不行了。”

“那我们就去您表姐家吧。”

萨布莱夫人疲惫不堪，正躺在长椅上打盹儿。医生给她号脉，将一只手放在她眼前，定睛看了她一会儿：在这种强磁力的难以承受的作用下，她渐渐闭上眼睛。

等她进入睡眠状态，医生便说道：“您丈夫不再需要那五千法郎了。您也要忘记您曾经向表弟借钱的事。如果您表弟提起来，您就会感到莫名其妙。”

继而，医生就让她醒来。我从兜里掏出钱包，说道：“亲爱的表姐，这就是今天早上您找我借的钱。”

表姐万分惊讶，让我不敢过分坚持了。不过，我还是尽量唤起她的记忆；但是她一口否认，还以为我开她的玩笑，最后差一点儿发火了。

事情就是这样！我刚回旅馆，连午饭都吃不下去，这次试验让我六神无主。

七月十九日——许多人听了我这种奇特的经历，都纷纷嘲笑，弄得我也不知道该怎么看这件事了。明智的人则说："也许吧！"

七月二十一日——我在布吉瓦尔餐馆用晚餐，晚间就在划船者舞会上度过，显而易见，一切都取决于地点和环境。在蛙岛上，相信超自然物，那可就荒唐透顶了……然而，在圣米歇尔山顶呢？……在印度呢？我们会极大地接受周围事物的影响。下周我就回家了。

七月三十日——昨天回到家。一切安好。

八月二日——没有任何新情况。天气好极了！这几天，我就观赏塞纳河水流淌。

八月四日——几名仆人争吵起来，他们说夜里有人打碎了柜橱里的玻璃杯。贴身仆人怪罪厨娘，厨娘则怪罪洗衣女工，而洗衣女工又怪罪贴身仆人和厨娘。究竟是谁的过错呢？什么样聪明的人才能断定呢？

八月六日——这一次，我可没有发神经。我看见了……我看见了……我看见了！……再也无可怀疑了……我看见了！……现在直到手指甲，全身还感到发冷呢……直到骨髓还怕得要命……我看见了！……

两点钟时，我在阳光下漫步，走在我的玫瑰园中……踏着开始绽放的秋季玫瑰的花径。

我停到一株"玫瑰王"跟前，欣赏这株硕大玫瑰绽放的三朵绚丽的花，忽然瞧见，清清楚楚地瞧见，就在我近前，一枝玫瑰花弯了下去，仿佛有一只无形的手伸过去攀折，随即折断了，就好像是那只手折下来的！继而，那朵花画了个弧线，好像由那只手臂举到嘴唇；骇人的红点没有依托，一动不动悬在透明的半空，离我的眼睛不过三步远。

我一时蒙了头，扑了过去，要抓住那朵花！可是，我什么也没有抓到：花消失得无影无踪。我当即对自己恼火极了：一个有理性而严肃的男人，真不应该产生这类幻觉。

然而，真是幻觉吗？我转身去寻找那枝花，立刻看到了，在玫瑰树枝上，在仍然留在枝上的另外那两朵花之间，还是新折断的痕迹。

我心慌意乱，回到屋里，现在可以肯定，就像昼夜交替一样确切无疑，肯定有个隐形人在我身边。这个隐形人喝水，喝牛奶，触摸物品，拿起物品并挪了位置，因此具有物质性，与我同住在一个屋檐下，只是我们的感官无法感知……

八月七日——我睡得很安稳。隐形人喝了我这瓶中的水，但丝毫没有搅扰我的睡眠。

我在琢磨自己是不是疯了。刚才我沿着河边，在太阳下散步，忽然怀疑起自己的理智，不是迄今为止那种模糊的怀疑，而是明确的、绝对的怀疑。我见过一些疯子，了解有些疯子除了一点之外，在一切生活事物上，甚至总能保持理性、清醒、明智。他们可以谈论一切，谈话非常清晰、灵活而深刻；可是一旦触碰到他们疯狂的暗礁，他们的思想就会撞击成碎片，散落并沉入那片恐怖的海洋，即人称“精神错乱”的那片浪涛汹涌、浓雾弥漫、狂风怒吼的海洋。

我这种状态，假如我没有意识到，不是十分了解，假如我不是完全清醒地进行探索并分析，那我当然会以为自己疯了，完全疯了。看起来，我大概只是一个妄想型的幻觉者。我的头脑里，恐怕出现一种莫名的混乱，正是如今生理学家试图关注并说明的一种混乱。须知这种混乱很可能在我们的思想中，在我们思维的条理和逻辑中，造成一道深深的裂缝。类似的现象也出现在梦中：我们经历最难以置信的奇幻梦境，并不感到吃惊，只因鉴别器官、控制意识已经睡着了，而想象的功能依然醒着，还在工作。我的大脑的键盘上，莫非有一个难以觉察的键失灵了？有些人发生了事故之后，丧失了部分记忆，想不起专有名词、动词或者数字，或者仅仅想不起日期。思想的各个部分，在大脑中都有固定的区域，这在今天已经得到了证明。那么，我对某些幻觉的不真实的掌控功能，此时处于麻木状态，这有什么奇怪的呢？

我沿着河边漫步，思考这一切。阳光给河面罩上一片明亮的光彩，使大地洋溢着美妙的欢欣，也让我的心中充满了爱；我爱这生活，爱这些赏心悦目的轻盈燕子，爱这动听悦耳的簌簌作响的河边青草。

呐喊 〔挪〕爱德华·蒙克绘

然而，一种无法解释的不安情绪，又逐渐侵袭我的心。我就觉得有一股力量，一股神秘的力量，让我思想麻木，令我停下脚步，不准我再往前走了，提醒我回头。一种迫切的需要，让我感受到压抑的痛苦——必须回家；预感到留在家中的所爱的人病情恶化时，就是这种感觉。

于是，我不由自主地往回走，确信回到家中，就要得知一条坏消息：一封信或者一封电报。可是，什么事也没有，我反而更加惊奇，更加不安了，还不如再次见到什么怪异的幻影。

八月八日——昨晚过得十分惶怖。隐形人没有任何表现，不过我感到他就在我身边，窥伺我，盯住我，钻进体内控制我，比起通过超自然现象来表明他无形而时刻都在的存在来，他这样隐匿着就更为可怕。

不过，我还是睡着了。

八月九日——平安无事，但是我害怕。

八月十日——平安无事，明天会出什么事呢？

八月十一日——始终平安无事，可是这种恐惧、这种念头深入我的心灵，我在家里住不下去了：我要出门。

八月十二日，晚十时——一整天我都想离家出行，可是又走不了。走出家门，登上我的马车，前往鲁昂，这样十分容易、十分简单的自由举动，我很想完成，却没有做到。怎么回事？

八月十三日——人一旦患上了某些疾病，整个肌体的活力就全被摧垮了：全部精力耗尽，全身肌肉松懈下来，骨骼软得好似肌肉，而肌肉也液化成水状了。我以一种令人懊恼的奇异方式，在自己的精神存在中感受到这一点。我浑身毫无气力，毫无勇气，毫无自制能力，甚至毫无将意志化为行动的能力。我连意愿都不能有了，而是有个人替我想做什么，我只有服从的份儿。

八月十四日——我算完了！有个人占据并统治了我的灵魂！有个人指挥我的一举一动、一言一行，指挥我的全部思想。我本人成为自身的虚设，完全成了旁观者，受制于人，恐惧地看着自己所做的事情。我渴望出门。我做不到。是那个人不愿意。我只好留下来，坐在他安排的安全椅上，浑身发抖，不知所措。我渴望站起来，只是抬一抬身子，以便相信我还是自己的主人。我却不能够！我牢牢地嵌在椅子里，而座椅又牢牢地钉在地上，任何力量都不可能将我和椅子掀起来。

继而，突然间，我必须，必须，必须去我的园子深处，边采摘，边吃草莓。我去了园子，采摘并吃了草莓！噢！上帝啊！上帝啊！上帝啊！真有上帝吗？果真有上帝，那就解救我吧，拯救我吧！救助我吧！请宽恕！请怜悯！请发发慈悲吧！救救我吧！噢！遭受多大痛苦！忍受多大折磨！承受多大恐怖啊！

八月十五日——我那可怜的表姐来向我借五千法郎时，显然也是这样，意志受人掌握和控制。一个外来的意志侵入她体内，成为另一个灵魂，另一个统治她的寄生灵魂，而表姐就是受制于这样的意志。莫非世界要到末日了吗？

然而，掌控我的这个人，这个隐形人，这个无法认识的人，这个超自然种族的游荡者，究竟是什么样子呢？

看起来，隐形人确实存在！可是，自从开天辟地以来，隐形人为什么还没有像对我这样，以清晰的方式显现呢？我在书中，从来没有读到过任何记载，类似发生在我家里的情况。哦！我若是能离开家，一走了之，逃得远远的而不再回来，那我就得救了，可是我做不到。

八月十六日——今天我总算逃脱了两小时，如同囚犯偶然发现牢门开着那样，我感到一下子自由了。隐形人走远了，我吩咐车夫赶紧套车，我便跑到鲁昂。能对一个唯命是从的人说“驾车去鲁昂”该有多痛快啊！

行驶到图书馆门前，我让马车停下，进去借一本书，是赫尔曼·赫尔斯托斯博士的著作，论述古代和现代世界的未知居民。

我重又登上马车的时候，本来想说“去车站”，可是我却喊了一声——不是说出来，而是喊出来的——“回家”。声音极大，引得行人回头来瞧；而我跌坐到车座上，一时六神无主，惊慌失措。隐形人又找到我，又抓住我了。

八月十七日——啊！多不平常的一夜！多不平常的一夜啊！不过我觉得应该庆幸才是。直到深夜一点钟，我看书了！赫尔曼·赫尔斯托斯，哲学博士和神谱学博士，他记述了游荡在人的周围，或者由人臆想出来的所有隐形生灵的历史及其表现方式。他还描述了隐形生灵的渊源、活动范围及其威力。但是任何一种，都不像骚扰我的这个隐形人。可以说人有了思想以来，就预感到，并且十分畏惧一种比人更强大，能在这世界上取代人的新生灵。人感到这新主人近在咫尺，却又无法预见其天性，在恐惧中就臆想出一大群稀奇古怪的神灵鬼物，全是因恐惧而产生的模糊的幽灵。

且说我看书直至深夜一点钟，然后坐到敞开的窗前，好借着黑夜的微风，清醒清醒我的头脑和思绪。

天气晴好，温煦宜人！换了从前，我会很喜欢这样的夜晚！

没有月亮，星星在遥深的夜空闪烁着。谁住在那些星球上呢？那些星球上有什么物体，有什么生灵，有什么动物，有什么植物呢？在那些遥远的天地思考的人能比我们多知道什么呢？能比我们多做什么呢？他们能看见我们所不知道的事物吗？迟早会不会有一天，他们当中能有一个穿越太空，出现在我们地球上，以便征服地球，正如早年诺曼人横渡大海，去征服奴役弱小民族那样？

我们这些人，在旋转的、水球泥丸的地球上，是多么残废，多么无能，多么无知，多么渺小啊！

在清爽的夜风中，我就这样浮想联翩，不觉睡着了。

大约睡了四十分钟，我惊醒了，有一种说不清道不明的奇怪的冲动。我睁开眼睛，但是一动没动，开头什么也没有看见；继而，摊在桌子上的那本书，似乎自动翻页了。一丝风也没有从窗口吹进来。我非常吃惊，又静静等待。约莫过了四分钟，我瞧见，是的，我瞧见，亲眼瞧见另一页翻起来，合到前一页书上，就好像是由一根手指翻动的。我的扶手椅是空的，似乎是空的；但是我明白他就坐在那儿，坐到我的座位上看书。我恼火极了，一跃而起，如同一只反抗的野兽扑向驯兽师，冲向房间另一头，要抓住那个家伙，抓住不放，将他干掉！……然而，未待我扑到，椅子就掀翻了，那家伙仿佛在我面前逃跑了……我的桌子还晃了晃，灯摔到地上熄灭了，窗户也关上了，就好像有个歹徒惊慌逃窜，抓着两边窗扇跳进黑夜中。

这么说，他逃掉了；他害怕了，他害怕我啦！

那么……那么……明天……或者以后……不管哪一天，我就能抓住他，撂倒在地，踩个稀巴烂！难道狗有时就不会咬人，不会咬死它们的主人吗？

八月十八日——我考虑了一整天。哦！是的，我要服从他，任由他驱使，完成他的所有意愿，我要变得唯唯诺诺，服服帖帖。他是强者。不过，时机一到……

八月十九日——我知道……我知道……什么都知道，我在《科学世界》杂志上，刚刚读到这则消息：

> 据来自里约热内卢的一则奇闻，一种精神病，一种精神流行病，正在圣保罗省肆虐，类似中世纪重创欧洲各国人民的传染性的精神错乱。圣保罗的居民都惊慌失措，纷纷离家出逃，村庄里的人都跑空了，丢弃了庄稼。他们声称像畜生一样，受到可感知的隐形人的追逐、掌控和役使，说那些隐形人是吸血鬼，趁人睡觉时吸人血，此外也喝水和牛奶，其他任何食品似乎都不触碰。
>
> 唐·佩德罗·亨利凯兹教授，由几位医生专家陪同，赴圣保罗省，以便实地考察这种怪异的神经病的起源与表现，然后向皇帝提出最有效的措施，以使精神错乱的居民恢复理智。

哈！哈！我还记得，记得那只漂亮的巴西三桅帆船，从塞纳河逆流而上，五月八日从我家窗下驶过！我觉得那只帆船非常洁白，漂亮极了，欢快极了！隐形人就在船上，来自他那种族的诞生地巴西！他看见我了！他看见了我这同样洁白的住宅，于是从船上跳到岸上。噢！我的上帝！

现在我知道了，我猜出来了。人类主宰的时代结束了。

他来了，原始天真的民众所畏惧的人，不安的神甫念经所驱逐的人，巫师在沉沉黑夜里所召唤的人，始终还没有显现；可是，这个世界的临时主人借助预感，赋予他或丑或美的各种怪异形态，如地精、鬼魂、精灵、仙女、妖怪。原始初民由恐惧所臆想的形象太粗糙，后来，人的思想更加敏锐，也就更加清晰地预感出他的形貌。梅斯梅尔已经猜测出来，而且近十年来，医生们也更加明确地发现他尚未施展的威力的性质。医生们有了新天主的这件武器，就玩弄起一种神秘的意志，控制沦为奴隶的人的心灵，并称之为磁力、催眠术、心理暗示……我哪知道还有什么名堂？我见过他们像轻率的孩子一样，玩弄这种可怕的威力！我们大祸临头！人类大祸临头！他来了……这个……这个……他叫什么来着……就叫……他好像喊出自己的名字，可我听不见……就叫……对……他喊出来了……我在听……还是听不见……再重复一遍……就叫……奥尔拉……我听见了……奥尔拉……正是他……奥尔拉……他来了！……

噢！秃鹫吃了鸽子，狼吃了羊，狮子吞噬了长着尖角的水牛；而人则用利箭、快刀、火药杀死了狮子；可是，奥尔拉对待人类，就像人类对待牛马那样，仅仅凭那意志的威力，就把人变成他的物品、他的奴仆和他的食物。我们大祸临头了！

然而，动物有时也会奋起反抗，要了驯兽者的命……我也想这样……我也能够……不过，首先得了解奥尔拉，接触他，看到他……学者称畜生的眼睛不同于我们人类，不能像我们这样分辨……我的眼睛也辨别不出这个欺压我的不速之客。

为什么？啊！现在我想起圣米歇尔山上那位修道士的话："世间存在的事物，我们能看见十万分之一吗？喏，这是风，是自然界最强大的力量，能把人刮倒，能把建筑物掀翻，把树木连根拔起，在海上能掀起山一样的巨浪，冲毁悬崖，将大船抛向岩礁。喏，风在杀戮，在呼啸，在哀吟，在咆哮。然而，您看见风了吗？您看得见吗？可是风确实存在。"

于是我又想道：我的眼力极弱，极不完善，连像玻璃那样透明的固体都分辨不了！一面大镜子如果没有镀锡汞，挡住我的路，我就会撞上去，就像飞进屋里的小鸟，扑向玻璃窗而撞破了头。而且，不是有无数事物骗过我的眼睛，让我产生错觉吗？那么，我根本看不见光线穿透的一个新型躯体，也就不足为奇了。

一种新生灵！怎么就不可能呢？毫无疑问，他一定是来了！为什么我们就是终极者呢？我们还不是同我们之前多少代人一样，根本看不见他吗？这是因为他天性更加完美，他的躯体比我们更加精妙，也更加完善；而我们的躯体则十分虚弱，结构特别笨拙，充斥着总是疲惫的器官，像过分复杂的弹簧那样总是过度运转的器官。我们的躯体也同植物和动物一样，靠空气、草和肉艰难生存：动物性机体，极容易染病，变形，乃至腐烂，调节不当，运行特别吃力，既幼稚又古怪，可谓精妙的下品货，粗糙和精致的混合之作，是能变得聪明而杰出的生灵的雏形。

在这个世界上，从牡蛎算起，一直到人，我们的种类少得可怜。在所有不同物种陆续出现之后，这个时期一旦完结，为什么就不能再多那么一种呢？

为什么就不能再多那么一种呢？同样，为什么就不能再多出一种树木，开放的花朵硕大无比、绚烂夺目，香飘大片地区呢？为什么在火、空气、土、水之外，就不能再多出一种元素呢？这四种元素，仅仅这四种元素来养育生物，多么可怜啊！为什么就不能有四十种、四百种、四千种呢？现在这一切多么贫乏，多么平庸，多么寒酸！真是吝啬的给予、贫乏的创造、笨重的制作！啊！大象、河马，多么壮美！骆驼，多么高雅！

不过，您要说，还有蝴蝶啊！那可是飞翔的花朵呀！我则幻想一种蝴蝶，大得铺天盖地，翅膀的形状、美观、色彩和飞动的姿态，我甚至都难以描摹。但是我看见了……那只蝴蝶从一个星球飞到另一个星球，其轻盈而和谐的飞翔，给那些星球带去清爽和芬芳的气息！……而那些星球上的居民望着蝴蝶飞过，无不看得入迷，惊叹不已！……

我这是……怎么啦？正是他，正是奥尔拉在作怪，让我这样异想天开！他就附在我身上，变成我的灵魂；我一定要杀了他！

八月十九日——我一定要杀了他！昨晚，我坐在桌前，装作聚精会神地写信。我就知道他准会在我周围转悠，靠得很近，近在咫尺，也许会触碰到，一把抓住他，谁知道呢？然后！……然后，我就会以死相拼，手脚并用，连胸脯、额头、牙齿全用上，要掐死他，压死他，咬死他，将他撕烂。

而我在窥伺他，全部感官都极度亢奋起来。

我把两盏灯都点亮了，还点着了八支蜡烛放在壁炉台上，就好像这样亮堂我就能发现他似的。

我的对面是床铺，一张旧橡木床，安有挂幔帐的床柱；右侧是壁炉，左侧是关得严严实实的房门，而房门关上之前，敞开了好长时间，好吸引他进来。身后有一个镶了镜子的很高的大衣柜，每天我都对着这面镜子刮胡子、穿衣服，而且每次从镜子前经过时，总要从头到脚打量一下自己的形象。

且说我佯装写东西，要骗过他，因为，他一定也在窥伺我。猛然间，我感觉到了，肯定他就在我身后，从我肩膀上面看我写什么，都拂着我的耳朵了。

我站起身，伸出双手，突然转过去，因用力太猛而险些摔倒。怎么回事？……亮堂堂跟大白天一样，我在镜子里却没有看到自己！……镜子里空空如也，一片亮光，亮堂而深邃！根本没有我的影像……然而我，就在镜子对面！只见大镜子从上到下通明透亮。我眼神惊恐，瞧着这种情景，不敢再往前迈一步，也不敢动弹了，但是明显感到他就在跟前，这一次他还会逃脱，而他那难以觉察的躯体遮蔽了我的影像。

我真是害怕极了！继而，在镜子幽深处，我突然发现自己在一片雾中，仿佛隔着一层水帘，而那水帘似乎由左向右缓缓流动，我的影像也一秒一秒逐渐清晰，就像日食快要结束那样。遮蔽我的东西还没有明确固定的轮廓，仅仅呈现为一种逐渐由浊变清的透明体。

我终于完全看清了自己的影像，如同每天照镜子那样。

我瞧见他啦！我心有余悸，还不寒而栗。

八月二十日——杀死他，怎么干呢？我根本抓不着他。用毒药吗？不过，他会看见我往水里下毒的；再说，我的毒药，对他那无形的躯体能产生效力吗？不会……不会……毫无疑问……那怎么办？……那怎么办呢？……

八月二十一日——我从鲁昂请来一位锁匠，要他给我的卧室安装上铁百叶窗，正如巴黎某些私人宅第一楼为防盗窃，安了铁百叶窗那样。此外，他还得给我安一扇铁门。我这样就像个胆小鬼了，可是我才不在乎呢！……

九月十日——到鲁昂，住大陆旅馆。大功告成了……告成了……不过，他死了吗？我目睹那个场景，现在还心神不定。

昨天，锁匠终于给我安装好了铁门和铁百叶窗。天气虽然有点儿凉意，门窗还是大敞四开，直到午夜才关上。

我忽然感到他就在屋里，心里不禁一喜，一阵狂喜。我慢悠悠地站起身，来回走动，走了许久，丝毫也不让他猜出有什么企图。接着，我漫不经心地脱掉皮鞋，换上拖鞋，然后，走过去关上铁百叶窗，再从容不迫地走到门口，上了两道门锁，这才返回窗前，给铁窗上了一把大锁，随手将钥匙揣进兜里。

突然间，我感到他在我周围躁动起来，他也害怕了，命令我给他打开门窗。我差一点儿就让步了，但是我没有让步，而是背靠着门，将门打开一条缝，刚能容我退出去——我的个子高，出去时头还碰了门梁。可以肯定他不可能逃掉，我把他单独锁在屋里。太高兴啦！我逮住他了！于是，我跑下楼，到卧室下面的客厅里，拿起那两盏灯，将煤油全倒在地毯上，家具上，各处都洒一些，点着了火，关好楼门，上了两道锁，然后我就跑开了。

我躲到花园深处月桂树丛里。时间这么漫长！时间这么漫长！周围一片漆黑，一片沉寂，全都静止了，没有一丝风，没有一颗星星，而堆积成山峦的乌云，我根本看不见，却十分沉重，十分沉重地压在我的心头。

我注视着自己的住宅，就这样等待。时间这么漫长！我已经认为火自动熄灭了，或者让他扑灭了。恰好这时，楼下的一扇窗户让火势冲得爆开，一条火舌，一条红黄色的大火舌，长长的，软软的，抚摩着白墙壁，贴墙一直爬上房顶。火光在树木枝叶中间奔跑，还带有战栗，一种恐惧的战栗。鸟儿惊醒了，一条狗嚎叫起来，就仿佛天亮了！另外两扇窗户也爆开了，只见我的住宅楼下成了一片可怕的火海。忽然，一声呼叫，一声凄厉的、可怕的女人的喊叫响彻黑夜；顶楼上的两扇窗户打开了！我忘记了还有仆人呢！我看见仆人满脸惊怖，都乱摇着手臂！……

这一下，我惊慌失措，赶紧跑向村子，边跑边叫嚷："救命啊！救命啊！失火啦！失火啦！"我遇见已经跑来的人，便掉头又同他们一起跑到我家，看看火情。

这工夫，房子已经化作一片火刑场，熊熊烈火照亮整个大地，烧死几个人也烧死了他——奥尔拉，被我囚在卧室的那个新生灵，世界的新主人！

突然间，整个房顶塌落在墙壁里面，烈焰喷向天空，势如爆发的火山。透过火炉上边全部敞开的窗户，我看见了炉膛，心想他就在那里，在那炉膛里，烧死了……

“烧死了？也许吧！……他的躯体呢？他那能透过光线的躯体，使用能够杀死我们的办法，恐怕摧毁不了吧！

“假如他没有死呢？……大概只有时间可能控制这个可怕的隐形人。如果他也惧怕疾病、伤害、残疾、夭折，那么他拥有那种透明的躯体，那种不可辨识的躯体，那种精灵的躯体又有什么用呢？

“夭折？这是人类全部恐惧的根源！人类之后，便是奥尔拉。人每天每时、每分每秒，不知会在什么事故中死亡；现在奥尔拉来到世上，他只能在确定的日期、确定的时刻死去，因为他的生存能达到自身的极限！

“不对……不对……毫无疑问，毫无疑问……他没有死……那么……那么……我呢？……”

（李玉民　译）

阅读规划进度及自我测评

01 计划阅读时间

02 实际阅读时间

03 完成度（%）

04 阅读兴趣

感兴趣□　　一般□　　没兴趣□

原因：

问题：

05 回忆一下阅读的小说，看看能否回答出这些问题

1.在《火星人》中，莫泊桑采用对话体展开小说，而在《奥尔拉》中则采用日记体。请结合小说相关内容，谈谈这两种体裁各有什么好处。

2.《火星人》等作品含有一定的科学元素，却超越现实，蕴含着作者的丰富想象。这一类小说在当时的欧洲十分盛行。请你在网上搜索相关资料，分析这类小说涌现文坛的原因。

3. 不少评论家将莫泊桑的《奥尔拉》与鲁迅的《狂人日记》进行对比阅读，请你试着从人物、情节、主题、叙述方式等角度切入，感受两者的异同。

4. 标题往往对揭示文章主旨有着举足轻重的作用。请你结合小说的内容，试着猜测“奥尔拉”这一标题的含义。

5. “现实的背景环境、智力正常的人物角色、突如其来的神秘奇特事件”被认为是奇幻文学应该具备的三个要素。请你回顾本阶段的两篇小说，结合具体内容分析它们是否符合上述标准。

06 说说有意思（感兴趣、引人深思）的人或事，与他人分享

19 世纪的欧洲，带有奇幻色彩的小说风行，莫泊桑的《奥尔拉》就是其中杰出的代表。这类小说模糊了现实与幻想的界限，着力于描写面对难以解释的奇异现象时人的内心世界，是一种充满奇思妙想的文学形式。霍夫曼、爱伦·坡都对这类小说的发展有着重要的影响，可以阅读他们的作品，感受其中的神秘怪诞。

07 摘抄，积累

把你认为极富想象力的语句摘抄下来，积累更多的语言素材吧！

资料链接

居伊·德·莫泊桑

作者简介 ZUOZHE JIANJIE

居伊·德·莫泊桑（1850—1893），19世纪法国著名作家，出身于没落贵族家庭。在热爱文学的母亲的引导下，莫泊桑自幼对文学有着浓厚的兴趣。莫泊桑的母亲与作家福楼拜是儿时好友，因此他曾受到福楼拜指导，并通过福楼拜结识了左拉、屠格涅夫等人，他的创作也在一定程度上受到他们的影响。莫泊桑曾于1870年参加普法战争，亲眼目睹了战争的残酷。他创作了不少以普法战争为背景的短篇小说，不仅描写了法国人民的爱国情怀，还批判了贵族、资产阶级的无耻嘴脸。此外底层人民、小职员也都是他描写的对象。

莫泊桑去世时年仅43岁，但是在其短暂的一生中，他为读者留下了丰厚的文学遗产，其品包括长篇小说六部、中短篇小说三百余篇，代表作品有《项链》《羊脂球》《我的叔叔于勒》等。

名家评赏

MINGJIA PINGSHANG

我们说一个作家有才华，是指他有一种天赋，就是能够把精力专注于自己感兴趣的事物之上，因此能够发现一些新东西，是其他人看不到的。莫泊桑显然就是这样一位作家。

——列夫·托尔斯泰（俄国作家、哲学家）

短篇小说、中篇小说，源源而出，无限地丰富多彩，无不精湛绝妙，令人叹为观止；每一篇都是一出小小的喜剧，一出小小的完整的戏剧，打开一扇令人顿觉醒豁的生活的窗口。读他的作品的时候，可以笑或哭，但永远是发人深思的。

——左拉（法国作家、自然主义文学流派领袖）

莫泊桑的短篇小说[1]

郑克鲁（著名翻译家、原上海师范大学教授）

19世纪后期法国最重要的短篇小说作家自然是莫泊桑，他是和契诃夫并列的世界上两位短篇小说大师之一。莫泊桑在短短十年内创作了三百多篇短篇，在题材上几乎无所不包，主要表现在写普法战争、小资产阶级生活、农村生活、家庭、婚姻和爱情等方面。

莫泊桑曾得到福楼拜的指点，进行了七年的习作，他还师承左拉和

① 文章摘编自《论法国短篇小说》，此标题为编者所加。

巴尔扎克的创作方法，在短篇小说的技巧上进行了极富成效的探索，把短篇小说艺术提高到梅里美还不曾达到的高度。

莫泊桑笔下，短篇小说有各种各样的描写角度，有时截取生活的一个横断面（如《羊脂球》）；有时写人物相当长的一段生活（如《项链》）；有时在几个小时内进行（如《我的叔叔于勒》）；有时从侧面去烘托（如《月光》）；一般采用白描手法，但经常进行心理探索（如《小萝克》《绳子的故事》）；也有神秘色彩浓厚的短篇（如《奥尔拉》），既有平铺直叙，也有倒叙、回忆，可以说集19世纪短篇小说写法之大成。在谋篇布局上，莫泊桑不愧为大师。一般而言，莫泊桑比较喜欢这样的结构：先以简练和富有表现力的语言勾画出背景，它们是农庄院子、市场、花园或车厢；然后引出人物，准确有力地勾勒出他们的外貌特征；接着开始正文，故事简单而平凡，或是偶然遇到的渔猎故事，或是乡村和巴黎生活的一则社会新闻，意料不到的事态使情节急转直下，向悲剧发展，而叙述仍保持冷静、客观。《两个朋友》很能反映莫泊桑的这种写法。小说开头只有三句话："巴黎被包围了，在饥饿中苟延残喘。屋顶上难得看见麻雀，阴沟里的老鼠也少了。人们不管什么都吃。"[①]寥寥数语，围城中的巴黎的艰难处境完全烘托了出来。随后人物出场，作者三言两语描画出他们的身影和爱好。正文开始后，写他们相约去钓鱼，不料碰到普鲁士人。于是情节骤然转折，惨剧来临。作者无一字评点，但对侵略者的愤怒控诉却力透纸背。这是一篇相当完美的艺术杰作。由此可见莫泊桑在谋篇布局上的精湛功力。

表面看来，似乎莫泊桑是信手拈来，取材不费思索，其实他对题材的选择是非常严格的，他认为"艺术是有选择和有表现力的真实"，因此，应该力图"提供比现实本身更全面、更鲜明、更使人信服的生活图景"。写普法战争的短篇很多，而《羊脂球》能鹤立鸡群就在于作者对

① 译文引自《莫泊桑中短篇小说选》（郝运、赵少侯译，人民文学出版社1983年版），与本书翻译有所不同。

生活的提炼别具只眼。莫泊桑选取了一个处于社会最底层、受人歧视的妓女作为正面人物来描绘，已是与众不同；他将这个妓女同形形色色、道貌岸然的资产阶级人物做对比，后者为了自身利益，不但连普通的爱国心都没有，甚至在人格和礼仪上也相形见绌，这样描写更是别出心裁。从这一精选的场景中，莫泊桑确实提供了比现实更全面、更鲜明、更使人信服的东西。莫泊桑的大多数短篇由于题材选择的精到而具有强烈的思想性。

莫泊桑的短篇小说写得简洁、紧凑、准确、毫无废话，浓缩到最高度，这些技巧没有谁能运用得比他更娴熟。《项链》在这方面很有代表性，作者将故事分为几个阶段。每个阶段用空一行来表示，省却交代的文字：在开场白之后空了一行，接着便写这对小职员夫妇接到部长邀请参加晚会；第二阶段是女主人公向女友借项链；第三阶段写晚会上丢失了项链；第四阶段写负债还项链；第五阶段写这对夫妇生活在贫困中；第六阶段是结尾，女主人公从女友那里获悉以前借的是一条假项链。语言真是精简到最高程度，但却层次分明，一环紧扣一环，导向高潮，再突然刹住。莫泊桑在划分情节发展的阶段时，往往用一个起连接作用的词串起来，如“可是”“一天”“随后”“就这样”等等，承上启下，妥帖自然，尽量简约。莫泊桑的短篇小说绝大部分在万字之内，真正做到了“短”。

莫泊桑大大发展了第一人称的叙述方法，他的短篇有一半是用第一人称来写的，细分起来，有如下五种：其一，叙述者向听故事的人讲述他亲身经历或目睹的遭遇（47篇）；其二，叙述者遇到一个朋友或相识者，将自己的往事讲给他听（32篇），这两类叙述的结尾，几乎总是回到开头的场面，做个交代（如《我的叔叔于勒》）；其三，叙述者直接诉诸读者，讲述个人回忆（39篇）；其四，叙述者讲述他听到的一件事，故事正文则用第三人称（24篇）；其五，用书信的形式来写，口气是第一人称（8篇）。莫泊桑认为，亲口叙述故事能得到直接感动人的效果，这是用第三人称写作的短篇所做不到的。因而在这样的短篇结尾，听故事者往往会泪如雨下或捧腹大笑。

莫泊桑是语言大师。他不以纤巧华美的辞藻取胜，而是以平易通俗、准确有力、能为所有人接受的文学语言征服读者。很少有作家能写出比他更明晰、更清澈如水、更难以捕捉到的语言了。也很少有读者读不懂莫泊桑的短篇小说，因为其中没有丝毫晦涩的东西，读者只觉得莫泊桑找到了最恰当的文字和描述方式，而无法换一种文字和方式来表达。同时，莫泊桑也使用方言土语，但总是以读者能了解为限度。由于语言的纯粹，莫泊桑的短篇已成为学习法语者的范文。

（有删改）

阅读札记

我的小小摘抄本——《莫泊桑短篇小说选》

我们每天都在行走，与这个世界面对面。当你走在放学的路上，闻到一朵小花散发着香气，看到一只蝴蝶扑打着翅膀、一条小狗晃动着尾巴，你会不会感叹这是多么可爱的生物，这个世界多么美好?

或者你看到一段感人肺腑的文字、一本有趣的书，听到一个意味深长的故事，不禁深深地感动了。

这些美妙的瞬间，就像是一颗颗时光的珠子，串起来就能装点我们美妙的心灵世界。它们给我们带来了温暖、感动、慰藉、思索与启发。它们值得记录，也值得分享。请在这里摘录下你认为描写生动、富有哲理或让你特别感动的词语、句子或者段落。

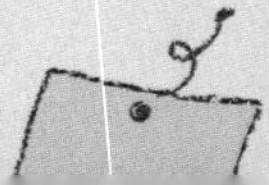

我的阅读日记

也许此刻你还沉浸在书中奇妙的世界，也许此刻你已被深深地打动。无论此刻内心汹涌澎湃，还是感觉美妙惬意，我们都借助阅读窥见了一个新的世界，实现了心灵的成长。

成长是有痕迹的，它可能在一件小事里，一个小进步里，也可能在一种对我们的世界以及自我的认知里……也正是这一处处痕迹，一串串脚印，筑成了我们成长的道路。这也是阅读带给我们的意义。关于这些，你肯定有很多话想说，那就记录下来吧！

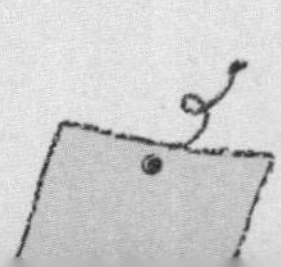